新装版
三四郎はそれから門を出た

三浦しをん

ポプラ文庫

三四郎はいかにして門を出ることを決意したか——まえがきにかえて

読書が好きだ。

いや、もはや好きとか嫌いとかいう範囲を超えて、読書は私の生活に密着している。私が一日のうちにすることといったら、「起きる。なにか読む。食べる。なにか読む。食べる。仕事をしてみる。食べる。なにか読む。食べる。なにか読む。寝る」である。ちょっと食べすぎじゃないか。もちろん食べているときにも、なにかを読んでいる。本が手近にないときは、郵便受けに投げこまれたマンションのチラシを読みながら食べる。買えもしないのに、なぜマンションのチラシなんか熟読するんだ。地元のマンション情報に妙に詳しくなってる自分がいやだ。読書が好きというよりは、ただ単に文字を読んでなきゃ安心できない体質であるだけのような気もする。

そんな我が体質を、活字の神が哀れみたもうたのであろうか。ありがたいことに、本に関係するエッセイのご依頼を、ちらほらといただく。そうこうするうちに、いろんな雑誌や新聞に書いたエッセイが、けっこうな分量になった。

私は、さりげない(?)アッピールを開始した。

「ずいぶん書いたなあ。本になりそうなぐらい、枚数がありますよ」

「じゃ、じゃあ、一冊にまとめましょうか」

というわけで、これは主に、本や漫画に関するエッセイをまとめた本である。自分の好きな作品について書いた文章が、一冊のなかに集結するのはとてもうれしい。アッピールはしてみるものだ。

しかし、本や漫画に対する我が愛は、暑苦しいまでにほとばしり気味の傾向にある。書評っぽい文章ばかりだと、お読みになるかたの息が詰まるかもしれない。そこで、本や漫画には関係ない、雑多なエッセイを集めたコーナーも設《もう》けてみた。

結果、なについての本なんだか、いまいちよくわからなくなってしまった。まあいいだろう。このゆるーい感じが、エッセイの醍醐味《だいごみ》である、ということにしておきたい。

「いまいちよくわからない」といえば、この本のタイトル『三四郎はそれから門を出た』からして、すでに意味不明だ。タイトルの由来については、二章の四番目に載っているエッセイで触れている。「タイトルについてぐらい、もっと早くに説明しろよな！」というご意見、もっともにござそうろう。不親切設計で面目ない。

ちゃんと親切設計な部分もある。各章の扉の裏に、その章のエッセイがいかなる背景で書かれたものなのかを記しておいた。「依頼者の意図からビミョーにはずれたエッセイばかり書いてしまう」という私の悪癖《あくへき》が明らかになっちゃうので、背景にはあまり触れたくなかったのだが……。扉の裏を確認してから、その章のエッセイをお読みになると、連載の主旨からどんどん脱線していくさまをお楽しみいただけるかもしれない。

ともあれ、「なにかおもしろい本や漫画はないかな」と探すときや、「息抜きしたいな」というときに、『三四郎はそれから門を出た』が少しでもお役に立てば幸いです。

目次

contents

新装版

三四郎はそれから門を出た

三浦しをん

ポプラ文庫

本書に掲載されている書誌情報は、単行本刊行時のものです。但し、その後、文庫化されたものや新装版が出たものについては、その書誌情報も併記しています。複数の版があるものについては、入手しやすいと思われる情報を載せました。

また、文中で紹介しているイベント、施設等の情報は執筆当時のものです。

一章　犬のお散歩新刊情報

雑誌『Gag Bank』で、ほぼ二年にわたって連載したエッセイ（二〇〇三年Vol.1〜二〇〇五年Vol.12）。最初は「犬のお散歩新刊月報」と称していたが、雑誌が隔月刊であることに気づき、連載途中でこっそりタイトル変更したのだ。アイタタ。

雑誌のコーナーには毎回、すごーく味のある犬のイラストが載っていた。背中にブチ、尻尾に縞《しま》の、妙に鼻筋の通った人面犬みたいな犬である。私はこの犬が大変好きで、ひそかに「お散歩くん」と呼びならわしていた。

一度、連載の担当編集者のかたに、

「犬のイラストがとてもいいですね」

と言ったら、

「そうですか。うふふ」

という感じで、さりげなくスルーされた。

もしや、担当編集さんが描いた絵なのでは!? そんな疑念を、未《いま》だに抱いている。どなたが描いた絵だったのか、真相はわからずじまいだ。ミステリアスなお散歩くん。

「奥付の日付が、原稿締め切り日からさかのぼること三カ月以内」という以外に制約がなかったので、いろんな本を自由に取りあげることができた。ベストセラーな作品が多めなのは、コアでちょっととんがった雑誌の色合いとの、バランスを考慮した結果である。いらぬ考慮だったか？「的《まと》（読者層）の斜め三十二度あたりを矢が通過」という得意技を、早くも発揮してしまってる感もある。

第一回 『海辺のカフカ』村上春樹《むらかみはるき》

新潮文庫〈上下巻〉二〇〇五年三月

一日に一回は本屋に行かないと落ち着かない。大雨が降ろうが極寒の日だろうが、待ちわびた散歩にようやく連れだしてもらえた犬のように、決められた道順をたどって近所の本屋に行き、注意深く棚を巡回する。

店内のにおいに鼻をひくつかせ、本の並び順にも目を光らせる。平台《ひらだい》に積まれた雑誌が崩れていたら、頼まれたわけでもないのに即座に直す。本に餓《う》えた散歩中の犬としては、書店内の秩序維持は重要な案件なのだ。

こうして日々、本屋で命の洗濯をしている私が、今月おすすめするのは村上春樹の小説、『海辺のカフカ』だ。黙っていても売れる本について書くのも、「今さら」という感を拭《ぬぐ》えないが、しかし私はこの本を読んで非常に気になることがあったのだ。

二つの話が並行して、ストーリーは進む。十五歳の家出少年の切なく激しい恋物語と、老人と青年のロードムービー風活劇譚《たん》だ。素敵な古い図書館。魅力的な登場人物たち。二つの話は絡みあい、それにつれて物語世界は深い深い場所へ潜っていく。生と死、過去と現在、男と女、すべての境界が溶けてゆく、静謐《せいひつ》で恐ろしい根元的なところへ。

小説を読む、という行為に伴うスリリングな高揚感と喜びを、あますところなく堪能できる作品だ。しかしそれとはまったく別の次元で私が気になったのは、主人公の少年の超人的な克己心《こっきしん》についてである。

彼は十五歳の健康な男子で、すぐに勃起してしまう（私は弟に、「十五歳の男の子って、ホントにこんなにいつも勃起しちゃうもんなの？」と思わず聞いてしまった。それに対する弟の返答は、冷ややかな無言であった。私はそれを肯定の意に取ることにした）。その点ではいたってフツーの少年だ。私が尋常でないと思ったのは、彼が家出中にもかかわらず、毎朝きちんと近くにある体育館に通い、体力作りのためのかなりハードなトレーニングを、こつこつと積むところである。

家出したら、たいがいの十五歳男子は自由を満喫して遊びほうけると思うのだが、彼のこの自律心ときたらどうだ。私も含めた多くの読者は、ダイエットに挑戦してもすぐに挫折《ざせつ》し、自堕落《じだらく》な毎日を送っていることと確信するのだが、それでもあえて、修行僧のような十五歳の少年を主人公に設定し、読者の共感と納得を得てしまうのだから、この小説の力は並大抵のものではない。

最後まで物語を読んだ私の胸の中には、感動や様々な物思いとは別に、「いざというときに必要なのは、やはり基礎体力だ」という現実的な教訓が芽生えた。さっそく翌朝、近所をジョギングした。五分間かけて八百メートル走ったところで力つきた。それから二日間、股関節が痛くてたまらなかった。負けた。私は、体力はもとより意志力においても、十五歳のこわっぱに負けたのだ。

物語の発する静かな熱情で少年の爪の垢《あか》を煎《せん》じ、怠惰《たいだ》なる己れの精神に塗りこめたい。

第二回　『神聖喜劇』　大西《おおにし》巨人《きょじん》

光文社文庫〈全五巻〉二〇〇二年七月〜十一月

ずっと絶版だった大西巨人の『神聖喜劇』が、このたびめでたく復刊された。分厚い文庫で全五巻もあるのだが、読み終えてしまうのを残念に感じたほど、滅法《めっぽう》おもしろくて刺激的な小説だ。

大西巨人？　聞いたことないな、と思うかたもいるかもしれない。私は以前、古本屋で働いていたのだが、その当時、絶版であったこの『神聖喜劇』を探す（主に年配の）

お客さんは多かった。しかし私は恐るべきことに、大西巨人を大橋巨泉《おおはしきよせん》と勝手に勘違いし、「また巨泉ときたら、人生論かなんかの本を出したのかしら。それにしてもどうして老人が、わざわざ古本屋で探してまで巨泉の本を欲しがるのかねえ」としばらく怪訝《けげん》に思っていたほどだ。もちろん、読み終えた今となっては、大西巨人の名は間違えようもなく、私の脳裏に深く刻まれた。

これは、第二次世界大戦中の対馬要塞《つしまようさい》に、新兵として放りこまれた東堂太郎《とうどうたろう》二等兵の物語だ。大陸での虐殺行為を豪語してはばからない大前田《おおまえだ》班長、自分の写真（ブロマイド調）に面妖なサインをして新兵に配る神山《かみやま》上等兵など、一癖も二癖もある人物が多数登場するのだが、私が好きなのは、翳《かげ》りのある冬木照美《ふゆきてるみ》二等兵である（私の脳内映像では、冬木は若き日の池部良《いけべりょう》の姿形に置き換え完了済みだ）。きっとだれでも、身近にいる親しい友だちに似た人物や、逆に、気の合わない上司に似た人物を、物語の中から見つけることができるはずだ。

軍隊内では、「軍事機密事件」（軍隊で出される飯のおかずは大根ばかりだ、と手紙に書くのは機密漏洩《ろうえい》か否か）、「金玉問答」（ふんどしの左側に金玉を寄せろ、という指示の根拠はどこにあるのか）、などなど、なんとも気の抜ける爆笑の出来事が次々に起こる。どんな事態に陥《おちい》っても冷徹な観察力と懐疑の心を失わない東堂は、持ち前の驚異的な記憶力を駆使し、新兵たちに次々にふりかかる不条理に、敢然と立ち向かっていく。軍隊生活への懐古的感傷を求めてこの作品を購入していった古本屋の常連のおじいさん(架空戦記物が好み)は、一読してさぞかしたじろいだことだろう、と遅まきながらちょっと心配してしまう。

腹を抱えて笑える反面、この作品が描き出すテーマは広く深い。人々を虫けらのように振り回す国家とはなんなのか。差別とは。戦争とは。東堂の目を通して、作品内でそれらの問題は公正に厳しく追及される。

笑いすぎてにじんだ涙を拭いながらも、私は、誰も殺したくないし誰かに殺されたくもないのだと、表明することのできなかった時代がたしかにあったということ(そしてこれからも、そういう状況は起こりうるということ)、この作品が提起した種々の問題は、残念ながら現在に至るまでちっとも解決されていないということを、慄然《りつぜん》と思わずにはいられなかった。

第三回　『趣味は読書。』斎藤美奈子《さいとうみなこ》

平凡社 二〇〇三年一月／ちくま文庫 二〇〇七年四月

「趣味は読書」と、てらいなく履歴書に記入できる人々がうらやましくてならない。いや率直に言って、うらやましさが高じて憎しみすら覚える。

「私、けっこう本読むんだー。『冷静と情熱のあいだ』はすっごくよかったよ」なんて言う、おまえらなんてみんな死ね。合コン中の男女を横目に、居酒屋で一人、苦々しい思いでビールを飲んだことが何度あっただろう。私にとっちゃあ、読書はもはや「趣味」なんて次元で語れるもんじゃないんだ。持てる時間と金の大半を注ぎこんで挑む、「おまえ（本）と俺との愛の真剣一本勝負」なんだよ！

でも、私のそんな熱い意気込みと本への愛はいつも空回り気味。どれだけ精魂傾けてホモ漫画、ホモ小説を読んだって、だれとも話題が合いやしない。ロンリー・ブロークン・ハート。みんなが楽しそうに話題にのぼらせてる「ベストセラー」ってなに？

私のようなベストセラー音痴《おんち》にとって、斎藤美奈子の『趣味は読書。』は、まさに救世主と呼ぶにふさわしい本だ。ここ数年のベストセラー本を書評し、ユーモアたっぷり

に内容と読者層を分析してくれる。うぅん、かゆいところに手が届いてるわぁ。

取りあげられた四十一冊は、だれもが本屋や新聞広告や人の噂で目と耳にしたであろうものばかり。私も人から無理やり貸させられたり、本屋で立ち読み読破したりで、そのうちの六冊は既読だった。けっこう読んでるじゃん、ベストセラーを。自分に自信を持っていいのやらどうなのやら、複雑な心境だ。

それにしても、この本を読んでるうちに、なんかだんだん己れの魂が肉体から離れて浮遊しはじめるのを感じましたね。だってベストセラーって、何十万部、何百万部(『ハリポタ』に至っては世界で一億部)っていう単位なんだもん。そしてそのほとんどすべての内容が、「おっさんの応援歌」か「君はそのままの君でいて」だっていうんだもん。遠い、銀河系の果てよりもまだ遠い世界に感じられる……。

文章で生計を立てるようになってから、よく友人知人に「ははは、印税ガッポガッポな左うちわの生活を目指して頑張ってよ」と言われるようになり、私も「うん、いずれはね」なんて答えていたんだが、今回はっきり思い知った。それ、絶対無理だわ。

私は読書を通してお役立ち知識を仕入れたいわけではなく、励ましを期待したためしはなく、癒されたくもなく、自己を肯定してもらいたくもないんじゃ！　だいたいそんな甘えた精神で本を読んで、はたして楽しいのか？

ベストセラー本（の内容と読者）にこんなに憤《いきどお》りを覚えるようでは、どう考えても売れる要件を備えたものは書けそうにない。この傲慢《ごうまん》さが、私の敗因か。地道に生きていきます、くすん。

いいんだよ、地道でも。着実に一歩ずつ進む、それが君らしさへの近道なのさ（↑ベストセラーになるような本にありがちな言葉）。

第四回　『リアルワールド』　桐野《きりの》夏生《なつお》

集英社　二〇〇三年二月／集英社文庫　二〇〇六年二月

夏休み。それは鮮烈な時間。春休みにはじまる恋とか、冬休みに成し遂げた冒険とか、そんなものになんの価値があろう。春休みや冬休みが豆腐のみそ汁なら、夏休みは激辛カレーだ。前者はなんの気なしに流しこむ日常の延長だが、後者は舌や胃腸に甚大なる刺激が与えられることを覚悟して、口に入れねばならない特別なものなのだ。

そういう思いこみがあるので、私は「夏休みを描いた小説」をこよなく愛す。実際は、ふやけた麩《ふ》よりも歯ごたえのない夏休みを過ごすばかりで学校を卒業してしまったくせに、未だに「夏休み幻想」から逃れられない。

桐野夏生の『リアルワールド』は、満点の夏休み小説だった。暑い空気に蒸された体臭までが文章から滲《にじ》み出てくるような、高校三年生の四人の女の子たちの物語。激しい怒りと深い悲しみが全編に満ちあふれ、「そうだよ、夏休みってのはこういうもんなんだよ。呑気《のんき》に家族で海水浴したり、友だちとディズニーランドに行ったりするために、夏休みがあるわけじゃないんだよ！」と、私はうなずくことしきりだった。この小説を「夏休み中の行動の規範」として、全国の高校生およびその保護者に読んでいただきたい。

ま、母親を殺した男子高校生の逃避行に、ひょんなことから巻きこまれてしまう女子高校生たち……という内容なので、はたしてＰＴＡの許可が出るのか微妙だけれど。

しかし、彼女たちに起こる「事件」の数々を、決して突拍子もない出来事としては扱っていないところが、この小説のすごさで、「私だって同じ立場に置かれたらきっとこうする」と非常に納得できる展開を見せる。少しのタイミングのずれで、親を殺してしまったり、殺人犯の逃亡を助けたりしてしまう。そういう危険な可能性に心身ともに常にさらされていたのが、高校時代の夏休みというものだった。丹念に描かれる登場人物たちの心情と行動を追ううちに、私も不安定で鋭利な心をもてあましていたあのころの自分に返ったような気がしてきた。

ただ一つ気になったのは、女の子たちの言葉づかいの荒さだ。「超～じゃん」話法が未だ生みだされていないころに女子高生だったから、小説内の「今」の女子高生のしゃべりかたに少し違和感を覚えてしまうだけなのだろうか？　私は意識して、電車内などで女子高生の会話に耳をそばだてるようになった。楽しげに語らう彼女たちの輪に、にじりよっていく不審者が一人……。

リサーチした結果わかったのは、『リアルワールド』は女子高生のしゃべりかたについても、かなり「リアル」だということだ。ただ、それを文字にすると、声の高低や語尾の発音のニュアンスがなくなってしまうから、ちょっとどぎつく感じられたのだろう。私は自分の過去をしおらしく美化していたらしい。うん、結構すさんだしゃべりかたをするお年頃だよね、高校生って。

第五回 『廃用身《はいようしん》』 久坂部羊《くさかべよう》

幻冬舎 二〇〇三年五月／幻冬舎文庫 二〇〇五年四月

家から駅までの道のりの途中に、老人向けデイサービスの施設がある。近所の老人たちが午前中に集まり、みんなで一緒に昼飯とおやつを食べ、その合間に風呂に入って、夕方に帰宅するのだ。家族の介護負担を減らすための、とてもいいシステムだとは思う。

だがしかし。私はその施設の前を通るたびに、暗澹《あんたん》たる思いにかられる。清潔で明るい建物。熱心な職員の人たち。楽しそうにおしゃべりする老人たち。それはいい。それはいいのだが、通りすがりに窓から中を覗《のぞ》くと、老人たちはたいてい折り紙やわけのわからないお遊戯をやっているのだ。折り紙！　お遊戯！

あのなあ、と思うのである。いくらなんでも、八十年ぐらい人生を過ごしてきた人たちに、折り紙はないんじゃないの？　そりゃ、中には折り紙が大好きな人もいるだろうけど、私自身は老人になったときに折り紙をしたいとは露ほども思わない。手先を使う創造的な余暇の過ごし方は、他にももっとあるだろう。たとえば麻雀とか。

施設内で一律、「折り紙の時間」や「お遊戯の時間」が設けられているらしいことを見ると、年を取るのもホントに楽じゃないなと感じる。残された時間は少ないというのに、無理やり学校に入らされた気分だろう。「折り紙してる場合じゃないんだ！　最後の恋の徒花《あだばな》を咲かせるべく、町にラブ・ハントに出かけさせろ！」、「お遊戯だと？　胸クソ悪い。若者をつれてこい、若者を！　俺の戦争体験を聞かせちゃる！」などと、いつか老人たちが反旗を翻すんじゃないかと懸念される。

『廃用身』は、老人介護の矛盾と破綻《はたん》を鋭く告発した小説だ。老人デイケア施設に勤務する青年医師・漆原《うるしはら》は、画期的な治療法を編み出す。それは、麻痺などで動く見込みのなくなった老人の手足を切断する、というものだった。これで、介護は格段に楽になり、老人自身の体への負担も軽くなる。「無用の長物」な部位がなくなり、晴れやかに施設で過ごす手足を切り落とされた老人たち。ところが、衝撃的な治療法に世間から大バッシングがわき起こり、事態は思わぬ展開を見せる——。

描写は決してグロテスクではない。小説を読むというよりは、一般向けの（「ガンは必ず治る！」みたいな）医学書を読むような感じ。最初は物見高さで手に取ったが、けっこう真剣に介護問題を考える端緒になった。「へえぇ、麻痺した手足を切断すると、そんなにいいことがあるんだー」とうっかり思わされる迫真性がある。そう、とても恐ろしいのは、盲腸やガンに侵された胃の一部を切り取るように、動かなくなった手足を切断して介護負担を減らすことが、悪なのか善なのか、にわかに判断をつけにくいところだ。

私が老人になるころには、漆原医師の治療法は現実に実践されてるんじゃないか。そして、その治療法を拒む明快な論理を、だれも持つことができないんじゃないか。ますます暗澹たる気分になるのであった。

第六回 『陰摩羅鬼《おんもらき》の瑕《きず》』京極夏彦《きょうごくなつひこ》

講談社ノベルス 二〇〇三年八月／講談社文庫 二〇〇六年九月

どんな高級料亭の仕出し弁当であっても、それが弁当であるからには、内容は蓋《ふた》を開ける前にある程度予測がつく。たまに、弁当箱にカレーや冷やし中華を入れてくる邪道の輩《やから》もいるが、その場合もたいがい、横漏れする液体やにおいによって、蓋を開けずとも中に入った物体の見当はつく。

京極夏彦の大人気作、「京極堂《きょうごくどう》シリーズ」とは、総じて高級幕の内弁当のようなものではないか、と私は思う。一作目『姑獲鳥《うぶめ》の夏』には、「うわっ、幕の内弁当だと思って食べ進んだら、弁当箱の底にカレーが敷きつめられていたよ！」という驚きがあった。しかしそれ以降の作品は、選び抜かれた素材で丹念に調理されたおかずと、白米（京極堂の蘊蓄《うんちく》）とのハーモニーを重視した、目にも舌にもおいしい、安心して食せる満腹感のある幕の内弁当である。

最新作『陰摩羅鬼の瑕』は、はっきり言って最初の十数ページで物語のからくりがわかってしまう。それでもなお、二段組で七百ページ以上もある文章を読み進んで苦にならないのは、幕の内弁当的ハーモニーを読者が楽しんでいるからだろう。

知人のTさんは、「榎木津《えのきづ》（ブッ飛び探偵）が関口《せきぐち》君（いたぶられ役）を、『タツミ』って名前で呼んだのよ！　いっつも『サル』とか散々だったのに、ようやく名前で……！」と、大変な喜びようだった。私はおかしくてならなかった。この分厚い小説を読んで、まず口を突いて出る感想がそれなのか。弁当箱の隅にチマッと入っているしば漬けを、「一番おいしかった」と言うようなものだ。

しかし、各人の幅広い好みにすべて対応しつつ、完食させてハーモニーを楽しませる、という幕の内弁当の使命を思えば、この感想にも納得がいく。しば漬けを頼りに弁当を食べ進める人がいたって、べつにいいのだ。

かく言う私は、王道のご飯粒愛好家である。つまり、京極堂の立て板に水のごとき蘊蓄を楽しみにしている。ご飯に梅干しが載っていれば、なおさら嬉《うれ》しい。梅干しとは、京極堂の妻、千鶴子《ちづこ》のことだ。この夫婦、作中ではほとんどまったく会話を交わさないのだが、二人きりのときは本でいっぱいの部屋で、いったいどんな変態的生活を送っているのだろう、と激しく想像をかき立てられる。『陰摩羅鬼の瑕』には千鶴子が登場せず、とても残念だ。

このあたりでそろそろ、弁当にも驚きを求めたい気がする。「このブリ、チョコレート味の照り焼きになってるよ！」とか、「ひじきの煮物かと思ったらヒルだったよ！」とか、『姑獲鳥の夏』を読んだときのような驚きを。『陰摩羅鬼の瑕』を読了したばかりだというのに、もう次作への期待が高まる。つくづく罪作りなシリーズだ。

数年に一度味わえる豪華幕の内弁当。さあ、あなたはどのおかずから箸《はし》をつけて、白米と一緒に咀嚼《そしやく》しますか？

第七回　『虹果て村の秘密』　有栖《ありす》川《がわ》有栖《ありす》

講談社 二〇〇三年十月 ／ 講談社ノベルス 二〇一二年八月 ／ 講談社文庫 二〇一三年八月

「かつて子どもだったあなたと少年少女のためのミステリーランド」という非常に長いシリーズ名で、講談社からハードカバーの児童書が刊行中だ。大人も子どもも読んで楽しめる内容、しかも推理小説仕立て、という着眼点がうまいと思うし、装幀も凝《こ》っているので、私はいまのところ、新刊が出るたびに購入している。

　それで、ふがふがと読んでいて思うのが、「チビッコを喜ばせるのは大変だろうなあ」ということだ。推理小説好きの大人の読者を喜ばせるためには、まず第一に、端整かつ度肝を抜くトリックを考案すればいい。いやもちろん、端整かつ度肝を抜くトリックを考案すること自体が、常人には成し遂げられぬ至難の業《わざ》ではあるが、少なくとも照準は定めやすい。

　だが、チビッコをも楽しませる推理小説にしようと思ったら、トリックだけではない、プラスアルファの要素が必要になってくると思うのだ。たとえば『黒いトランク』（鮎《あゆ》川《かわ》哲《てつ》也《や》　光文社文庫他）みたいな傑作トリックも、読者がチビッコでは、緻《ち》密《みつ》すぎて

「わからん！」と頭が混乱する子が続出しそうである。

「ミステリーランド」のような、「子どもも大人も楽しめる推理小説」において重要なのは、トリック解明が明快であることはもちろんのこと、論理的な展開にチビッコを食いつかせるための、「におい」の有無ではないかと思う。子どものころ、読んでいて楽しいと感じたのは、登場人物と一緒に冒険している気分を味わえる本だった。多少展開が破綻していてもいい。におい、つまり雰囲気に誘われて、チビッコは物語世界の中に入っていくのだから。

そういう意味で、有栖川有栖の『虹果て村の秘密』は、非常にうまい。作者特有の端整なトリックが仕掛けられているのはもちろんのこと、小学生の男の子と女の子が日常を離れて田舎《いなか》の村に行く、という導入部からしてチビッコ心をくすぐる。村の様子が丁寧に描写され、空気のにおいまで伝わってくるようだ。作品世界を構築するための細かい部分へのこだわりが、物語に雰囲気を生み、チビッコのハートをつかむことにつながる。

私が有栖川有栖を好きなのは、作品から常にそこはかとないユーモアと繊細さが漂っているからだが、「児童書」の体裁をとった本作では、それが顕著に表れている。「こういう本好きの小学生男子っているよ！」と、甘酸っぱい気持ちになるし、登場する大人の男性がみんなどこか変態くさいのも、主人公の小学生の視点から書かれていることを考えれば、とてもリアリティーがある。小学生のころ、大人ってすごく得体が知れなくて気持ち悪い、と警戒心が働きませんでしたか？　そういう感覚を自然に思い起こさせる、「チビッコ心」にあふれた一作だ。

あと、ポイントが高いのは村の地図がついてること。小説に地図がついていると、わくわく感が三割増ぐらいになるのはどうしてなんでしょうね。

第八回　『終わらざりし物語』　J・R・R・トールキン、山下《やました》なるや訳

河出書房新社〈上下巻〉二〇〇三年十二月

一昨年から私は、映画『ロード・オブ・ザ・リング』に心奪われている。

もちろん、映画の第一部を観た直後に、原作であるファンタジー小説『指輪物語』（J・R・R・トールキン、瀬田《せた》貞二《ていじ》・田中明子《たなかあきこ》訳　評論社）も、『追補編』を含めて読破した。

それで私は、原題が「THE LORD OF THE RINGS」であることをようやく知った。こ

の原題を『指輪物語』と訳したのは、内容が「指輪」をめぐる「物語」なことには間違いないので、まあ妥当な線だと思う。しかし、映画の日本公開タイトル『ロード・オブ・ザ・リング』は、冠詞と複数形を中途半端に省略したために、まったくわけのわからない代物《しろもの》になっていると言えよう。私は映画を観る前に散々考えたあげく、「指輪の道」という意味なのだろうと自分を納得させていたぞ。

それはともかく、第三部の映画公開にあわせるかのようにタイミングよく、『終わらざりし物語』が刊行された。『指輪物語』の舞台である「中《なか》つ国《くに》」の、歴史や伝説の断片を集めた本だ。

収録された話がどれも細切《こまぎ》れで、欄外の註も膨大なため、最初は「とっつきにくいなあ」と感じる。だが、途中で読みやめることのできない魅力があって、気づいたときにはぐいぐい引きこまれていた。特に、アルダリオンとエレンディスの麗しい恋愛と結婚、そして破局に至る物語などは、「あるあるある！」という身につまされ感が充満している。

私は最前、『指輪物語』を「ファンタジー小説」と言ったが、『終わらざりし物語』を読むと、トールキンがファンタジー小説を書こうとしたのではないことが伝わってくる。彼は「中つ国」という一つの大きな世界の、歴史と神話を作りたかったのだ。そのために、何千年にもわたる年代を詳細に設定し、エルフ語という言語までゼロから作った(しかもエルフ語には、方言のようにいくつか種類がある。文法もちゃんと決まっている)。

だれしも子どものころに、自分だけの王国を頭の中で夢想したことだろう。それをトールキンは、まさに生涯をかけて、本格的かつ徹底的にやりとおした。ものすごい情熱と意志をもって。たった一人の脳みそが、広大にして深遠な世界を紙の上に現出させたのだ。そしてその世界で繰り広げられる物語が、いまも多くの人を感動させ、魅了しつづけている。

映画『ロード・オブ・ザ・リング』を観て面白いと感じたら、ぜひ原作『指輪物語』を読み、その後に、この『終わらざりし物語』まで手をのばすことをおすすめしたい。人間の想像力が成し遂げた奇跡。一人で膨大な歴史と神話を作りあげるという偉業が、物語を読む楽しさとともに「これでもか、これでもか」と心に迫ってきて、「参りました」と泣き笑いしたい気持ちになる。中つ国に住民登録したい者にとって、必読の書だ。

第九回　『「膝栗毛」はなぜ愛されたか　糞味噌な江戸人たち』綿抜豊昭《わたぬきとよあき》

講談社選書メチエ　二〇〇四年三月

「男性二人旅推進委員会」へようこそ！　僭越《せんえつ》ながら、わたくしが委員長をつとめさせていただいております。メンバーはいまのところゼロ。って、自作自演の委員会かい。さびしいので、みなさんのご参加を心よりお待ちする。当委員会の活動内容は、

一、男性ももっと二人旅をしますように、とひたすら祈念する。

二、テレビの旅番組で、案内役の芸能人に男二人の組み合わせが採用されるよう、ひたすら祈念する。

以上だ。家にいながらにして活動できて、とっても簡単。

私がこの委員会を発足させようと思ったのは、男性二人で旅をするひとが、あまりにも少ないと感じたからだ。どの観光地へ行っても、若い女性の二人旅や、おばちゃん二人旅は目にするが、男性同士で楽しんでいる旅行者はほとんどいない。なぜだ。

男性も、同性の友人とのつきあいをもっと深めればいいのになあ。そうすれば、「定年後に家に籠《こ》もりっきりの夫に愛想がつきた」みたいな理由の熟年離婚も、激減するの

ではないか。奥さんは奥さん、旦那は旦那で、いつもはそれぞれ友だちと旅行。たまに夫婦で二人旅。いい具合に距離の取れた関係だ。

さて、男性二人旅のバイブル的存在といえば、やはり十返舎一九《じっぺんしゃいっく》の『東海道中膝栗毛』だろう。おなじみ弥次《やじ》さん喜多《きた》さんが、江戸から伊勢《いせ》へ東海道をおもしろおかしく旅します。江戸時代の大ベストセラーだが、私はこの作品をちゃんと読んだことがない。そこで、まずは入門書として、綿抜豊昭の『「膝栗毛」はなぜ愛されたか』を読んでみた。

『膝栗毛』の特色や内容、見せ場をコンパクトにまとめてあり、しかもこれからの『膝栗毛』研究の指標にまで言及していて、なかなかお得な一冊。「へえ」と改めて思ったのは、弥次さん喜多さんは同性愛の関係にあったということだ。

現代になっても、多くのひとが主人公の名とだいたいのあらすじを知っているほど、『膝栗毛』は有名な作品だ。まさかその影響で、「男の二人旅＝同性愛の関係にある二人」というイメージが浸透し、男性たちが二人旅を避けるようになっちゃったのではあるまいな。バイブルだと思っていた『膝栗毛』こそが、男性の「二人旅離れ」を加速させる原因であったかもしれないという可能性に思い至り、私はしばし沈思黙考した。推進委員会の課題図書認定を取り消すべきか否か……。

しかし、この本で紹介されている『膝栗毛』の旅路って、すごく楽しそうなのだ。五《ご》右衛《え》門《もん》風呂を壊したり、誤って婆さんに夜這《よば》いをかけたり。行く先々で、下品でおバカなことをして騒動を巻き起こし、それでも懲《こ》りずに進みつづける弥次さん喜多さん。

やはり、男性二人旅の素敵なお手本として、『東海道中膝栗毛』を委員会の推薦課題図書にしておこう、と決意したのであった。

第十回　『おぬしの体からワインが出て来るが良かろう』宮《く》藤《どう》官《かん》九《く》郎《ろう》

学習研究社　二〇〇四年三月

このごろ、私の好きな言葉は「含羞《がんしゅう》」だ。

羞《は》じらいを含む。何事においても、これが大切なんじゃないかと思えてならない。風呂上がりにパンツ一丁でベランダに出て、堂々と洗濯物を干している人間の言うことじゃないが。

含羞のある態度を取る、というのはつまり、相手への思いやりがある、ということだ。

白昼にパンツ一丁でベランダに立つ人間を目撃したら、たいていのひとは驚き、居たたまれずに視線をそらすだろう。だれかに居たたまれない思いを抱かせないために、「含羞」という感情は存在する。

含羞とは思いやりであり、思いやりとはつまり、相手との適切な距離感を測るためのアンテナである。宮藤官九郎の作品には、常に「含羞」の気配が漂っている。どんなにブッ飛んで見えるドラマからも、羞じらいと、人間関係の距離を測る冷静な眼差しを感じる。

そんな彼のエッセイ集が出た。『おぬしの体からワインが出て来るが良かろう』というタイトルだ。ちなみにこれはエッセイ集第二弾で、以前に出版された第一弾のタイトルは、『私のワインは体から出て来るの』（学習研究社）だった。乾杯。

タイトルどおり、内容もわけのわかんないダルさとゆるさが充満。笑いながら読んでいると、ワインを飲んだときのような酩酊《めいてい》感と軽い頭痛が襲ってくる。

宮藤官九郎が日常を綴《つづ》ったエッセイだから、登場する人物も豪華だし、出来事も「テレビ局で打ち合わせ」とか、なんだか華やかっぽい。しかし、なぜか派手なムードにはならない。彼は自分にツッコミを入れつつ、地に足のついた生活を淡々と繰り返す。

毎日の生活の中から拾いあげた、ちょっとしたウキウキ気分や、ささやかな面白さ。

睡眠前の一時に、お読みになってみてはいかがだろう。くすくす笑いながら、リラックスして夢の世界へ旅立つことができるはずだ。

たとえば宮藤氏は、ドラマ『愛なんていらねえよ、夏』を見ていて、「愛なんていらねえよ、ツナ」と思いつき、一時間笑いころげる。私は一カ月ぐらい、このエピソードを思い出すたびに激しくニヤニヤした。

ここ数年で、私が一番笑ったドラマは、『愛なんていらねえよ、夏』と『ぼくの魔法使い』だ。もちろん、前者と後者に対する笑いのベクトルは大幅に違う。『愛なんていらねえよ、夏』は、「臆面がない」としか形容できない、せせら笑いを喚起するドラマだったが（失敬）、『ぼくの魔法使い』（宮藤官九郎脚本）は、恥も外聞もない人々を描いているようでいて、実はものすごく含羞に満ちた、楽しい物語だった。

自分で勝手に「くんく」と名乗り、視聴率と戦いながらものすごい量の仕事をし、偉そうに見えないよう、常に過剰なまでに気を使う。宮藤官九郎はまさに、「含羞の人」だ。

第十一回　『ダンスがすんだ　猫の恋が終わるとき』フジモトマサル

新潮社　二〇〇四年八月

回文が好きである。

海苔《のり》のテレビCMで、「上から読んでもヤマモト〇マ、下から読んでもヤマモト〇マ」というものがあった。私は幼心に、「下から読んだら『マヤトモマヤ』じゃないか！」と、ぷんぷん怒っていた。

そのころはまだ、「回文」という言葉を知らなかったが、「なんだか不完全である」と判断したのだ。もちろん海苔会社が言いたかったのは、「漢字だと、上からでも下からでも同じように読めるよ」ということなのだろうけれど。

同じころ、住んでいた地区から立候補した政治家が、「越智通雄《おちみちお》」という名前だった。私は、彼の選挙カーがまわってくるのを待ち望んでいた。「上から読んでもオチミチオ、下から（以下略）」と、スピーカーが連呼するのがおかしかったからだ。

回文は、自分で暇つぶしに作るのもいいが、だれかが作ったものを味わうのも楽しい。だいたい、「回文を作る」という行為は無駄の極致である。回文を作っても、社会の役に立たないことはまず間違いない。だが、その無駄さ加減が、読む者に得も言われぬ感動を与えるのだ。回文が力作であればあるほど、「この作者は、いったいどれだけの時間を回文作りに傾注したのだろうか……。いやはや、脱帽だ」と。

フジモトマサルの『ダンスがすんだ　猫の恋が終わるとき』は、洗練された線のかわいらしいイラストとともに、全編回文でストーリーが展開する。回文だけでもすごいのに、男と猫との恋愛に革命が絡んでくる、という波瀾万丈《はらんばんじょう》なお話に、ちゃんとなっているのだ。

回文を集めた本はいままでにもあったけれど、物語をすべて回文で押し進めた作品は、私は読んだことがなかった。回文にかける、作者の並々ならぬ情熱を感じる。

私がこの本のなかで特に好きな回文は、「地球行きロケット着けろ給油基地（チキユウユキロケツトツケロキユウユキチ）」だ。ブラボー！

この本は、読者を「くすり」と笑わせる力に満ちている。大の大人がすごく真剣に、でも心底楽しみながら、回文作りという「無駄なこと」に取り組んだことが、本全体から伝わってくるからだ。

回文は、知的で平和的な遊びだ。

通勤通学の電車のなか、退屈な会議の合間、なかなか眠れない夜。この本を参考に、ぜひとも回文作りに挑戦してみてはいかがだろうか。

私ももちろん、作ってみた。「隙で凡退、悲しいし、中井、田んぼでキス（スキデボンタイカナシイシナカイタンボデキス）」。野球で負けた傷心の中井くんは、帰り道に彼女と田んぼでキスしたのである。うーん……。

第十二回 『黙って行かせて』ヘルガ・シュナイダー、高島市子《たかしまいちこ》・足立《あだち》ラーベ加代《かよ》訳

新潮社 二〇〇四年十月

このごろの私は、なぜだか戦争づいてるのだ。戦争と関係ある内容だとはちっとも思わずに、なにげなく読みはじめた本が、かなりの確率で戦争物なのだ。

いやー！ 私は戦争が大嫌いなのに（好きなひともあまりいないと思うが）！ 小学生のときに、体育館に集結させられてアニメ『はだしのゲン』を見て以来、「戦争」「原爆」はかなりのトラウマになってるのに！

どうして、できることなら敬して遠ざけておきたい戦争物に、期せずしてブチ当たっ

てしまうのか。それはたぶん、第二次世界大戦からそろそろ六十年が経つことと無関係ではないと思う。つまり、最近出版されている「戦争物」は、戦争物の皮をかぶってないのだ。長い年月を経て、戦争の直接の当事者ではなかったひとたちが、一歩引いた視点から書いてるものが多いので、パッと見には戦争の話だとわからないのだ。

そしてここが重要なのだが、私が読んだかぎりでは、このごろの戦争物には傑作が多い。自分が直接体験しなかった戦争を、従来の戦争物とは違った切り口から、もう一度自分たちの問題として考え直してみよう、という決意に満ちた作品が多いのだ。

自伝小説『黙って行かせて』の著者、ヘルガ・シュナイダーは、第二次世界大戦が終結したとき、十歳にもなっていなかった。だがそれから何十年も経って、戦争と深く向きあわねばならなくなった。彼女の母親がバリバリのナチで、かつてアウシュヴィッツの看守としてユダヤ人を殺しまくっていたからだ。

「党に忠誠を誓った」母親は任務を遂行するため、ヘルガが四歳のとき、家族を捨てて出ていった。収容所で「勤勉に」ユダヤ人を殺していた母親は、いまは年老いて老人ホームに入っている。ヘルガは何十年も没交渉だった母親に会いにいく。収容所でなにをしたのか、自分の過去の行為をどう考えているのか、そして、かつて捨てたっきりの娘のことを思い出すことがあったのか、問いただすために。

ヘルガの母親が語る収容所の様子、そこで為された事柄は、残酷という言葉では足りないほどだ。しかしそれは、いままでにも多くの書物や映像が伝えてきた。この『黙って行かせて』が暴いた一番の戦慄の事実は、ヘルガの母親がまったく悔いていない、ということだろう。母親はいまでも、総統の栄光を信じている。ユダヤ人は殲滅《せんめつ》すべきだと信じている。その「信念」を前にして、娘のヘルガは憤りと深い虚脱を味わう。

この親子は、一度も心がまじわることがない。戦争によって決定的に損なわれた彼女たちの関係は、何十年経とうとも、修復不可能なままだ。黒い夜の霧が、時間の彼方《かなた》からいまも滲みだしつづけている。

救いはどこにもない。唯一の希望の光は、この本が書かれ、私たちはそれを読むことができる、ということである。

二章　三四郎はそれから門を出た

朝日新聞の、「中高生のためのブックサーフィン」欄の一角で、二年半にわたって連載したエッセイ（二〇〇三年四月〜二〇〇五年九月）。

掲載時は、「読書日記」という副題がついていた。月に一回の連載だったので、正確に言うと全然「日記」じゃない。これはもう、日記を貫きとおした。アイタタタ。

さらに、「中高生のための」本の紹介欄だというのに、あまり中高生向けではないっぽい作品が多い。それでも最初はまだ、「中高生向け」ということを少しは意識しようとしていたのだが、すぐに努力を放棄したことがうかがわれる。依頼意図を奔放にはずれちゃってすみません。

だがそれは、私の信念（と言うとおおげさだが）の表明だったのだ。いったいこの世に、「中高生向け」の本など存在するだろうか？　年齢に関係なく、いつでも、だれに対しても開かれているのが本というもののはずだ。強いて言えば、「おもしろいな」と読んで感じたときが、その作品の対象年齢だということだろう。

おもしろいと思った作品、いいと感じた作品を、ただひたすら紹介するよう心がけた。もちろん、「求めていた本はこれだ！」と思ってくれる中高生が一人でもいてくれれば、これ以上の喜びはない。その願いは、毎回こめたつもりだ。

「奥付の日付が、原稿締め切り日からさかのぼること二カ月以内」という以外に、ほとんど制約はなかったが、この「二カ月以内」ってのが、けっこう大変なのだ。毎日毎日、新刊を探しては読んでいた気がする。幸せだった。

第一回

青春美化なし懐古なし

『永遠の出口』森絵《もりえ》都《と》　集英社　二〇〇三年三月／集英社文庫　二〇〇六年二月
『アースシーの風　ゲド戦記Ⅴ』U・K・ル＝グウィン、清《し》水《みず》真《ま》砂《さ》子《こ》訳
岩波書店　二〇〇三年三月／岩波少年文庫（『アースシーの風　ゲド戦記〈6〉』に改題）二〇〇九年三月／岩波書店（『アースシーの風　ゲド戦記Ⅵ』に改題）二〇一一年四月

この欄を書くにあたって、中学生のころに私はなにをしていたっけなあ、と思い起こしてみたのだが、ろくなことが浮かばない。ポエムを延々と日記につづったり、夜中に突如憤激が腹の底から突き上げて枕をボコボコ殴ったりしていた。青い果実を持てあまし気味だったのは私だけではないはず、と思いたい。

そのころの気持ちを思い出させてくれるのが、『永遠の出口』だ。「永遠」という言葉にものすごい価値があるように思っていた紀子《のりこ》の、小学三年生から高校三年生に至るまでの成長の物語。家族や友だちや恋をした相手との、ささやかだけれど大切な経験を通して、紀子が「永遠」を自分の中でどう位置づけていくのか。ファンシー消しゴムの香りや、教室の机を濡れぞうきんで拭《ふ》いた後のにおいなどが鮮明によみがえり、夢中で読んだ。

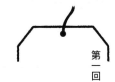

ユーモアと良質な毒を含めつつ、子ども特有のわけのわかんない意地の張り合いや、すぐ恋に落ちちゃう若気の至り的エネルギー充満ぶりが描き出され、「ひゃー、あったよあったよ、こんなこと」と顔が赤らむ。しかしなにより素晴らしいのは、いま、作中の紀子と同じ年ごろの人たちが読んでも楽しめる物語であることだ。

言葉でなにかを表現するには、どうしてもある程度年齢を重ねることが必要だ（暗算の得意な十歳の子はいるけれど、大河小説を書ける十歳の子は見たことがない）。だけど、いざ言葉をうまく操れる年になったころには、子ども時代は遠くになりにけりで、そのころの気持ちや感覚を正確に覚えていない。

だから巷《ちまた》にあふれる「青春小説」の大半は、もう学校に通わなくてもいい年齢になった人間が、妙に美化した「あのころの気持ち」とやらを懐古的に味わうためのものになってしまう。でも『永遠の出口』はそうじゃなくて、笑ったり悩んだりしながら「この瞬間」を過ごすすべての人たちのために書かれている。そこがとても魅力的だ。

「言葉の獲得（＝成長）」の功罪、という視点からもう一冊、『アースシーの風　ゲド戦記V』を。主人公のゲドがとうとう老人になっちゃったよぅ！　そのため、シリーズ初期のような物語のダイナミズムに欠けるのだが、私は別の楽しみ方を見いだした。

第一に、「魔法」という重要なアイテムが、どうして物語の中から排除されていったのか、作者の思考の軌跡を追うスリル。アースシーから魔法が消えたのは、言葉を自分のものにすればするほど、子どものころに感じた「世界の秘密」（輝きや恐怖と言い換えてもいい）からは遠ざかってしまう、というジレンマと無関係ではなさそうだ。第二に、多彩な登場人物の過去や未来を、読者がいろいろ想像できる自由。私は金髪の魔法使いアズバー様（いい男！）の過去の大悲恋物語を、三日三晩かけて勝手に捏造《ねつぞう》してウハウハしました。

第二回　絶望をのみこみ、世界は続く

『蟹の横歩き』ギュンター・グラス、池内紀《いけうちおさむ》 訳　集英社　二〇〇三年二月
『うたかたの日々』岡崎京子《おかざききょうこ》　宝島社　二〇〇三年五月

風呂に入る前には必ず、「いま地震が起こったらどうしよう」と服を脱ぐのを躊躇《ちゅうちょ》する。駅のホームで電車を待つ間も、留《と》め金《がね》が緩んでいたら一大事だから、ぶらさがっている時刻表の下には絶対に立たない。

かように臆病者なので、非常時に際しての心構えを知るべく、災害や事故に関するノ

ンフィクションをよく読む。『蟹の横歩き』も沈没船のノンフィクションだろうと思って手に取ったのだが、ずいぶん趣《おもむき》が違った。一九四五年に実際に起こった、ドイツ船ヴィルヘルム・グストロフ号の沈没事件を題材にした小説だったのだ。

グストロフ号の沈没によって、九千人以上（！）が死んだとされるが、正確な数はわからない。乗船名簿にも書ききれないほど、難民がすし詰めだったからだ。

語り手は、まさに沈没の夜に海の上で生まれた男だ。今や中年となった彼は、グストロフ号の忌まわしい因縁を紐解《ひもと》いてゆく。ナチス・ドイツの輝ける象徴（それは、ユダヤ人迫害の象徴でもあった）、グストロフ号。とうの昔に沈んだはずの船が、現代のインターネット上に再び姿を現す。

ネット上の幽霊船に、語り手の息子が深くかかわっていると判明するあたりから、いやな予感が漂う。そして案の定、一つの殺人が起こる。グストロフ号における大量の死者と同じく、無意味で理不尽な死。

人間が存在しつづけるかぎり、過去は決して過去にならない。絶えることのない大きな流れに対する無力感と、しかし、その流れに蓋《ふた》をして見ないことにするのは怠慢なのだ、と糾弾しつづける作者の静かな声が、物語の狭間から伝わってくる。

もう一冊は岡崎京子の『うたかたの日々』。こちらは、若い男女の恋物語だ。素敵な洋服。おいしい料理。愛する恋人。

ところが、ここにも不吉な影が忍び寄っている。純粋な気持ちや幸せな毎日は、崩壊の瞬間を際だたせるための小道具であったかのように、まったく無力だ。登場人物は、自分たちを覆おうとする暗い影に気づいてはいるのだが、為す術《すべ》がない。やがて、暴力と死が訪れる。

ボリス・ヴィアンの原作小説は、一九四六年に書かれた。グストロフ号沈没の一年後だ。岡崎京子とギュンター・グラスは、なぜ五十年以上前の小説・出来事を、それぞれ現代に甦《よみがえ》らせようとしたのか。

『蟹の横歩き』と岡崎版『うたかたの日々』には、共通する「気分」がある。それは、乾いた絶望感。どんなにあがいても、すべては意味もなく失われてしまうということ。そしてその後も、世界は淡々と続いていくということ。

その非情さに耐えるためには、日常から小さな喜びを集めて生きるしかないのだろうけれど、それすらも見失われがちな今、この二作品は満を持して生みだされた。たぶん、確固たる過去も未来も提示されないまま、寄る辺《よるべ》なく漂う若い人たちのために。

第三回 心の奥深いところで息をひそめるエロス

『小鳥たち』アナイス・ニン、矢川澄子《やがわすみこ》訳　新潮社　二〇〇三年四月／新潮文庫　二〇〇六年二月
『新宿二丁目のほがらかな人々』新宿二丁目のほがらかな人々
角川書店　二〇〇三年四月／角川文庫　ほぼ日刊イトイ新聞編　二〇一〇年二月

本屋において私が自分自身に課す重大な行動原則は、「エロ本はいついかなる時も堂々と買う」である。周囲の客の目、書店員の目に臆するな。棚の前でじっくりと吟味し、選んだ本を手に持ってゆっくりとレジまで歩き、バーンと表紙を見せて書店員に渡すべし！　エロ本を買うのは決して恥ずべき行為ではない。己れの内なる欲望に気づき、現実では味わえない愉楽を知るための、非常に重要な第一歩なのだ。エロスと向きあうことはすなわち、想像力を作動させることだ……！

と、大上段にぶちかましてみたが、つまりは「エロ本買ったっていいじゃないか。だって読みたいんだもん」というだけのことだ。「そうは言ったって、羞恥心でもんを捨てられないしな……」と悩める若人《わこうど》のために、『小鳥たち』をおすすめする。

これは詩人のアナイス・ニンが、大金持ちの老人の楽しみのために書いた十三篇の官能小説集だ。装幀は素敵で上品な「文芸書」の体裁だが、中身はけっこう実用的だとお

見受けした。買いやすい！　学校図書館にもしらばっくれて購入希望を出しやすい！すぐれもののエロ本である。

しかしなんといっても、とても美しく切ない物語ばかりなのが素晴らしい。エロスは常に人の心の奥深いところで息をひそめている。曖昧模糊《あいまいもこ》とした欲望が、あるとき突然形を成し、その人に孤独を感じさせたり、逆にだれかと強く結びつけたりする。その瞬間が、繊細で鮮烈な筆致でつづられる。

この本を一人で読んで味わうのも楽しいだろう。だけど私は、だれかと語りあいたいと思った。どの物語が好きだったか（私は「マハ」という一篇だ）、自分はどういうふうに愛し愛されたいか、自分の中にどのような性的幻想があるか、などなどについて。女性の作者が、男性の依頼主に応えて書いた官能小説。そこにひそまされた女性の本音や実感を男性がどう受け取るのか、についても興味が湧く。男女を問わずぜひ一読していただきたい作品だ。

さて、愛の形にはさまざまあるが、「クマ系（むくつけき外見のこと）」のゲイ三人が爆裂トークを繰り広げる『新宿二丁目のほがらかな人々』がおもしろかった。愛し愛されるには、知性と感性と品性が必要なんだな、と目を開かされる。

恋愛について、美について、旅行について（「なんてゴージャスな体験！」と読んでいてポーッとなる)。シチュエーションごとに、人として生きていくうえで大事な心構えが、ユーモアをまじえてたくさん語られている。特にデートに関するあれこれには、「私も気をつけよう」と褌《ふんどし》を締め直した。いや、デートする相手がいないんだけど。一人で食事や買い物する時でも、気品をもって行動しないと、ね。

以上の二冊をお手本に(?)、自分自身と周囲の人への理解をより一層深め、素敵な生活を送っていきたいものだ。

第四回　対立の図式に飽きているなら

『夜の鳥』『ヨアキム　夜の鳥2』トールモー・ハウゲン、山口卓文《やまぐちたくふみ》訳
河出書房新社　二〇〇三年六月
『映画はやくざなり』笠原和夫《かさはらかずお》　新潮社　二〇〇三年六月

え、もしかしてもう夏休み?　いいなあ。海、山、恋、冒険、と休み中の予定が目白押しかしら?　いや案外、夏期講習の予定でびっちりだったりして。ははは、ざまあみろ(と、夏休み自体がないくせに喧嘩《けんか》を売ってみた)。

ちなみに、お気づきのかたも多いと思うが、この連載エッセイのタイトル『三四郎はそれから門を出た』は、夏目漱石《なつめそうせき》の代表作を羅列《られつ》したもの。遠い昔に文学史の授業で、「語呂《ごろ》合わせで覚えよう」と習ったのだが、作品名三つぐらい、わざわざ文章にしなくても覚えられるよな……。

親や教師は、「学生なんだからちゃんと勉強しなさい」などと言うが、その理屈には納得いかない。学生だって勉強以外にいろいろ忙しいものなのだし、学校を卒業したって、学んだり考えたりしなきゃならないことに変わりはないのだから。「子どもだからこうしろ」「大人はわかってくれない」みたいな、単純な「大人対子ども」の図式にはもう食傷気味だ。そうじゃない作品はないかしら、と探したらあった。トールモー・ハウゲンの『夜の鳥』『ヨアキム　夜の鳥2』だ。

ヨアキムは小学生。いじめっ子たちに弱味を見せちゃいけないし、同じアパートには魔女が住んでるしで、なかなか気を抜けないハードボイルドな日々だ。さらに、ヨアキムの父は出社拒否症、代わって働きに出てる母は疲労困憊《こんぱい》。ヨアキムの寝室の簞笥《たんす》には、得体の知れない不吉な黒い鳥たちがいっぱい住みついてしまった。

まさしく八方ふさがりの状況の中で、ヨアキム少年は悩んだり虚勢を張ったりしながら、必死に毎日を暮らす（たまに、恐怖に負けてちびったりする）。ヨアキムは「子どもらしく」は描かれていないし、周囲の大人たちも「大人らしく」は描かれない。年齢に関係ない、個人と個人の間の愛情やぶつかりあいがあるだけだ。それが潔い哀切さと、ユーモアを醸《かも》しだす。

もう一冊は、笠原和夫の『映画はやくざなり』。やくざ映画に興味のある中高生がどれぐらいいるものかわからないが、作者は数々の名作映画を生み出した脚本家だ。この本には、映画製作時の裏話、脚本を書く際の実践的な心得と方法論、そしてお手本となるにふさわしい傑作シナリオ『沖縄進撃作戦』（未映画化）が収録されている。

笠原和夫は、ダイナミックな抗争劇や対立する心情を描くことを得意とした。しかしその作品の根底には、「戦いには完全なる悪も完全なる善も存在しない」「この世界は『対立』などという単純な図式で割り切れるものではない」という彼の考え方や物の見方が、常に通奏低音のように流れていた。私はそこに非常に共感する。読み物としてとても刺激的でおもしろいので、映画に興味のないかたにも読んでいただけたらと思う。『昭和の劇』（笠原和夫他　太田出版）を併読すると、この偉大な脚本家の業績が、より一層鮮明に迫ってくるだろう。

第五回　怒りのパワーで残暑も克服

『グロテスク』桐野夏生　文藝春秋　二〇〇三年六月／文春文庫〈上下巻〉二〇〇六年九月
『ドスコイ警備保障』室積光《むろづみひかる》
アーティストハウスパブリッシャーズ　二〇〇三年七月／小学館文庫　二〇〇六年九月

尿意を覚えてデパートにかけこむと、たいがい女性用トイレは長蛇の列だ。デパートに買い物に来るのは圧倒的に女性が多いはずなのに、なんで男子便所と同じ面積しか取っていないのか！　建物の設計者は絶対に男に違いない。

制服姿で電車通学していたころ、しょっちゅう痴漢に遭った。私程度の容姿でこんな状況じゃあ、美人はさぞかし大変だろう。美貌の友人に聞いてみたら、痴漢にはとんと遭ったことがないという。輝くばかりの美人には、痴漢は怖じ気をふるって近づくことができないらしい！　美しい人は美しいというだけで、満員電車の中でも透明なシールドに守られる。

桐野夏生の『グロテスク』を読んでいたら、これまで感じた大小さまざまな理不尽に対する怒りが、身の内にこみあげてきた。うーん、この怒りのパワーで残暑も投げ飛ばせそう。

「わたし」の妹（超絶的な美貌の持ち主）と元同級生（大手企業に勤めるＯＬ）は、娼婦になって小さなアパートの一室で殺された。「わたし」は異様なまでの饒舌《じょうぜつ》さで、彼女たちのこと、自分自身のことを語っていく。そして明らかになるのは、この社会の中に巧妙に隠された欺瞞《ぎまん》と矛盾だ。「努力すれば報われる」というのは神話に過ぎない。いくら努力したって、ブスは周囲からちやほやされないし、貧乏人は金持ちとはスタート地点からして違うのだ、という厳然たる事実が、圧倒的な迫力とリアリティーで暴きだされる。

この小説を読んで、「怖い女の話だなあ。でも私（僕）は娼婦になったり（娼婦を買ったり）しないし、関係ないや」と思う人もいるかもしれない。だが私は声を大にして言いたい。「ちゃんと目ぇ開いてよく見ろ！」と。これは現実に多くの人が直面している にもかかわらず、見ないふりに徹しつづけてきた諸々の問題の根源を、鋭く突いた傑作なのだ。

残暑をすがすがしいパワーで投げ飛ばしてくれるのは、室積光の『ドスコイ警備保障』。引退した力士たちが、警備保障会社を作って大活躍する物語だ。いくら努力したって、すべてのお相撲さんが横綱になれるわけじゃない。だけど人生は続く。そこで彼らは、鍛えあげた巨体を活かし、警備員としての道を極めることにしたのだ。

私が大スターで、本当にこんな会社があったら、ぜひとも身辺警護をお願いしたい。そう思わせるほど楽しくて痛快。元力士たちの中に、一人だけ「ただのデブ」が混じっているのも、腕っぷしはからきしな大飯食らいとしては、なんだか共感できる点である。周囲の用意した階段を上るためではなく、自分自身の価値観に基づいて努力するのなら、たとえ失敗に終わったとしても、努力もあながち無益なことではない。そう信じられる気がしてくる。

ベクトルは違えど、読者に勢いと力を噴出せしめるこの二冊。夏に疲れた心身にぜひどうぞ。

第六回　日常の中にある胸躍る物語

『妄想中学ただいま放課後』宮藤官九郎　太田出版　二〇〇三年八月
『子どもの王様』殊能将之《しゅのうまさゆき》
講談社　二〇〇三年七月／講談社ノベルス　二〇一二年八月／講談社文庫　二〇一六年一月

人気の脚本家・俳優である宮藤官九郎が、理想的な中学校のクラスを作りあげた！

『妄想中学ただいま放課後』である。宮藤官九郎が、自分とほぼ同い年の的場《まとば》浩司《こうじ》、安《あん》野《の》モヨコ、及川光博《おいかわみつひろ》ら著名人八人から、それぞれの中学生時代の話を聞き出し、最後に教室内の座席を決める、というだけの対談本なのだが、これが無茶苦茶おもしろい。

みんな、同じような時代に同じように中学校に通っていたはずなのに、各人の個性の違いによって、まったく異なる事柄に興味の重点が置かれていたことが明らかになる。ある者は血みどろの喧嘩に明け暮れ、ある者は退屈に倦《う》み、ある者はモテすぎて困っていた。そんな迷走の中学生時代を通り抜けて、今の彼らがあるんだな、ということがよくわかる。

宮藤官九郎は水のごとき自在性をもって、対談相手が繰りだす爆笑の中学時代の思い出を受け止めていく。中学生のころのこのメンツが、本当に一つの教室に押しこめられていたら、いかに担任の先生が遠藤《えんどう》ミチロウ（素晴らしい人選！）といえども、収拾がつかなくて大変なことになっていただろう。大人になるって、本当にいいことだ。自分とは全然違う趣味や性格の人とも、なごやかにおしゃべりして理解が生まれるだけの余裕ができるのだから。

私は、この理想のクラスの隣のクラスの生徒になりたいな、と思った。そして廊下から、毎日彼らを観察する。「また的場君が血に濡れた木刀ぶらさげて遅刻してきた！」

とか、「あっ、それを見た遠藤先生が怒って臓物《ぞうもつ》を投げつけた！」とか、ね。

もう一冊は、団地で暮らす小学生男子の活躍を描く、殊能将之の『子どもの王様』。カエデが丘団地に母親と住むショウタは、テレビの特撮ヒーロー番組「神聖騎士パルジファル」が大好きだ。パルジファルになりきって自転車を走らせたり、学校で友だちと最終回を予想したりして、元気に毎日を送っている。ある日ショウタは、親友で同じ団地に住む不登校ぎみのトモヤから、「子どもの王様」の話を聞く。「子どもの王様」は、茶髪で暴虐のかぎりをつくし、「ひげを生やしてるけど、子ども」という恐ろしい存在なのだ。最初はトモヤの作り話だと思っていたショウタだが、実際に「子どもの王様」らしき人物を見かけてしまう。ショウタはヒーロー・パルジファルのように、「子どもの王様」から友だちを、団地を救えるのか……!?

少年の想像力によって風景がいきいきと変幻していくさまや、聡明だけれどまだまだ無力な「子ども」が、自分と友だちを守るために奮闘するさまが、空気のにおいまで嗅《か》ぎとれそうなほど描写されていて、ショウタと一緒に団地の冒険を味わえる。

教室に並んだ机や、見分けのつかない団地の棟。無機的で無個性なように見える日常の連なりの中からも、胸躍る物語は生まれてくる。それを証明してくれる二冊だ。

第七回　報われぬ献身の美しさ

『東京大学応援部物語』最相《さいしょう》 葉月《はづき》　集英社 二〇〇三年九月／新潮文庫 二〇〇七年十一月
『ジェローム神父』マルキ・ド・サド、澁澤龍彦《しぶさわたつひこ》訳、会田《あいだ》誠《まこと》 絵
平凡社 二〇〇三年九月／平凡社ライブラリー 二〇一二年一月

上下関係に厳しい部活動というものがどうにも理解できなくて、学校に通っているあいだはずっと、体育会系の集団には極力近づかないようにしていた。鬼のような先輩にどれだけしごかれようとも、救いがたいレベルにある私の運動能力とへなちょこな根性が上向きになることはなかっただろうから、この判断は正しかったと確信している。

しかし、気になる。いったい彼らはどういう思いで、先輩の理不尽な命令に耐えて体を鍛えるのだろうか。彼らの体育会系的毎日には、どんな喜びや苦しみがあるのだろうか、と。

そんな疑問に答えてくれるのが、最相葉月の『東京大学応援部物語』だ。東大応援部は鉄壁の上下関係のもと、激しいトレーニングを日々重ねて、応援技術を心身ともに培《つちか》っている。だが問題があった。そこまでして彼らが必死に応援している東大野球部が、無

茶苦茶弱かったのだ。

　応援部が熱い声援を送っても、野球部はいつも負ける。勝利の美酒に酔う機会のない応援部員たちは、必然的に、「人を応援するとは、本質的にいかなる行為なのか」と自問自答を繰り返すことになる。そんなことで苦悩する人は、日本広しといえどもそんなにいないだろう。

彼らの応援が、野球部の勝利という形で報われることはあるのか。「応援すること」に、一人一人が迷いの中からどういう光を見いだすのか。読みながら、応援部員たちを渾身《こんしん》の力で応援してしまうこと請け合いだ。

私は上下関係嫌悪症ではあるけれど、五回ぐらい人生をやり直せるのならば、そのうち一回は東大応援部に入ってみてもいいかも、と思った。しかしそのためには、東大入学という高いハードルを越える必要がある。むむぅ。

もう一冊は、だれかを応援しようなどとは毛一筋も考えたことなさそうな人の作品を。サド作『ジェローム神父』。会田誠の素晴らしい絵も楽しめる一冊だ。

抄録ということもあって、サドの作品の入門編として適していると思う。内容は……、サド氏の欲望と妄想が次々に繰りだされ、「わかった。きみが若い娘に何をしたいのかは、よくわかったから」という感じ。

偏執的なまでに自身の願望を書きつらねるサド氏に、私はどうしてもある種の臭《くさ》みを感じて、冷めてしまうことがある。しかし、この本では会田誠の描く美しくも皮肉な絵がスパイスになっていて、初めて雑念を振り払ってサドの作品世界を堪能することができた。そうだ、たとえ変態とそしられようとも、個人の心の中では、どんな性欲があったっていいのだ（サド氏の場合、実行に移したら即座に犯罪になるけれど）。

他者を応援する応援部員と、ひたすら自身を応援するサド氏。自分の選んだ道を邁進《まいしん》する人の姿は、時として崇高である。そしてその姿が、どこかでだれかを力づけていることがある。

第八回　納得の名言が目白押し

『翔、曰く』哀川翔《あいかわしょう》　ぴあ　二〇〇三年十一月／文芸社文庫　二〇一二年二月
『盗神伝』M・W・ターナー、金原瑞人《かねはらみずひと》・宮坂宏美《みやさかひろみ》訳
あかね書房〈Ⅰ～Ⅲ〉二〇〇三年三月～二〇〇三年九月

哀川翔といえば、Vシネマの帝王。「かかか、かっこいいぜ翔兄《アニ》ィ！」と観る者をシ

ビれさせる、すごい役者だ。そんな哀川翔のありがたきお言葉が満載された、『翔、曰く』をおすすめする。

「『一人戦国時代』を生きてきた感じさ。」、「うちは、家族っていうより、族。族の掟《おきて》は絶対。」などなど、名言が目白押し。「一人なのに時代！（しかも戦国！）」とか、「掟ってすごいな！（しかも族！）」とかツッコミつつも、「さすが翔兄ィだ」と、なんだか納得させられてしまう。

なんといっても、哀川翔の家族観がいい。父権がどうのこうのと、愚にもつかぬことをしたり顔で論じる人たちに、この本をそっと進呈したい。翔兄ィの家庭円満の秘訣《ひけつ》は、要約するとこうだ。「飯は家族で食え」。一点の曇りもない明快さが、感動を呼ぶ。

哀川翔をまったく知らない人も、ぜひこの本を読んで想像してみてほしい。哀川翔が自分の父親（あるいは夫、あるいは仕事仲間）だったら、と。彼の言ってることは、非常にまっとうである。次に、彼の出演作を観て、彼の演技に瞠目《どうもく》してほしい。いい意味でまっとうじゃないからである。たまらなく魅力的だ。

哀川翔の自伝、『俺、不良品。』（東邦出版）も、ものすごく面白い。まず、このタイトルだけでご飯を三杯は食べられる。翔兄ィのように、破天荒な中に一本筋の通った、かっこいい人間になりたいものだ。

筋の通ったかっこいい男女が多数登場するのは、ターナーの『盗神伝』。現在、三巻まで刊行されていて、続きがとても楽しみなシリーズだ。

「盗めない物はない」と豪語する盗人、エウジェニデス少年の活躍を描いたファンタジー。宝をめぐるハラハラドキドキの冒険譚でもあり、架空の国家を舞台にした陰謀と策略の物語でもあり、胸がときめくラブロマンスでもあるという、一石三鳥ぐらいに楽しめる小説なのだ。

驚きの展開もあるので、詳しい内容にあまり触れられないのが無念なのだが、とにかくエウジェニデスが素敵。飄々《ひょうひょう》と嘘を連発し、そのくせ自分の感情には正直なエウジェニデス。馬に乗るのが苦手で、決して万能のヒーローではないのだが、どんな宝石も武器もかすめとってしまう。

読んでいるうちに、私の心も彼に盗まれた。「盗んだはいいものの、持っている気のない」ガラクタだと判断され、「盗人の守護神」へのお供え物として、さっさと神殿に捧げられちゃっていそうだが。

作者が想像力のかぎりをつくして描きだした風景の中を、読者も登場人物と一緒になって、想像力の翼で自由に飛びまわる。そういう読書の楽しみを、『盗神伝』はたっぷりと味わわせてくれる。

こんなふうに生きられたら、さぞかしスカッとするだろうな、という二作でした。そのためには、どんな苦難ものともしない不屈の精神が必要なわけで……、精進したいものである。

*『盗神伝』はその後、Ⅳ、Ⅴも刊行された。

*『俺、不良品』は二〇〇六年九月に竹書房文庫として刊行された。

第九回　謎に満ちた贈り物

『46番目の密室』有栖川有栖　講談社ノベルス　一九九二年三月／講談社文庫　二〇〇九年八月

『くつしたをかくせ！』乙一《おついち》、羽住都《はすみみやこ》　絵　光文社　二〇〇三年十一月

クリスマスには極力、街へ出ないようにし、部屋で一人で漫画を読んで過ごすことに決めている。いや、正確に言うと「決めている」わけではないのだが、なぜか毎年そういう結果になっている。我が心中ではクリスマスへの怨念の炎が激しく燃えさかり、その熱気でヒマラヤの万年雪も解けださんばかりである。

ところが今回、「新刊にこだわらず、クリスマス関連の本を取りあげよ」という特命

が下った。それも、「サンタクロースが登場する作品を」とのこと。

サンタクロース？　だれ、その人。知らないなあ。

と、しらばっくれるわけにもいかないので、私が素敵だと思う「クリスマス関連で、サンタクロースが登場する本」を二冊選ぶことにする。

一冊目は、有栖川有栖の『46番目の密室』。

推理小説作家の有栖川有栖（アリス）と、彼の友人である犯罪学者の火村英生《ひむらひでお》が、難事件に挑むミステリだ。作者の有栖川氏と同じ名前の登場人物が活躍する趣向だが、もちろん、作者の単なる分身というわけではない。ひねりのある仕掛けが施《ほどこ》されているので、気になるかたは「アリスシリーズ」をいろいろお読みになってみてください。

アリスと火村は、密室トリックを得意とする推理小説作家・真壁聖一《まかべせいいち》を訪ねて、クリスマスの北軽井沢に行く。真壁の住む「星火荘《ほしびそう》」で毎年開かれている、編集者や作家仲間が集うパーティーに出席するためだ。

親しい者同士で歓談しあううちに、クリスマスの夜は更けていく。ところが、「星火荘」でなんと密室殺人が発生してしまう。犯人はだれなのか。犯行の動機は？　火村は論理的に真相に迫り、アリスは真相へ至る軌道からずんずん外れていくのであった……。

端整で誠実な推理小説で、登場人物の心理描写が繊細。非常にデリカシーのある物語だ。作品自体が、「推理小説とはなんなのか」という問いかけにもなっている。私はこの小説を読んで、どんな名探偵にも解き明かせないまま、最後に残る「密室」とは、もしかしたらひとの心なのかもしれない、と思った。

もう一冊は、乙一が書いた絵本『くつしたをかくせ！』。羽住都の美しく柔らかい色調の絵は、クリスマスの贈り物としてぴったりだ。

クリスマスの夜が来て、おとなたちは、「サンタがくるぞ！　くつしたをかくせ！」と言う。子どもたちは言いつけどおり、思い思いの場所にくつしたを隠すのだが、さてどうなるでしょう。この本にも、ひねりと謎が利いている。

紹介した二冊のどこに、どんな形でサンタクロースが登場するのか、はたまたしないのか。それはぜひお読みになって確かめてみてください。

すべての謎に答えが用意されているわけではないからこそ、贈り物はいつだって思いがけない嬉しさに満ち、世界の美しさと残酷さはいつまでも失われないのだ。そう気づかせてくれる二冊である。

第十回 **学校図書館の魅力**

『図書館の神様』瀬尾《せお》まいこ マガジンハウス 二〇〇三年十二月／ちくま文庫 二〇〇九年七月
『ラジオの仏』山本直樹《やまもとなおき》 平凡社 二〇〇三年十二月

夢の話をしよう。私の夢は、男子校の図書館司書になることである。

「先生、面倒だから授業さぼってきちゃったよ。ここで本を読んでていい？」

サッカー部主将の坂本君（かっこいい）がやってきた。彼は、友人の前ではバリバリのスポーツマンという態度を崩さないが、実は読書好き。そのことを知っているのは、図書館司書である私だけだ。

「しょうがないわね。好きなだけ読んでいきなさい」

昼の日が差しこむ図書館で、坂本君と私の秘密の時間が静かに過ぎていく……。

今年こそ、こんなシチュエーションをぜひとも実現させたい。図書館司書の資格を持っていないが。

瀬尾まいこの『図書館の神様』は、高校の図書館が舞台のさわやかな物語だ。

新米国語教師（やる気なし）の清《きよ》は、読書なんて全然好きじゃないのに、文芸部の顧問になってしまった。部員は、部活動と称して図書館で本ばかり読んでいる垣内《かきうち》君一人だけ。手持ちぶさたからなんとなく読書するようになった清は、やがて垣内君と打ち解け、自分自身の来し方行く末について考えるようになる。

といっても、説教臭さや押しつけがましさは一切ない。のんびりしたムードの中、淡々と話は進む。清も垣内君も、読書からなにかを得ようなどと思っていない。ただ楽しいから、時にツッコミを入れたりしつつ、本を読む。

読書が、悩める人を救うのではない。静かに本を読み、自分を見つめた者自身が、自分を救うしかないのだ。ちょっと立ち止まって、一息つくための場所。学校図書館の不思議な磁力や神聖性が、とてもうまく描写されている。読書が苦手な人も、きっと共感をもって読める作品だと思う。

夢には、「将来の展望としての夢」のほかに、「夜に見る夢」がある。みなさんはどんな初夢をご覧になっただろうか。私は最悪だった。知らない家の応接間で、そこんちの奥さんに、身に覚えのない不倫を責められている夢だ。「人違いだと思いますけど……」と必死に説明する私。くわばらくわばら。

夢の話はつまらない、と言うが、私はひとの見た夢について聞くのは大好きだ。「この人はこんな夢を見るのか」と、驚いたり納得したりと、とてもドキドキする。

山本直樹の『ラジオの仏』は、彼が三十年間記録しつづけた、夢の記録である。山本氏は漫画家なので、見た夢の一場面が本人によってイラスト化もされている。これが、他人の脳の中を覗いた気分になれて、とてもおもしろいのだ。

　夢の内容のほうも、相当不条理でブッ飛んでおり、刺激的だ。克明な記録だが、曖昧模糊とした「夢特有のにおい」のようなものも、ちゃんと濃厚に留《とど》められている。私は、「死んだ奴」という話（「夢」というよりは、すでに「お話」に近いクオリティーの夢なのだ）など特に好きだ。

　なんとなく、残酷で陰惨な夢を見たいと思った。

第十一回　思考の深みにドプンとはまる

『深淵』大西巨人　光文社〈上下巻〉二〇〇四年一月／光文社文庫〈上下巻〉二〇〇七年十一月

『ゲイという「経験」増補版』伏見《ふしみ》憲明《のりあき》　ポット出版　二〇〇四年一月

　今回は読みでのある作品を、二つ紹介してみようかと思う。さらりと読めて、わかりやすい感動にひたれる本もいいけれど、じっくりと取りくんで、いろいろ想像や思考をめぐらせながら興奮を高めていくのも、読書の楽しみだと思うからだ。

まずは、大西巨人の『深淵』。主人公の麻田布満《あさだのぶみつ》は、気がつくと十二年間の記憶を失ってしまっていた。家族や仲間の理解と協力によって、日常生活に復帰するが、そこへややこしい事態が持ちあがる。

布満の知人が、冤罪《えんざい》を主張して再審請求している事件が二つもあり、しかもそのどちらも、布満が「失われた十二年」の記憶を取り戻さないことには、真偽のほどが判定できない状況だったのだ。さあ、困った。布満は徹底した論理性と公正な態度で、真実に、そして自分の記憶に、向きあっていくのであった。

布満がとにかく生真面目で、笑う箇所じゃないのかもしれないが、私は読んでいて何度も爆笑した。たとえば、妻の琴絵《ことえ》と再会する場面。夫婦なんだから当然、再会の夜にすることは一つだ。しかし布満は以前から、酒気帯びでセックスすることを自分に禁じていたため、わざわざ数時間仮眠を取って、酔いを醒《さ》ましてからコトに及ぶ。十二年ぶりに会った妻を前にして、この自制心！　律儀な……。ちょっと変わった夫婦で魅力的だ。

硬い文章なので、最初はとっつきにくいと思うかたもいるかもしれない。しかし、明《めい》晰《せき》な論理展開と謎が解明されていくスリルが心地よく、そのうちページをめくる手が止められなくなってくる。「人間はどうあるべきか」を小説という形で徹底的に追求した、まさに「深淵」まで到達した感のあるすごい作品だ。

もう一冊は、伏見憲明の『ゲイという「経験」　増補版』。作者の伏見氏は、ゲイへの偏見・差別をなくすため、十年以上にわたって積極的に活動してきた。この本は、論理とユーモアを武器に書いたエッセイや評論をまとめたもの。分厚さにめまいがするかもしれないが、大充実の内容だ。

　これはもちろん、第一に「ゲイという経験」を生きる人たちのために書かれたものだけれど、同時に、どんなに些細であっても、なんらかの形で「抑圧」を感じたことのあるすべての人に向けた本でもある。

「こうあるべき」と、根拠もなく不当に押しつけられる枠組みから、どう自由になるか。ある場面では抑圧されている者が、別の場面では容易に抑圧する側にまわってしまう構造に、どう自覚的になるか。

　安くはない値段なので、小遣いをもらっている身では買えない、という場合は、学校図書館で購入してもらう手がある。全国の中・高校生が、読みたいときにこの本を読める環境にあったらいいな、と私は夢想する。

　欺瞞から目をそむけず、常に公正に考えることは難しい。だけど、それを成し遂げようとしている人もいることを、この二作は証明している。

第十二回　愛を求めてSFの旅

『ぜったい退屈』鈴木《すずき》いづみ　文遊社　二〇〇四年二月
『バイティング・ザ・サン』タニス・リー、環早苗《たまきさなえ》訳　産業編集センター　二〇〇四年二月

今月はSF小説を二冊紹介しよう。SFといっても、難しい機械用語などは出てこないので、究極の機械オンチな私でも、安心して楽しめた。私はしょっちゅう番号を押し間違えて、知らないひとの家にFAXを送りつけそうになるのだ。それは「機械オンチ」とはまた別の症状のような気もするが……。

鈴木いづみの『ぜったい退屈』は、SF短編集だ。登場人物たちは、気だるく街をさまよい、宇宙を旅する。だれかとしゃべったり、だれかを愛そうとしたりしても、無機質なシステムに疲れきった臆病な心は、決定的にすれ違ってしまう。無味無臭、消毒されつくした真っ白な断絶が、物語のあちこちに残酷に転がされている。

鈴木いづみの描く世界では、愛はとっくに干からびた残骸だ。しかし、愛はかつてはたしかにあった（もしくは、乾燥してはいるが、いまでもたしかにある）のだ。登場人物たちは、愛の痕跡を求めてさすらう。見つからないとわかっていても、なお。

作中に漂う力強い諦念《ていねん》と、プラスチックみたいな透明な明るさが、切実で美しい。ちなみに鈴木いづみは、エッセイ（『いづみの映画私史』など。文遊社）も素晴らしい。

タニス・リーの『バイティング・ザ・サン』は、絢爛《けんらん》豪華なSF長編だ。人々には、死の概念も争いもない。自殺してもすぐに、自分でデザインした美しく新しい体に交換できる。見た目も性別も流動的。ドーム型の都市には娯楽施設がいっぱいあり、システムはすべてアンドロイドが管理してくれる。

悩みも苦しみもない世界のはずなのに、主人公の少女（自殺して男性の体に取りかえることもある）は、なぜか居心地が悪くてたまらない。アンドロイドに楯突《たてつ》いては、秩序を混乱させていた彼女は、ついにある決心をする——。

すべての情景が、描写を通してまざまざと脳裏に浮かぶ。極彩色のドーム内。その外に広がる荒涼とした砂漠。この世界に用意されたぬるま湯のような愛は、少女の苛立《いらだ》ちと葛藤によってどんどん干上がり、醜い正体を露わにする。

はたして彼女は、長い長いさすらいの末に、だれに押しつけられたのでもない、みずみずしい愛を見いだすことができるのか。冷たく澄んだ雨に打たれて、砂漠に緑が芽吹くように、彼女も自分が根づく場所を見つけられるのか。

「この魅力的な少女にふさわしい相手は、いったいどこにいるんじゃろう！」という興味も手伝って、最後までハラハラドキドキ、目が離せない。

ＳＦに登場する若者って、完璧に機械化された都市に暮らし、ご飯がわりに錠剤をパリパリ食べ、総じて無気力状態に陥っている印象がある。だからこそ、人間のさびしさと、閉鎖空間からの脱出というテーマが、より強く浮かび上がってくるのだろう。同じ無気力状態でも、部屋でごろごろしてご飯をバリバリ食べている我が身の上とは、かっこよさが断然違う。

第十三回　世界を切り拓く想像力

『スノーボール・アース』ガブリエル・ウォーカー、川上紳一《かわかみしんいち》監修、渡会圭子《わたらいけいこ》訳
早川書房　二〇〇四年二月／ハヤカワ文庫ＮＦ　二〇一一年十月
『不良少女入門』寺山修司《てらやましゅうじ》　大和書房　二〇〇四年三月

学校では、文系・理系でクラス分けされることが多い。私は中学校の時点で、数学がまったく理解できていなかった自信がある。だから、ひとによって「文系向き」「理系向き」と、たしかにある程度は分けられると思っていた。

しかし、今月紹介する二冊を読んで、深く学問をきわめていくときや、日常の生活の中でなにかを感じるときに、文系・理系などと単純に二つに分けることにはなんの意味もないのだ、と気づかされたのである。

ガブリエル・ウォーカーの書いたノンフィクション、『スノーボール・アース』は、自然科学の分野で現在論争が繰り広げられている最新の仮説について、わかりやすくスリリングに紹介した本だ。

その仮説（スノーボール・アース）とは、六億年ほど前、地球は赤道付近まで含めて完全に凍結していた、というもの。文字どおり、地球は雪の玉になっていたのだ。しかし凍結と、その後の温暖化によって、生命はアメーバみたいなものから多細胞生物へと、劇的に進化していった。

地球がまんまるな雪の玉だったことがあるなんて、想像するだけでわくわくする。もちろん、「そんなことが起こったわけがない」と反論する科学者も多いらしい。

この本は、ただ単に仮説を紹介するだけではなく、科学者たちの人間像にも詳しく迫っているので、読み物として大変おもしろい。スノーボール・アース説を提唱しているのは、地質学者のポール・ホフマン氏だが、こいつがなんとも癖《くせ》があってつきあいづらそうなやつなのだ。仮説が激しい反論にあっているのも、信憑性《しんぴょうせい》うんぬんよりも、ポールへの個人的な反感からくるもんじゃないのか？　と思えてくる。

しかしとにかく、常識にとらわれない発想と想像力が、学問を新たなレベルに引き上げ、真実を解明する糸口になるのだ、ということがよくわかった。

もう一冊は、寺山修司の『不良少女入門』。寺山修司の本は多数出版されているが、本書は詩・エッセイ・戯曲と内容が幅広く、寺山入門編として最適の一冊。もちろん、寺山上級者をも満足させるようなマニアックな収録作品もあって、おすすめである。

この本を読むと、寺山修司という魂が抱えていたさびしさと、想像力によって世界を変容させることがいかに刺激的かということとが、皮膚にビリビリと感じられる。

スノーボール・アース説は理系分野のことだし、寺山修司の作品は文系分野のことだ。それはたしかにそうなのだけれど、私は、文系・理系と区分けすることによって、お互いに断絶し、可能性を閉ざしてしまうのは、とても惜しいことだと思うに至った。

寺山修司は、「どんな鳥だって想像力より高く飛ぶことはできない」と書いた。それは本当に真理で、文系・理系に関係なく、ただ人間の想像力と、真実を知りたいという欲求こそが、私たちの前に新しい世界を切り拓《ひら》くのだ。

第十四回 異質なものの存在を認識せよ

『いま私たちが考えるべきこと』橋本治《はしもとおさむ》 新潮社 二〇〇四年三月／新潮文庫 二〇〇七年四月
『村田《むらた》エフェンディ滞土録』梨木《なしき》香歩《かほ》 角川書店 二〇〇四年四月／角川文庫 二〇〇七年五月

ほんわりと湯気が立っているので、「あたたかいお湯なんだな」と思って手をひたしてみたら、予想外の情熱の温度の高さにしびれた。接した者の魂をゆさぶる、ひそやかかつ激しい情熱が満ちている。

今月は、そういう二冊を読んだ。

一冊目は橋本治の評論、『いま私たちが考えるべきこと』。タイトルから、「収納上手になる方法」みたいなハウツー本だと思われるかたもいるかもしれないが、当然のことながら全然ちがう。

「これこそが考えるべきことですよ。そして考えた結果は、こうなりますよ」という具体的な答えは提示されない。しかし、読み終わるとなぜかちゃんと、「引っかかっていたものの正体はこれだったのか！」と、喉《のど》に刺さった魚の小骨が取れたときのような爽快感がある。この不思議。

そういう本なので、具体的に内容を紹介することも難しいのだが、ハウツー本的手法で無理やり明快にまとめてみると、「『私』と『私以外の人』について、なにをどう考えるべきか」に、ねっちりがっぷり取り組んだ本だと思う。

国も学校も家族も、基本はすべて「私」と「私以外の人」にある。橋本治は、「関係性」に対して非常に敏感で繊細な思考を見せるが、決して「自分と異質なもの」の排除には傾かない。そこがこの本を、強靱《きょうじん》で情熱と意志にあふれたものにしている。

もう一冊は梨木香歩の小説、『村田エフェンディ滞土録』。いまから百年前の留学生、村田君のトルコ滞在記だ。

開国した日本は、西洋に追いつけ追い越せと、国を挙げて邁進《まいしん》していた。村田君も、「近代的」な西洋式の考古学を修得すべく、トルコへ派遣されたのだ。しかしトルコは、西洋と東洋が混じりあう場所。多様な立場と考え方の人が、入り乱れて共に暮らす場所だった。混沌としたエネルギーに満ちたトルコでの生活を、村田君は満喫する。

下宿を営む英国夫人、使用人のトルコ人、下宿仲間のドイツ人とギリシア人。下宿で飼われている鸚鵡《おうむ》。様々な国籍・宗教の人たちと、村田君は交遊を深めていく（鸚鵡はもちろん人ではないが、すごく口達者な奴なのだ）。

明るく真面目な好青年・村田君の目を通して、異国の町の情景やにおい、そこに暮らす人たちの様子が、ユーモラスにいきいきと浮かびあがってくる。

友情と、未知のものに接する喜びに彩られた、村田君の輝かしい青春の日々。異国の友人たちと語りあい、笑いあう時間は、切ないほどのきらめきを宿す。彼らがその後にたどる道筋を、まるで知らぬままに……。

読む者の胸を打つ、楽しく美しく、そして哀しみをたたえた小説である。この作品もまた、雄弁に告げている。

自分と異質なものの存在を認識せよ。人は国家や主義によって成り立つのではなく、ただ、自分とそれ以外の人との関係によって、幸せを感じる生き物なのだから、と。

第十五回　物語が伝える息遣い

『剣闘士スパルタクス』佐藤《さとう》賢一《けんいち》　中央公論新社　二〇〇四年五月／中公文庫　二〇〇七年五月

『ラー』高野《たかの》史緒《ふみお》　早川書房　二〇〇四年五月

映画『トロイ』を観て、「男性の太ももっていいわね」と思ったので、太ももが露出している時代を題材にした小説を読んでみることにした。

映画を観た感想が「太もも」、小説を読む動機も「太もも」。それってどうなのかと自分でも思うが、思い立ったが吉日。さっそく本屋さんに行って、『剣闘士スパルタクス』と『ラー』を選んだ。

前者は、古代ローマの「スパルタクスの乱」についてのお話。後者は、ピラミッドの謎を解明するため、古代エジプトにタイムスリップするお話である。

まずは、『剣闘士スパルタクス』。スパルタクスは、ローマ人に大人気の剣闘士。剣闘士とは、闘技場の観客の前で、実際に殺し合いをしてみせる職業だ。体を鍛え、命をかけて観客を楽しませる。

だが、どれだけ名声を得てチヤホヤされても、スパルタクスはむなしさを覚えた。結局、スパルタクスは奴隷の身分なのであり、剣闘士とはローマ市民を喜ばせるための「見世物」に過ぎないからだ。

スパルタクスは仲間とともに剣闘士養成所から脱走し、逃亡奴隷のヒーローとして、ついにローマに対して大反乱を起こす。

反骨の英雄としてではなく、「人間」としてのスパルタクスの魅力が、全編にわたってむんむん充満している。気のない感じで女を抱いたり、迷ったり、情けなかったりするスパルタクス。だが、だからこそ、歴史書には書かれない彼の心が、生きてそこにあるかのように伝わってくる。

この小説は告げている。だれかの言いなりになって満足するような奴隷根性は捨てろ。勇気をもって、自分自身の生を切り拓け、と。シビれる。

『ラー』は、沸騰《ふっとう》するような熱さではなく、深く静かに持続していく情熱、人間の意志についての、美しい小説だ。

ピラミッドの謎を知りたいがためにタイムマシンを作ったジェディ（ピラミッドおたくの中年男性）は、古代エジプトの地で信じられないものを目撃する。建設途中にあるはずのピラミッドが、なぜか「発掘中」だったのだ。古代エジプト人たちは、砂に埋もれたピラミッドを必死に掘り返しているところである。

混乱するジェディ。はたしてピラミッドは、いつ、なんのために建造されたのか？ジェディは古代エジプト人の青年メトフェルと仲良くなり、クフ王の支配する王宮や、神殿に入りこみ、ピラミッドの謎をめぐる冒険をする。

古代の大地の描写、人々の生活、すべてが楽しくスリルにあふれている。そしてなによりも、今から何千年も前の人間であるメトフェルとのあいだで育まれる友情と信頼、「なにかを信じるとはどういうことなのか」という問いかけが、深く胸を打つ。

人の苦悩や喜びは、歴史にはなかなか残らない。だが、小説としていきいきと甦らせることはできる。

私は太もものことなんて忘れて、この二つの物語を夢中で読みふけったのだった。

第十六回　「人づきあい」を考える

『告白録』竹内《たけうち》スグル他　アーティストハウスパブリッシャーズ　二〇〇四年五月
『太陽と毒ぐも』角田光代《かくたみつよ》　マガジンハウス　二〇〇四年五月／文春文庫　二〇〇七年六月

今月、私はここに紹介する二冊の本を通して、「人づきあい」について考えた。友人、恋人、家族、知りあい、なんでもいい。自分以外の人とどうコミュニケートするか、という難しくも刺激的な問題についてだ。

一冊目は竹内スグルの『告白録』。各界で活躍する著名人が、自分の気になる著名人に質問をぶつけ、ぶつけられたほうはそれに対する回答をする、という本。つまりは著名人同士の「質疑応答本」なのだが、人選がふるっていて、すごくおもしろい。「この人は、もっと斜《しゃ》に構えた答え方をするかと思っていたが、意外にも直球勝負なんだなあ」など、いろいろ発見がある。私は、「いとうせいこうの質問に答える大《おお》竹《たけ》しのぶ」と、「ギャスパー・ノエの質問に答える塚本晋也《つかもとしんや》」が好きだった。

前者には、「だれかを深く愛するというのは、愛を与えることではなく、『愛したい』と思う気持ちを、その相手から与えられる、ということなのだ」と気づかされた。後者からは、塚本晋也がいかに誠実に激しく、「映画」という表現を愛しているかが、改めて伝わってきた。

だれかに問いを投げかけたり、だれかからの問いに答えたりすることには、勇気がいる。こんなことを聞いて(答えて)、笑われたり軽蔑《けいべつ》されたりしないだろうか、と。だがそれでも問いを発し、問いかけに答えることでしか、相手と自分を深く知っていくことはできないのだ。

恐れずに問いつづけよ、そして答えつづけよ、と、この本は言っている気がする。人づきあいの楽しさも、歯がゆさも、すべて質疑応答からはじまるのだ、と。

コミュニケーションはしかし、いつもそうパッキリと明確な形で為されるものでもない。角田光代の『太陽と毒ぐも』は、ほとばしるほどの情熱もすでに失せ、「あんたのこういうところが許せない」と思いつつも、なんとなくナアナアで続いていく恋人たちの情景を描いた短編集である。

作中で描写される「許せない」ことの例をあげると、食習慣が違うとか、万引き癖があるとかだ。「愛してるんならどうでもいいだろ、そんなこと」と思うような小さなことで喧嘩するカップルや、反対に、「もう別れろよ、その相手とは」と思うようなとんでもないカップルが、続々と登場する。

恋に輝ける希望を抱いている(かもしれない)中高生には酷《こく》だが、この作品には恋愛の真実が克明に記されている。

対話と理解は万能の妙薬にはならない。愛はいつかは朧気《おぼろげ》に霧散していく。残るのはただ、愛という言葉ではくくることのできない、曖昧な感情のみだ。しかし、「それでもまあいいか」と、ゆるやかにだれかとつながることはできる。

人づきあい(コミュニケーション)には、様々な段階と方法と形がある。だから、飽きずに模索しつづけられるのだ。

第十七回 「常識」の逸脱を楽しむ

『ねこのばば』畠中恵《はたけなかめぐみ》 新潮社 二〇〇四年七月/新潮文庫 二〇〇六年十二月
『ロック豪快伝説』大森庸雄《おおもりつねお》 文藝春秋 二〇〇四年六月/立東舎文庫 二〇一七年一月

世の中には、常識では測りがたい存在がいるものだ。まあ、「常識」自体がクセモノで、ひとによって全然尺度が違ったりするから、本当に「常識」なんてものが存在するのか否かが、まず問題だが。

とにかく、多くのひとが「これが日常ってものだろうな」と漠然と思っている暮らしから、やや逸脱した世界を描いた楽しい二冊を、今月は紹介したい。

一冊目は、畠中恵の『ねこのばば』。江戸の商家の若だんなが、妖怪たちの力を借りながら事件を解決していく小説である。飄々としたユーモアと、ほんわりした物語展開のなかから、ひと（と妖怪）の心の機微が浮かびあがってくる。これはシリーズ第三作で、ほかに『しゃばけ』（新潮文庫）、『ぬしさまへ』（新潮文庫）という作品もあるが、もちろん『ねこのばば』から読んでも大丈夫だ。

大店《おおだな》の若だんな・一太郎《いちたろう》は、優しいいし顔もいい。だが、ものすごく病弱で、すぐに寝こんでしまう。そんな一太郎を心配し、あれこれと面倒を見ているのが、店の手代《てだい》の仁吉《にきち》と佐助《さすけ》。しかしこの二人、実は妖怪なのだ。

若だんなのまわりには、二人のほかにも、たくさんの妖怪たちが集《つど》っている。人間とはちょっと感覚が違うから、若だんなが彼らに事件解決の手助けを頼むと、現場はいつも大混乱。必ず騒動が起こって、若だんなはまた寝こむ。

命にかかわるような大病に次々とかかる若だんなと、悠久とも言えるほど長い命を持った妖怪。彼らの絆《きずな》が強いだけに、楽しい話のなかにも、いつもどこか切ないはかなさが滲む。しかしそれ以上に、自分とはまったく違った感性・尺度で生きる存在と接するときの、若だんなのとまどいと喜びがあふれていて、読む者を幸福な気持ちにさせる。

もう一冊は、大森庸雄の『ロック豪快伝説』。伝説のロックスターたちの、スケールのでかい奇人変人ぶりを紹介した本だ。妖怪よりも妖怪じみてる彼らの生態は、まさに常識の埒外《らちがい》にあると言えよう。ゴシップ好きならずとも楽しめること請け合いの、ブッ飛んだエピソード満載。

なにしろ、登場するのはロックで大金をもうけたやつらなのだから、その金の使い道もめちゃくちゃだ。酒、麻薬、超豪華誕生日パーティー（もちろん自分の）、大暴れして破壊したホテルへの弁償。せっかくお金を手にしたのだから、もう少し有意義に使ってもいいんではないかと思ってしまうが、こんなパワーのないことを言ってるようでは、ロックスターにはなれないのだろう。

青少年の健全な育成のための、完璧なる反面教師だが、彼らの無邪気なアホさ加減が、心底おかしく、愛おしい。

妖怪にもロックスターにも、日常生活ではなかなかお目にかかれない。もし身近にいたら、かなり迷惑するだろう。だが、「常識」から逸脱した彼らのような存在が許されない世界なんて、とても味気なく、つまらないものに違いない、とも思うのだ。

*『しゃばけ』シリーズは現在、単行本だと十六作品が刊行されている。

第十八回　異世界に誘う短編集

『琥珀枕《こはくちん》』森福都《もりふくみやこ》　光文社 二〇〇四年八月／光文社文庫 二〇〇六年十一月

『綺譚集《きたんしゅう》』津原泰水《つはらやすみ》　集英社 二〇〇四年八月／創元推理文庫 二〇〇八年十二月

秋はスポーツやら勉強やらで忙しく、しかも涼しく長い夜もあるから、たくさん眠りたくなるのが人情で、なかなか読書にまわす時間が取れない。

そうお嘆きのみなさんに、今月は素敵な短編集を二冊紹介しようと思う。二冊とも、内容は言うにおよばず、作り（装幀）も丁寧で、「読書の愉しみ」を存分に味わわせてくれる作品だ。

森福都の『琥珀枕』は、中国の藍陵《らんりょう》という町で起こる、不思議な事件を集めた短編集。県令《けんれい》（いまだと県知事）の一人息子、趙昭之《ちょうしょうし》くん（十二歳）は、徐庚《じょこう》先生を師に、今日も勉学に励んでいる。といっても、机に向かってする勉強ではない。丘に登って町を眺め、ひとの暮らしや心の機微を学ぶのである。

風変わりかつ楽しい勉強法を実践する徐先生は、なんと年老いたすっぽんなのだ。徐先生に導かれ、賢く優しい昭之少年は、身も心もどんどん成長していく。

徐先生と一緒に眺める藍陵の町には、あやしげな色男や、しっかり者の女たちや、人間ではないものたちが、笑ったり泣いたり怒ったりしながら生活している。描かれる人々と景色のすべてが魅力的で、本当に昔の中国にいるかのような気持ちになってくる。

美しい人面瘡《そう》を妻にした男の話が、私は特に好きだった。人面瘡は、顔だけで体がないものだから、男がほかの女にちょっとでも目を向けると、すぐに嫉妬《しっと》するのだ。そんなわけで、男と人面瘡はしょっちゅう痴話喧嘩をしている。洒落《しゃれ》た恋愛話でもあり、謎解きもちゃんとありで、なんとも贅沢《ぜいたく》な一編だ（ほかの話も、もちろん粒ぞろいである）。気だてのいい人面瘡の夫が欲しくなった。

『琥珀枕』が、さまざまな具の入ったあたたかいスープだとすると、津原泰水の『綺譚集』は、濃厚な喉ごしの冷たいポタージュだ。とても美味だけれど、なんのポタージュなのかわからない。野菜、それとも……なにかの内臓？

不気味に思っても、おいしさに負けて、ついついスプーンを口に運んでしまう。そんな感じだ。

『綺譚集』には、死のにおい、夜のにおい、日が射しているうちには明らかにならない恋のにおいが、充満している。だが、決して陰鬱《いんうつ》になりすぎはしない。文章は研ぎ澄まされ、硬く透き通った宝石のように輝く。

そうして紡がれる物語は、どこまでも美しく、グロテスクで、しかし諧謔《かいぎゃく》と余裕をはらんで、読むものを異世界に誘う。現実と薄い膜を隔てて接している、昏《くら》く懐かしい場所へ。私は、「死」の体感をここまで描写し、物語に昇華した作品をはじめて読んだ。

すぐれた短編集は、一話ずつが共鳴し、連携しあって、ここではないどこかへつながっているものだ。この二冊を読んで、ぜひ、時間を忘れて心のなかの旅を楽しんでいただきたい。秋の行楽では決して行けない世界が、ページをめくると広がっている。

第十九回 興味津々、他人の生活

『戦中派動乱日記』山田《やまだ》風太郎《ふうたろう》 小学館 二〇〇四年十月／小学館文庫 二〇一二年八月
『運命に従う』小川亜矢子《おがわあやこ》 幻冬舎 二〇〇四年九月

ひとの日記を読むのが大好きだ。自分では日記を書くことを続けられたためしがないくせに、他人の生活には興味津々なのである。

もちろん、ひとさまの日記を盗み読むことなどしない。出版されたものを読むのだ。毎日の生活が積み重なって、ひとの一生になる、という当たり前のことが、改めてよくわかる。

ついでに言うと、私は自伝を読むのも大好きだ。ひとの生活の積み重なりを、日記よりもう少し大きなスパンで俯瞰《ふかん》できるからだ。

『戦中派動乱日記』は、昭和二十四、二十五年の、山田風太郎の日記だ。医者の卵だった山田風太郎が、次々に原稿依頼を受け、いよいよ作家としてやっていこうか、と思っているあたりの日々である。

それにしても風太郎先生、毎日飲みすぎです。戦後数年にして、酒が元通り以上に出回っていたことに驚く。酒に酔って気づいたら渋谷《しぶや》駅前の穴に落ちていた、という記述もある。私は、「渋谷駅前に穴？　いまじゃ考えられん」と妙に感心してしまった。

さらに風太郎先生、新宿《しんじゅく》（の女のところ）に泊まりすぎです。いまの二十代で、ここまで女遊びするひとも少ないと思う。現在の恋愛至上傾向というのは、特定の「交情相手」を確保する、という意味合いもあるのだなと悟った。

そのうえ風太郎先生は、すごい勢いで作品を書き、毎日必ず一冊は本を読む。「さすが」の一言に尽きる。それなのに本人は、近所の祭りで勇壮な若者たちを見て、「こんなタクましい手合いとこれから生存競争してゆかねばならんかと思ったら心細くなった」などと書いていて、思わずプフッと笑ってしまう。

山田風太郎の日記は、ほかの年のぶんも出版されていて、『戦中派虫けら日記』（ちくま文庫）、『戦中派不戦日記』（講談社文庫他）は、特に必読の書（おもしろくて刺激的！）だ。

もう一冊は、小川亜矢子の『運命に従う』。戦後まもなくロンドンに渡ってバレエを学び、いまも現役で後進の指導にあたる女性の自伝だ。

バレエの本格的な技術と精神を、戦後の日本に伝えた、というのもすごいが、さらに本書をおもしろくしているのは、小川氏が非常に男性にモテる、という事実だ。

現在も二十四歳年下の夫と仲良く暮らしているし、若いときには、お金持ちの英国人男性と結婚し、夢のような生活を送っていた。この生活がすごくて、「社交界！」「豪華客船！」「休暇は郊外の城で！」って感じなのだ。

しかし小川氏は、豪勢な生活よりも、結局はバレエを選ぶ。いや、バレエが小川氏を選び、彼女を離さなかったのだ。人間にとっての真実の幸福とは、贅沢な暮らしにあるのではない、ということが、彼女の選択から伝わってくる。

日記や自伝を読むとわかる。毎日が波瀾万丈なのではない。なんでもない毎日を送っていたはずなのに、積み重なるといつのまにか、波瀾万丈な一生になっているものなのだ。

第二十回　触れがたいもの

『出禁上等!』ゲッツ板谷《いたや》　扶桑社　二〇〇四年九月／角川文庫　二〇一〇年二月
『最後に見た風景』イジマカオル　美術出版社　二〇〇四年九月

今回取りあげる二冊には、一見したところ共通項がまるで見いだせない。一冊は文章で勝負する爆笑必至のルポであり、もう一冊は文字情報のきわめて少ない、静かで美しい写真集だ。

しかしどちらの本も、非常に着眼点にすぐれ、ひとが目を背けがちなものに挑んでいるところに、共通する部分があると思われる。

ゲッツ板谷の『出禁上等!』は、「六本木《ろっぽんぎ》ヒルズ」や「相田《あいだ》みつを美術館」や

「NHK『青春メッセージ』収録会場」やらに出向き、出入り禁止になることもいとわずに成し遂げた、真っ正直かつ大爆笑のルポだ。

まず、行く場所の選択がうまい。六本木ヒルズ、相田みつを、青春メッセージ。聞くだけで、なんかこうモヤモヤと黒くて重い、怒りにも似た感情が胸にこみあげるではないか。

人気の場所や、そこに集う人々について考えるとき、我が胸の内に立ちこめる暗雲とは、つまり、「話題になってるからって、すぐホイホイと押しかけていきやがって！でもなんだか楽しそうだな」という、自分のテリトリー外の出来事への嫉妬と、「流行に踊らされるようなやつらとは一線を画したい」という、やせがまん的排斥感情だ。人気スポットとは、そういう直視しがたい暗黒の感情を、ひとの心に生じせしめる。

ふつう行かない。少なくとも私は、この本が取りあげるほとんどの場所に行ったことがない。しかし、なにやらキラキラ輝いて、一定数の人々を引き寄せている場所や催し物。そこへゲッツ氏が正面から突入し、見たものや感じたことを的確に文章で表現して、人気スポット（と、それに対峙《たいじ》するひとの心）の実態を明らかにしてくれるのだ。

たとえば、私は宝塚《たからづか》が好きだが、「ラスト20分は〝狂った飛び出す絵本〟のよう」という比喩には、思わず笑いをほとばしらせずにはいられなかった。言われてみれば、た、たしかに……！

人気スポットが好きなひとも嫌いなひとも、それぞれの立場で楽しめる本だと思う。

イジマカオルの『最後に見た風景』は、自分の「死にざま」を表現した十一人の女優を撮った写真集だ。

野っぱらで、ゴミ置き場で、どことも知れぬ一室で、お気に入りの服を着て死体に扮した美しい女性たち。「この女優さんは、どうしてこういうシチュエーションでの死の表現を選んだのかな」と、いろいろと想像させてくれる。

写真の質感は、周囲の風景と、死を演じる女優たちとを、等しく「物体」としてとらえている。だがその背後から、人目にさらされつづける職業の彼女たちが、心のなかにひっそりと抱えていた「物語」が、雄弁に立ち上ってくるようだ。

言葉では表現しにくい、死の絶対的な孤絶感に、美という側面から迫った、おもしろいコンセプトの写真集である。

＊『出禁上等！』の続編として、『超出禁上等！』（扶桑社／角川文庫）もあり。こちらも必読。

第二十一回

暴力に向き合う心

『夕凪《ゆうなぎ》の街 桜の国』こうの史代《ふみよ》 双葉社 二〇〇四年十月／双葉文庫 二〇〇八年四月
『ウェイクフィールド／ウェイクフィールドの妻』
ナサナエル・ホーソーン、エドゥアルド・ベルティ、柴田《しばた》元幸《もとゆき》・青木《あおき》健史《けんし》訳
新潮社 二〇〇四年十月

今月紹介する二冊はどちらも、理不尽な暴力によって、それまでの日常を破壊されたひとの物語である。

こうの史代の漫画『夕凪の街 桜の国』は、原爆についての物語だ。だが、直接的な描写（たとえば、原爆投下直後の様子とか）は、まったくと言っていいほど出てこない。

「原爆」という経験を強いられた人々は、再び穏やかな日常を取り戻し、笑ったり、だれかを愛したりしながら生きている。しかし、痛みが心から去ることは決してない。

原爆を直接体験しなかったものに対しても、半世紀以上を経てもなお、原爆という理不尽で大きな暴力の影は、さまざまな形でふいに差すのだ。その影に直面し、それでも過去と未来を見据えて生きていく人々の姿が、静かな光をたたえた画面に描きだされる。

作者は決して押しつけがましくない筆致で、しかし真摯に問いかけている。原爆を、「自分の身にはふりかからなかった過去のこと」にしてしまっていいのか、と。たとえ百年経とうとも暗い淵《ふち》を垣間見せるような、忘れることを決して許さぬほど大きな暴力の痕跡を、いまこそ私たち自身の記憶として留めるべきなのではないのか、と。

作者自身も、そしてこの作品を読む私たちの多くも、実際には原爆を知らない。しかしだからこそ、この作品はいま読まれるべき「暴力についての物語」になり得ている。暴力によって損なわれたものを、完全に恢復《かいふく》することは決してできない。だが、忘れずに記憶することはできる。

それだけが、暴力に対抗するための、最も重要で強い力になるのだ。

『ウェイクフィールド／ウェイクフィールドの妻』は、ロンドンに住むウェイクフィールドという男が、ある日突然失踪し、二十年後にまた突然妻のもとへ帰ってきた、という小説だ。

それだけ聞くと、なんてことのない話のように思えるかもしれない。理由もなく二十年も失踪するなんて奇妙な話ではあるが、また戻ってきたのならめでたしめでたしだ、と。だがこれは実は、日常のなかにひそむ暴力についての物語なのだ。

ウェイクフィールドの自主的な失踪が、ちょっとした悪戯《いたずら》心によるものだったのか、平穏な暮らしに飽いていたからなのか、理由はだれにもわからない。ウェイクフィールド自身にすら。ただその行為が、二度と取り返しのつかない静かな暴力であったことだけが、読み進むうちにどんどん明らかになっていく。

原爆ほど「歴史的」な暴力ではないかもしれない。だが、ウェイクフィールドの身勝手な失踪は、彼自身と彼の妻を、深く傷つけ、損なう結果となったのである。

つまるところ、暴力に大小はなく、許される暴力というものもないのだ。

それは常に、最初は身近なところで生まれる。私たちの日常、私たちの心のなかから。

そのことを忘れてはならない、と静かに告げる二冊である。

第二十二回　自由への静かな戦い

『若かった日々』レベッカ・ブラウン、柴田元幸訳
マガジンハウス　二〇〇四年十月／新潮文庫　二〇一〇年一月
『物は言いよう』斎藤美奈子　平凡社　二〇〇四年十一月

とてもうつくしい小説を読んだ。レベッカ・ブラウンの短編集、『若かった日々』だ。

全編が硬質な詩情で貫かれ、まだ薄く張りつめた皮膚で世界を感じていたころの、日の光の輝きや風のにおいやほの暗い不安やらが、手で触れられそうなほどはっきりと、眼前に立ちのぼってくる。

だが、この作品がどういう筋の小説なのか、説明するのはむずかしい。周辺の情報を提示することはできる。たとえば、自伝的要素の強い作品であるらしい、と。

たしかに、個人的な記憶に関しての小説だと言えるかもしれない。自分と家族について、喪失と探求について、変化と持続についての物語が、静かに展開するからだ。しかし、そこに間違いなく普遍性がひそんでいる。個人的な郷愁などという言葉とは、まったく無縁な力強さがある。

一人の人間が、自分の内部と、自分を取り巻く世界と、どう対峙し、なにを感じたり考えたりしながら大人になったか。これは、多くのひとが経験したであろう、静かな戦いの記録。生きているかぎりつづく、勝つことを目的としない、自分自身との格闘の記録である。

私は読んでいて何度か涙を抑えきれなかったのだが、同じく読んだひとが一様《いちよう》に、「……え、どこで?」と不審がったことをつけくわえておく。泣けるからいい小説というわけではないのだが、それにしても私だけ泣きすぎな気がして、ちょっと恥ずかしい。

どんな小説なのか（本当に泣けるのかどうかも含めて）、ぜひ読んでみてください。

斎藤美奈子の『物は言いよう』は、世にあふれるセクハラ発言の、どこがどういけないのか、自分が同じ過《あやま》ちを犯さないためには、なにに気をつければいいのかを、わかりやすく教えてくれる「実用書」だ。性別や年齢に関係なく、物心ついてる人間は読むべし、って感じの、非常に有益かつおもしろい本だ。

ここで取りあげられる実際のセクハラ発言（特に政治家の！）には、もう脱力しちゃうほどアホなものが多々ある。

想像力と、社会生活を送るにあたっての必要最低限な演技力を保持していれば、フツーは言わないだろ、こんなこと！　でも、フツーじゃない感覚のひとが未だにいて、「この発言のどこがおかしい」と開き直ったりする。「物は言いよう」なんだよ、いいかげん学習してくれ。

セクハラをしないように心がける、というのは、なにも女性のためだけに気をつけるべきなのではない。性別に関係なく、自分自身のために気をつけたほうがいいのだ。うっかりセクハラして、自分の評価を下げたら損だし、なによりも、他者を抑圧しないように心がけるところからしか、自分が抑圧から自由になることははじまらないからである。

今回紹介した二冊に共通点があるとしたら、自分と他人が、真の意味で自由になれる道を探った、静かで熱い戦いの記録、ということだと思う。

第二十三回　感情の底流を描く

『泳いで帰れ』奥田《おくだ》英朗《ひでお》　光文社 二〇〇四年十一月／光文社文庫 二〇〇八年七月
『キョウコのキョウは恐怖の恐』諸星大二《もろぼしだいじ》郎《ろう》　講談社 二〇〇四年十一月

どこかへ行きたいと切実に願うことはあるが、それをそのまま実行に移すのは、たぶん八百四十三回に一回ぐらいの割合だ。

テレビは持っているが、面倒くさくてアンテナに繋《つな》いでおらず、なにも映らない。だから、アテネオリンピックをまったく見なかった。

私が、奥田英朗の紀行エッセイ、『泳いで帰れ』を読むことにしたのは、以上のような個人的理由による。どうやら出不精らしい著者が、アテネオリンピックを見るためにギリシャへ旅立つ。この本のなかにはきっと、私が望む旅のありかたがある。そして、私がついに見ることのかなわなかったアテネオリンピックがある。そう思ったからだ。

アテネの暑さにヘバりながらも、著者は盛んに物を飲み食いし、旅先にもかかわらず毎日快調に脱糞《だっぷん》し、柔道の試合に興奮する。文句を言ったり感動したりしながら、出会ったひとや物と正直に向きあう姿。読んでいてとても楽しく、「このひとは次になにを感じ、なにを考えるんだろう」と、わくわくする。

対象にのめりこみすぎることなく、絶妙の距離感を保って飄々と旅をつづける著者が、唯一我を忘れて憤るのが、日本代表の野球の試合を見たときである。この憤りぶりが半端じゃないのだ。怒ってる著者には申し訳ないが、私は思わず笑ってしまった。「怒り」という感情は、決してマイナスばかりではないのだなと思った。著者は野球というスポーツを真剣に愛しているからこそ、その試合に怒りを感じたのだ。裏切られたときに憎んでしまうことを恐れて、なにかを深く愛そうとしないのは愚かなことである。この本で描写されるすべての感情、すべての出来事は、あっけらかんと晴れ渡ったアテネの空に吸いこまれていく。

旅行が好きなひとにも嫌いなひとにも、アテネオリンピックを見たひとにも見なかったひとにもおすすめの、旅とスポーツへの愛があふれた作品だ。

『キョウコのキョウは恐怖の恐』は、諸星大二郎の初の小説集だ。あのものすごい漫画を描くひとが、文章ではどんな物語を紡ぐのか。これは読まねばなるまいよ。

期待は裏切られなかった。懐かしささえ感じさせる、不思議で濃密な世界。いつも曇天《どんてん》で、ひんやりとした埃《ほこり》っぽさのある、いつか見た悪夢のような。

ひたすら静かだからこそ怖い。恐怖はたいてい、生理的・肉体的な嫌悪を伴うが、一番深い恐怖とは、理性と経験が呼び起こすものだろう。

この作品のなかで恐怖に直面する登場人物は、みんな常識的で堅実である。それなのに、というか、それゆえにこそ、暗い亀裂に入りこんでしまうことになるのだ。理性でどう説明しようとも押し寄せてくる、得体の知れないものに取り囲まれてしまう。思考するがゆえに恐怖する。「恐怖」の不条理な本質が、物語として結晶した作品だ。

第二十四回

違いを認め、愛すること

『監督不行届』安野モヨコ　祥伝社　二〇〇五年二月
『砂漠の王国とクローンの少年』ナンシー・ファーマー、小竹由加里《こたけゆかり》訳
ＤＨＣ　二〇〇五年一月

『監督不行届』は、映画監督・庵野秀明《あんのひであき》と結婚した、漫画家・安野モヨコが描いたエッ

セイコミックである。

これがむちゃくちゃおもしろい。庵野監督は、あまりにもヘンテコリンなひとだったのである。彼の日常、彼の脳内はほとんどすべて、自分の愛する特撮番組やアニメや漫画のことで埋めつくされている。脈絡もなくしょっちゅう仮面ライダーの変身ポーズを披露するし、家にはフィギュアを飾りたがるし、口を開けば名作漫画のセリフがこぼれる。

安野モヨコは夫の「オタク」ぶりに圧倒され、あきれるのだが、そのうち監督の情熱に触発されるかのように、自身のなかに眠っていたオタク魂をどんどん炸裂《さくれつ》させていく。

これは、庵野監督の珍妙な生態に、あたたかくも冷静なツッコミを入れつつ、険しく楽しい「オタクの道」を邁進する夫婦の生活を漫画にした作品なのだ。

自分の日常を描くのは、距離の取り方が非常に難しい。その点、安野モヨコのバランス感覚は絶妙だ。『監督不行届』は、決して「新婚おのろけ漫画」の類《たぐい》ではない。この作品に描かれるのは、「人間とは、ここまでなにか（特撮とかアニメとか漫画とか）を愛することができるのか」という驚きと、その熱意に対する深い敬意である。

自分とは違う人間を、いかに受け入れ理解し愛して暮らしていくかという、非常に根源的にして普遍性のある命題を、笑いにまじえて表現することに成功した傑作だ。

ナンシー・ファーマーの『砂漠の王国とクローンの少年』は、近未来を舞台にした冒険ファンタジー。自分とまるっきり同じ人間がいる恐怖。その呪縛からいかに逃れ、「自分自身」を見いだしていくかについての物語だ。

美しい農園で暮らしていたマット少年は、自分が実は、「御大《エル・パトロン》」と呼ばれる権力者の老人のクローンであることを知る。

クローンへの偏見に満ちた人々の態度。衣食住には事欠かないが、自由のない生活。マットは、自分を心から愛してくれるほんの一握りの人々の存在を支えに、さまざまな苦難を乗り越えながら成長し、じりじりと真実に近づいていく。美しい農園、恵まれた生活、自分の出生の秘密の裏側にある、恐ろしい真実に。

綺麗だけどのっぺりとした風景。クローンのマットよりも、よっぽど「クローン」じみた無感動な人々。この小説で描かれるのは、整然と統制され管理された場所からは、本当の意味での喜びは生まれない、ということだ。

すべてを手に入れ、なにもかもを愛することなど、人間にはできない。自分が欲するもの、自分が大切にしたいと思うものを、自分自身で選び、愛することこそが、満足と幸せに至る道なのだ。

選ぶことによって、多少いびつになっちゃってもいいじゃないか、と私は思う。いびつな部分がうまく重なりあえば、より深くだれかとつながることだってできるのだから。

第二十五回 「信じる」ことの明と暗

『さらば勘九郎《かんくろう》』小松成美《こまつなるみ》
幻冬舎 二〇〇五年三月／幻冬舎文庫 二〇一〇年二月（『勘三郎《かんざぶろう》、荒ぶる』に改題）
『私にとってオウムとは何だったのか』早川紀代秀《はやかわきよひで》、川村邦光《かわむらくにみつ》 ポプラ社 二〇〇五年三月

今月はノンフィクションを二冊紹介しようと思う。

小松成美の『さらば勘九郎』は、このほど十八代目中村《なかむら》勘三郎を襲名した歌舞伎役者に密着したルポだ。

中村勘九郎（現在は勘三郎）の、芸にかける執念や、彼の才能のすごさが伝わってくる。歌舞伎役者の生活ってどういうものかしら、という好奇心も満たされるし、演目や見どころについてもちょっと詳しくなれる。

しかしなんといっても、勘九郎という人間がおもしろいのだ。彼は熱意と努力と信念のひとだ。行動力にも富んでいて、自分の信じる道を着実に進む、魅力的な人物だ。

とても楽しく、感動的でもある本なので、いままで歌舞伎に関心がなかったひともきっと、「こういう役者さんがいるなら、見に行ってみようかな」と思うことだろう。

もう一冊は、早川紀代秀、川村邦光の『私にとってオウムとは何だったのか』。早川紀代秀は元オウム真理教の幹部で、死刑判決を受け、現在上告中の身だ（その後、二〇〇九年に死刑が確定）。

この本には、なぜ麻原彰晃《あさはらしようこう》を「尊師」と信じ、信仰の名のもとに殺人を犯すに至ったのかが、早川本人の手で克明に記されている。また、それに対する宗教学者・川村邦光の分析と論考も載っている。

早川は、自分自身をより深く知るため、そして社会がもっとよくなることを願って、信仰の道に入った。ただひたすら信じて、想像を絶する厳しい修行にも耐えた。

はっきり言って、私には彼ほどの克己心はない。彼ほどの有能さも。彼は最初は、善意と理想を抱いて信仰を選んだのだ。それなのに、ひとを殺した。

だれでも、なにかを信じている。宗教だけに限らない。たとえば自分自身を、友情を、愛を、お金の有用性を、努力の尊さを、スーパーには明日もたくさんの食べ物が陳列されることを。「そんなことはない、自分はなにも信じずに生きている」と言うひとがいるとしたら、そのひとは信じていないと信じているのだ。

早川はたしかに、どこかで判断と選択を間違った（もしくは放棄した）のだが、その間違いはだれもが犯す可能性がある。

私はこの本を読んで、そのことを忘れずにいたいと思った。人間にとって美しい心の働きであるはずの「信じる」が、残酷さと独善性を生む危険性を秘めたものでもあるという、不幸にしてつらい真実について、忘れずに考えつづけていきたいと思った。「信じる」という行為（または心性）には、確実に明暗二面がある。だが、「信じる」ことが孕《はら》む暗い影を遠ざける鍵《かぎ》を、『さらば勘九郎』に書かれた勘九郎の姿が教えてくれている。

勘九郎は自らを閉ざすことをしない。いつでも表現し、自分以外のひとに身体や言葉で伝えようとしている。周囲のひとと結びついていたいと願い、それを実践している。そこにこそ希望があるのだと、私はいま思っている。

＊二〇一八年七月六日、早川紀代秀の死刑が執行された。

第二十六回 だれのための「国」

『私の家は山の向こう』有田芳生《ありたよしふ》 文藝春秋 二〇〇五年三月／文春文庫 二〇〇七年三月
『戦争と万博』椹木野衣《さわらぎのい》 美術出版社 二〇〇五年二月

有田芳生の『私の家は山の向こう』は、「アジアの歌姫」と称されるテレサ・テンの生涯を追ったノンフィクションだ。

この本から浮かびあがるのは、テレサ・テンという、非常に感受性が強く才能にあふれた一人の人間の姿だ。「スパイだった」とか「怪死」などと、未だに流れる風説が、まったく根拠のないものであることが、丁寧な取材によって明らかにされる。

彼女の歌があまりにもすばらしかったから、多くのひとが心を震わせた。その震えが、やがて国家規模の大きなうねりを引き起こす一端《いったん》となるほどに。天安門《てんあんもん》事件は、テレサ・テンの心を深く傷つける結果に終わった。

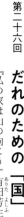

それでも彼女は、人間が自由に表現し、生きることのできる世界を信じていたし、その理想は潰《つい》えていない。現に、彼女の歌声はいまも人々を魅了しつづけている。

生まれた時代や場所に、まったく影響を受けないひとはいない。テレサ・テンはそのなかで、歌だけを武器に戦ったのだ。「私の家は山の向こう」と歌った彼女のさびしさと強さは、空気の震えとなっていつまでも響く。

椹木野衣の『戦争と万博』は、一九七〇年の大阪万博を中心に、国家的プロジェクトである万博と、万博に携《たずさ》わった芸術家たちとの関係に迫った評論だ。

万博で提示される「未来」は、どうして廃墟を予感させるのか。明るく希望に満ちた「明日」を強調するイベントを、総じて「嘘っぽいんだよ」と感じてしまう私としては、それは長年の謎であった。この刺激的な本を読んで、謎が解けた気がする。

大阪万博の莫大な規模と予算に、期待と夢を託した芸術家たち。しかし、ある者は「均一と前進」という直線的な国家の意志に飲みこまれ、ある者はそれを拒んだがゆえに激しく疲労した。また、最初からお呼びすらかからなかったある者は、なんでだか万博会場を全裸で走った。

わけがわからないが、とにかくパワーに満ちた愛すべき人々である。「明るい未来」を信じられた最後の輝きの一瞬が、大阪万博にはある。しかしその一瞬にも、すでに廃墟の影は長くのびていたのだ。

表現すること、表現されたものに触れることは、いつでも多様かつ自由であるべきだ。未来は常に、過去と現在を内包した、暗さと混沌に満ちた「現実」でしかない。

つまり、生産の利点や「明るい未来」を提示しつづける万博と、表現や真実の意味での未来とは、根本からして指向するものが違うのではないか。万博の嘘っぽさと拭いきれない廃墟感の理由は、そのへんにあるように思う。

そこに住むひとの幸せのために「国」はあるはずなのに、「国」自体があたかも意志を持つかのように、人々を絡め取り、一つの方向に駆り立てようとするときがある。その流れに表現が利用される恐ろしさと哀しみを、今月の二冊を読んで感じたのだった。

第二十七回　たくましく、しぶとく生きる

『シーセッド・ヒーセッド』柴田《しばた》よしき
実業之日本社 二〇〇五年四月／講談社文庫 二〇〇八年七月
『ケータイ・ストーリーズ』バリー・ユアグロー、柴田元幸訳　新潮社 二〇〇五年四月

柴田よしきの『シーセッド・ヒーセッド』は、読んでいて胸躍る、楽しい小説だ。

新宿にある無認可保育園の園長・花咲慎一郎《はなさきしんいちろう》ことハナちゃんは、園の運営費を捻出《ねんしゅつ》するために私立探偵もやっている。ハードボイルドになりきれない、おひとよしのハナちゃんのもとに、今日も続々と、厄介な依頼とおしめの濡れた赤ん坊が押し寄せるのだっ

た。

　ただ楽しいだけではなく、事件を通して人々の心情が繊細に掘り起こされ、社会が抱える矛盾点に、個人はどう向きあっていけばいいのかというテーマが、物語の展開とともに浮かびあがってくる。

　ハナちゃんも含め、登場するのは社会的にマイノリティだとされる人々である。なんの保障も保護もなく子どもを育てなければならない、夜の街で働く女性たち。美形で有能だけど暴力体質のヤクザ。みんなが、いろいろな理由と過去を抱えながら、たくましくしぶとく生きている。

　幻想に乗っかっていれば、マジョリティとして楽に暮らせるかもしれない。母親は子どもをかわいがって当然だ、という幻想。男は女を、女は男を愛するのが当然だ、という幻想。いい大学に入っていい会社に入れば人生は安泰だ、という幻想。

　しかしこれらの幻想は、「社会」を円滑《えんかつ》に運営していくための方便であって、個人の幸せのための幻想では決してないのだ。

　愛はたやすく暴力に変じ得るし、安泰だったはずの日常に裏切られることもある。そのときに、ただの方便であるはずの幻想に絡めとられて身動きできず、だれにも助けを求められないまま、一人でさまようひとはきっと多いことだろう。

性別や社会的立場にかかわらず、私たち一人一人はみな、結局は常に「マイノリティ」なのだ。この作品を読むと、だからこそ他者を信じ、愛し、結びつくことのできる瞬間がとても貴いものなのだ、ということに気づかされる。

美形ヤクザの過去を描いた『聖なる黒夜』（角川文庫　上下巻）も、愛に潜む暴力性と、ひとがひとを裁くことは可能なのか、という問題に迫った傑作なので、未読のかたにはあわせておすすめしたい。

バリー・ユアグローの『ケータイ・ストーリーズ』は、一頁か二頁で終わってしまう話がずらりと並んだ短編集だ。

不条理な肌触りのする話、思わず腹黒く笑ってしまう話、さびしい美しさに満ちた話。ふつうに暮らしていたはずなのに、気づくとどこかがちょっとズレている。そんな感覚が軽妙にすくいあげられていて、ニヤニヤしながら、小説を読む楽しみを存分に味わった。

特に好きなのは、「日曜の朝」という話だ。なぜこの話が好きなのか、その理由をだれかに伝えるためだけに、自分で新たに短編を一つひねりだしたいぐらいである。

パッと開いた頁から気楽に読みはじめられ、なおかつ、どの物語も読むものの想像を喚起する力にあふれた、小粋《こいき》な本だ。

第二十八回　落語みたいに生きたひと

『おしまいの噺《はなし》』美濃部美津子《みのべみつこ》　アスペクト　二〇〇五年六月／アスペクト文庫　二〇一二年三月
『「噂の眞相《しんそう》」イズム』岡留安則《おかとめやすのり》　WAVE出版　二〇〇五年六月

このごろ、寝る前に落語のCDを聞き、布団のなかでグフグフ笑っている。しかし、すでに亡くなった落語家のCDの場合、おもしろければおもしろいほど、歯噛《はが》みせずにはいられない。

ああ、このひとの噺を生で聞いてみたかったなあ、と。

私がそう思う落語家の一人は、五代目古今亭志《ここんていし》ん生《しょう》だ。奔放かつフワフワした語り口にいつのまにか引きこまれ、笑ったりしんみりしたりしてしまう。

いったいどういうひとだったのか知りたい、と思い、彼の娘・美濃部美津子の『おしまいの噺』を読んでみた。家族から見た、ありのままの志ん生の姿が書かれており、彼がいかにハチャメチャでおもしろい人物だったかがわかった。実生活からして落語みたいなひとなのだ。

志ん生は、一般的基準からするとかなり迷惑なお父さんなのだが、それでも家族は仲良く楽しく暮らしていた。見るのもいやがるほど漬け物を嫌ったり、極度の恐がりで、関東大震災や空襲のときには家族をかえりみず我先に逃げだしたりと、志ん生の愉快なエピソード満載である。

また、彼がどれだけ落語を愛していたかも伝わってくる。名人と謳《うた》われるようになってからも稽古を欠かさず、芸の研鑽《けんさん》に努める姿には、落語を自分のただひとつの道と決めたひとの、並々ならぬ執念が感じられた。

落語家は扇子《せんす》一本と手ぬぐいを持って座布団に座り、語る言葉で人々を楽しませる。実際に寄席《よせ》でその高座に接した人々に、「あのときの師匠の噺は、本当におもしろかった」という記憶だけを残し、録音されずに一回かぎりで消えていく無数の高座たち。だからこそ、落語は楽しくせつないのかもしれない。

そういう「語りの芸」を、一生かけて探求しつくした古今亭志ん生。彼とその家族の姿が活字として記録され、それを読むことができるというのは、私にとってとても幸せなことだった。

雑誌『噂の眞相』は去年（二〇〇四年）、読者に惜しまれつつ（一部のひとからは、「これでスキャンダルをすっぱぬかれずにすむ」と安堵されつつ）休刊した。

岡留安則の『「噂の眞相」イズム』は、雑誌に掲載していた編集長（岡留氏）の日誌と、対談で構成された本だ。

「なんか世の中おかしいな」と感じたときに、ジャーナリズムは、そして個人は、どういう姿勢で問題と対峙し、追及していけばいいのか。その実践のひとつのありかたを、この本は提示している。

私自身は、覗き見的興味から本屋で『噂の眞相』を毎号立ち読みし、

「こ、こんな巨悪が跋扈《ばっこ》しているのか……！　しかしホントかな、『噂の眞相』だしなあ」

と思いつつも気になるのでレジに持っていってたクチなのだが、この本を読んで、『噂の眞相』がホントに熱意に満ちた雑誌だったことに、改めて気づいた。

今月の二冊は、言葉と格闘し、言葉で格闘するひとたちにまつわる本である。

第二十九回　いくつになっても「思春期」

『本当はちがうんだ日記』穂《ほ》村弘《むらひろし》　集英社 二〇〇五年六月／集英社文庫 二〇〇八年九月
『中井《なかい》英夫《ひでお》戦中日記 彼方より〈完全版〉』中井英夫　河出書房新社 二〇〇五年六月

穂村弘の『本当はちがうんだ日記』は、ニヤニヤせずにはいられないエッセイだ。

穂村氏は、高校時代に一通もラブレターをもらえなかったことを、四十三歳になったいまも忘れていない。十年間通ったスポーツジムで、ついに誰とも会話を交わさずじまいだった。

読んでいて、なんだか他人事《ひとごと》とは思えない。たとえば私は、見知らぬ男女が親しく言葉を交わし飲み食いするという「合コン」なるものを心から憎んでいるが、そのくせ自分で出会いを演出する技にも気力にも努力にも欠け、現在使用中の化粧水は、タンスの奥に眠っていた試供品だ。

問題は「過剰な自意識」だ。自意識が邪魔をして、「私も仲間に入れてほしい」と率直に表明することができない。楽しそうな人々を、モジモジと遠巻きに眺めるのみである。

こういう心性を、一言で表す言葉がある。「思春期」だ。この欄をお読みの中高生は、思春期まっただなかで、さぞかし生きにくい日々を送っていることだろう。しかし、いずれは思春期も終わり、楽しい青春が待ち受けているはず、と希望を抱いてもいると思う。残念ながら、その希望は捨てたほうがいい。恐るべきことに、思春期は一生つづくものだからだ。

その、つらくもあり情けなくもある真実が、笑いと鋭さに満ちたエピソードとなって、『本当はちがうんだ日記』に克明に記されている。いくつになっても、ひとづきあいはうまくいかず、社会とは微妙な齟齬《そご》を感じるものなのだ。やれやれだ。しかしだからこそ、だれもがいつまでも、笑ったり怒ったりといった鮮やかな感情を、胸に抱いて生きていけるのだとも言える。

穂村氏の楽しく真摯《しんし》なダメぶりに、「俺だけじゃなかったんだ」と勝手にゆるーい連帯を覚えるのは、私だけじゃないと思う。

戦後六十年を機に、『中井英夫戦中日記　彼方より〈完全版〉』が刊行された。学業半ばにして召集された中井英夫は、大胆にも参謀本部内で、軍人と侵略と戦争に対する憎悪を、ひそかに日記に書きつづっていたのである。

慟哭《どうこく》や喜びや欲望や美への希求が渦巻く日記は、読んでいて胸が苦しい。同時に、戦争中にもつづく生々しい日常や、人々のユーモアやダメさへの、愛に似た眼差しがたしかに感じられる。

彼の激しさと、どんな状況でも失われない皮膚感覚のまっとうさに触れるにつけ、ちゃらんぽらんな己れが恥ずかしくなる。合コンを憎悪してる場合じゃないだろと自分に猛省を促したい。

ちなみに、『本当はちがうんだ日記』に中井英夫の名が登場している。我が身を省みるに、中井英夫に対する見解は、穂村氏とほぼ同じである。みなさんはいかがだろう。今月紹介した二冊を読んで、ぜひ確認してみてください。情けなき万年思春期状態なれども、まずは読み、知るところから、一歩ずつ進んでいこうと思う。

第三十回　愛と残酷の二面性

『731』青木《あおき》冨貴子《ふきこ》　新潮社 二〇〇五年八月／新潮文庫 二〇〇八年二月
『幸せな動物園』旭川《あさひかわ》市旭山《あさひやま》動物園監修、若木《わかぎ》信吾《しんご》写真、はまのゆかスケッチ画
ブルース・インターアクションズ 二〇〇五年九月

青木冨貴子の『731』は、発見された新資料をもとに、石井《いしい》四郎《しろう》をはじめとした七三一部隊の幹部たちが、いかに戦争責任から免《まぬが》れたか、に迫ったノンフィクションだ。戦争が終わると、アメリカもソ連も、七三一部隊の「細菌戦研究の成果」を手に入れたがった。新資料からは、戦犯になることをなんとか避けようと根まわしする石井の姿

と、「研究の成果」の行方《ゆくえ》をめぐって暗躍する人々の影が浮かびあがってくる。

石井は、生活に困った家族や部下のために、こまごまと対策を練る。しかし彼はかつて満州《まんしゅう》で、人間を生きたまま解剖していたのである。身近なひとを大切にする気づかいと、その冷酷さとのギャップ。

心の回路がどこかでブチ切れているとしか思えない。だが、都合よく割り切って目的に向かい邁進する精神が、自分のなかにはまったくないかというと、そうとも私は言いきれない。

恐るべき思考停止状態に陥らないためには、想像力をもって他者と接すること。そして自分の心が、常に愛と残酷の二面性をはらみ、断絶の危機に直面する可能性の高いもろいものだと自覚し、客観視すること。実践するのは難しいが、それしかないと思う。

戦後六十年経って新資料が発見されたように、七三一部隊にかかわったひと、犠牲になったひとにとって、戦争は決して終わるものではないのだと知らしめてくれる、静かな情熱と断固とした姿勢に貫かれた本である。

もう一冊は、旭川市旭山動物園監修の『幸せな動物園』。ぜひ一度行ってみたいと思っている動物園なので手に取ったのだが、単なる「ほのぼの動物写真集」かと思いきや、そうではない。いま人気の旭山動物園が、どういう理念と理想に基づいてできあがっていったか、がわかる本だ。

自分とは異なる存在（この場合は、園内で飼育されている動物）に対して、いかに想像力を働かせるか。「見ている」と思っていた自分が、実は「見られている」。そのことに気づく客観性を維持したうえで、いかにそのシチュエーションを楽しむか。個性的かつ効果的な動物の「見せかた」で話題の動物園だが、その工夫と実践は、あらゆる表現に通じる部分がある。

もうちょっと動物の姿を見て心をなごませたかったら、藤代冥砂《ふじしろめいさ》の『旭山動物園写真集』（朝日出版社）をあわせて眺めると、臨場感がある。泳ぐ白熊、気持ちよさそう！なんのひねりもない、動物じみた感想で恐縮だが、見てるだけで、残暑対策としてかなり効果がある。

行ったことのない場所を味わえるのが本のいいところだが、行ってみたい気持ちをかきたててくれるのもまた、いいところだ。

この欄を私が担当するのは、今回が最後だ。これからも、自分の心のなかへ、そして自分以外の世界へとつれていってくれる、すばらしい本と出会えますようにと願いつつ、終わる。

三章　本のできごころ

紀伊國屋《きのくにや》書店のPR誌『i feel』に、「本のできごころ」というタイトルで二年にわたって連載したエッセイ（二〇〇三年no.25〜二〇〇六年no.36）。「本に少しでも関係することなら、なんでも自由に書いていいですよ」というご依頼だった。

雑誌は季刊だったので、ネタを考える時間は充分にあったはずなのに、結局は連載の担当編集者のかたのお知恵を拝借することが多かった。「しおりについて知りたい」とか、「本棚の状況について知りたい」とか、興味のありかを次々に提示してくださるので、こちらも「そのお題、受けて立つ！」と熱心に書いた。もしや、『週刊少年ジャ〇プ』の編集者と漫画家って、こんな感じ？

毎回添えられる、素敵なイラストも楽しみだった。「理想の本屋さん」の回では、長崎訓子《ながさきくにこ》さんがイラストを描いてくださった。大正時代のモガっぽい女性が、優雅に本を読んでる絵だ。その女性が読む本の表紙に、なんと「仮面〇イダーク〇ガ」の顔が！

そのまえに、長崎さんとお会いする機会があった。その際、どうやら私は、「ク〇ガがおもしろいんですよ、ク〇ガが」と、うわごとを連発していたようだ。初対面のかたに対して、なにを口走ってるのであろうか……。長崎さんはそれを覚えていてくださって、イラストのなかにこっそり、ク〇ガの姿を忍ばせてくれたのだ。長崎さんいわく、「ク〇ガの形がわからなかったので、ネットで調べました」。長崎さんのパソコンが、「仮面〇イダー」という文字を表示したのは、たぶんそのときがはじめてだったろうと推測される。おお、なんてことだ。仮面〇イダーの形状を検索させてしまって、すみません……！「ク〇ガだー、でへー」と激しく喜びつつ、自分の闇雲なオタクぶりを深く反省したのであった。

第一回　氷沼《ひぬま》邸のほうへ

『虚無への供物』中井英夫　講談社文庫他

本のできごころ。あぜ道で駐在さんに追いかけられ、「こ、このスイカは道にはみ出してなっていたんですだ。それでおいらは、『うまそうだな』と思ってブチッと……。ほ、ほんの出来心だったんですだー！」と必死に言い訳してるみたいなタイトルだが、ここはべつにスイカ泥棒の弁明を書きつづるコーナーではない。本にまつわるあれこれを書こうと思う。

で、記念すべき連載一回目にちなみ、なにか特別なことをしたい。そう思った私は、目白《めじろ》二丁目を訪ねることにした。そこには……そう、氷沼邸があるはずだ。

氷沼邸は、中井英夫の小説『虚無への供物』に出てくる。この作品は探偵小説の金字塔と言われ、熱狂的な読者が多くいる大傑作だが、登場人物である蒼司《そうじ》、紅司《こうじ》、藍司《あいじ》という氷沼一族が住むのが、庭が五百坪もあるという目白の氷沼邸なのだ。なにを隠そう、私の長年の野望は、男の子を三人生んで、氷沼家男子と同じ名前をつけることだったりする。これはもう、目白に行ってみるしかあるまい（虚構と現実の区別がつかなくなっている)。

それにしても、五百坪ってのはすごいよなあ。作中では、たしかに庭はちょっと広いけれど、建物の間取りはありふれた郊外の文化住宅、という感じに事もなげに書かれていて、五十年前の東京の住宅事情がつくづくうらやましい。そんなことを考えながら目白駅に下り立ち、小説の記述どおりの道をたどって、目白二丁目を探す。うーん、なんだかドキドキしてきたわ……。

大通りから外れ、川村《かわむら》学園の裏手にまわると、おおー! 小説の世界に入りこんだかと思った。細い道が複雑に入り組む古い住宅街が、ひっそりとそこにあったのだ。迷路のような町。これはまさしく、まさしく『虚無への供物』で描写された場所だ。感動にむせびながら、「迷路の中心に当たる部分に建てられ」ているという氷沼邸を探す。

うららかな春の昼下がり。車も通れないような狭い道を、目をらんらんと輝かせながらさまよう。かなりの不審人物である。スクーターに乗った付近住民らしきおっさんが、警戒心まるだしの目でしばらく尾行してきたほどだ。違う! 私は宗教のビラを配りにきたのでも、消火器を売りつけにきたのでもない! そう言ってやりたいが、「じゃあなにしに来たんだ」と聞かれると、説明に困る。さっさと道を折れ、おじさんの尾行をまく。

もうどこを歩いているのか全然わからなくなった。人がすれ違うのも困難なほど細い道沿いに、アパートや住宅が密集して建てられている。かと思うと、「今どきこんな」と目を見張るほど広い庭のある古いお屋敷がある。町全体に緑が多い。それも、都市計画とかで植えられた木ではなく、無造作に植えられて奔放に育った個人の庭の大木なのだ。

「ここが氷沼邸のモデルかしら」と思うような家がいくつもあったけれど、確かなことはわからなかった。でも、私は至極《しごく》満足して散策した。この町は、人の住む気配を濃厚に漂わせながら、あくまで静かに穏やかに、すべてがゆったりとした時間の中で眠っている。その雰囲気を味わえただけでよしとしよう。

余韻に浸りつつ、一時間ばかりで氷沼邸探索を打ち切った私は、「せっかく来たんだから、フォーシーズンズホテル椿山荘《ちんざんそう》にも行ってみるっぺ」と思い立った。ステキなホテルと庭園があるらしいし……と、いそいそと大通りからバスに乗る。

行ってみてびっくり。本日はお日柄もよく、だったのか、数え切れないほどのカップルが結婚式を挙げ、晴れ着をまとった人々が祝いに馳《は》せ参じていた。私ったらジーンズにスニーカーで、ここでも「なにしに来た」って感じの不審者だ。なんたるうかつ。いま東京で一番人気のある結婚式の会場の一つが、フォーシーズンズなのだ。

華やぐホテル内を足早に抜け、さっさと庭園へ。まあ、新たな門出を迎えた男女を祝福するかのように、栗の花の香りがするわぁ（あまり好ましくないような……？）。春も深まりきったのね、と感慨にふけりながら、ゴージャスな庭園を歩く。

なんでもこの場所は、かつては山県有朋《やまがたありとも》公の私有地で、その後は財閥の持ち物だったそうで、三重塔とか伊藤若冲《いとうじゃくちゅう》デザインの石仏とかがそのへんにゴロゴロある。「おいおい、すごいな。この石仏、一個持って帰りたいな」などと思いながら説明書きの札を読んだら、どれもこれも、「京都の某寺にあったものを移築」とか、そんなのばっかりだ。ありゃりゃー、なんか「銭の力にモノ言わせてみました」って感じがプンプンするなあ。さすが財閥。

手入れされた美しい庭園と、笑いさんざめく結婚式の招待客を眺めながら、私は氷沼邸の庭でひっそりと蕾《つぼみ》を膨らませていく光る薔薇《ばら》――「虚無への供物《オフランド・オウ・ネアン》」のことを思った。先ほど、目白の住宅街で一瞬触れられたかに思えた異空間はすでに遠のき、人間の哀しみについて、この世界の残酷さについての激しい問いかけは、私の持つ文庫本の中で、活字となって静かに、永遠に刻印されていた。

第二回 「ピッピのクッキー」を作る

『長くつ下のピッピ』アストリッド・リンドグレーン　岩波書店他

本の中に出てくる食べ物を、読んでいるうちに無性に食べたくなることがある。私がずっと気になっているのは、リンドグレーンの作品に出てくる、黒ソーセージとショウガ入りクッキーだ。『長くつ下のピッピ』を読みながら、何度、生つばを飲み下したことだろう。うーん、なんだかとってもおいしそう。食べてみたい！

そこで今回は、ショウガ入りクッキーを自分の手で作ってみることにした（本当は黒ソーセージも作ってみたいが、豚を絞めて一滴の血も無駄にせず腸詰めをこしらえる、などという超絶技巧は、残念ながら持ち合わせていないので）。

まずは、スウェーデン料理を紹介したホームページや、お菓子の本で、レシピを検討する。ふむふむ。どうやら、生地は普通のクッキーと同じように作り、そこに粉末のジンジャー、シナモン、ショウズク、チョウジなどをお好みで加えればいいらしい。なーんだ、簡単。と言いたいところだが、困ったことに、ショウズク、チョウジがどんなスパイスなのか、まったくわからない。家に常備されていないことは確かなので、さっそく製菓材料専門店に買いにいく。

お店の人に聞いて、チョウジはクローヴのこと、ショウズクはカルダモンのことと判明し、無事購入。だが使ったことがないから、どんな風味がするものなのか予想がつかない。「お好みで」スパイスを入れなきゃならないのに、こんなことで大丈夫だろうか。砂糖とバターの入ったボウルを前に、しばし悩む。ええい、ままよ！　ピッピになりきり、野性の勘に任せてジンジャーその他を投入。練りに練る。

スパイスの入ったバターと砂糖は、どんより汚い茶色になった。しかも、なぜだかコカ・コーラのにおいがする。はたしてこれでいいのか？　ええい、ままよ！　もう後には引けないので、小麦粉をふるいにかけて、コーラ臭のする謎の物質とさっくりと混ぜ合わせる。このふるいがまた、黒板を爪で引っかいたときみたいな音を立てるのだ。キコキコキコキコ。脳みそもクッキーの生地も、いい具合に発酵しそう。

そうだ。味に変化をつければ、もしまずくてもごまかしが利くかもしれない。我ながらいいことを思いついた、と気をよくして、生地を三つに分ける。一つにはチョコチップを散らし、一つにはオレンジジュースを練りこみ、残りの一つには何も加えないまま、ラップに包んで冷蔵庫で寝かせる。

さて、そろそろいいだろう。生地をのばして型で抜こう。ピッピは、クッキー五百個分の生地を床の上でのばす、という荒技を使っていたっけなあ。読書の記憶を懐かしい思いで振り返りながら、冷蔵庫から生地を取り出したのだが……。なんじゃこりゃ！　こんなベチョベチョなクッキー生地、見たことない。のばそうにも、めん棒にくっついちゃってのばせやしない。泥状の生地を掌《てのひら》からにゅぐにゅぐと絞り出して形を作り、天板に並べる。

オーブンを二〇〇度に設定して十五分。わーい、ショウガのいい香りが漂ってきた。だが、焼き加減を確かめるためにオーブンを覗いた私は、度肝を抜かれた。ななな、なんじゃこりゃあ！　クッキーのはずがパンのように膨らんでいるではないか。せっかく形を整えたのに、全部くっついて巨大な一枚岩になってしまった。おかしい……。スパイス以外はちゃんと材料を計量したはずなのに。どこをどう間違えたら、こんな怪物じみた食べ物（なのか、これ？）が出来上がるのだ……。

これはどう見ても、私が憧れていた「おいしそうなショウガ入りクッキー」ではなさそうだ。哀しい気分でオーブンから天板を取り出し、三種類の味ごとに分離させるべく、一枚岩を叩き割る。見た目は悪いが、食べたら案外おいしいかもしれない。自分を奮《ふる》い立たせ、ひとかけら口に入れてみる。

……（もそもそと咀嚼中）……。

はい。「『長くつ下のピッピ』に出てくるショウガ入りクッキーを作ってみよう！」のコーナーでした。おしまい。

というわけにはいかないので、率直に結果を報告するが、まずい。こういうこともあろうかと味つけに変化を持たせたのに、まったく役に立たなかった。どれも等しく、激烈にまずい。かすかすしていて甘みが足りず、焼いた紙粘土を食べてるみたいだ。失敗の原因は不明。これほどまずい物体をこしらえられる才能というのは、ある意味では貴重かもしれぬ。

ピッピ、私はおいしいショウガ入りクッキーを作れなかったよ！　二十年間、ずっと食べたい食べたいと願ってきたのに！　器に山盛りのこの物体を、いったいどうしたらいいんだろう。庭に来る鳥は食べてくれるかしら。

でも、悲嘆に暮れるのはやめておこう。私は想像の中で何度も、ピッピと一緒にショウガ入りクッキーを食べたのだから。甘くてほんのりショウガの風味のする、しっとり感とさくさく感の塩梅《あんばい》も絶妙な、ピッピお手製のクッキー。これからも本を開けば、いつだって味わうことができるのだから。

ショウガ入りクッキーは夢のお菓子。本の中から、今日も我が食欲をくすぐる。

第三回　本の辻占《つじうら》

『京都祇園《ぎおん》殺人事件』山村美紗《やまむらみさ》　角川文庫他
『クラッシュ』太田哲也《おおたてつや》　幻冬舎文庫
『白い巨塔　第二巻』山崎豊子《やまさきとよこ》　新潮文庫

電車の中で、人はなにを読んでいるのか。

私はそれが気になってたまらない。電車内で近くの人が読む書物を、「なあに、それはなんの本？」と尋ねんばかりに覗きこんでしまう。覗きこまれた人は当然、私の不躾《ぶしつけ》な視線にたじろぎ、「なんだよ、見るなよ」と迷惑そうな素振《そぶ》りをする。だが、私はひるまない。本に書店のカバーがかかっていてタイトルがわからないときは、開かれているページをそっと盗み読みしてまで、なんの本なのか確認する。

こうして、車内で人様の読書を邪魔するうちに、ふと思いついた。

自分で選んで読む本は、どうしても自分の趣味や興味のある分野に偏《かたよ》ってしまいがちだ。ここはひとつ、車内で偶然隣りあった人が読んでいる本を、私も手にとって読んでみる、というのはどうだろう。そうすれば、これまで見落としていた面白い本を発見できるかもしれない。

自分が読む本を自分で選ばずに、見知らぬ他人に委《ゆだ》ねるというのは、なんだか楽しい賭けではないか。十月某日。車内で乗客が読んでいる本のうち、タイトルが判明した最初の三冊を、私も問答無用で読んでみようと決め、わくわくしながら電車に乗りこむ。

そしてこの日、私の近くに乗り合わせた人が読んでいたのは、以下の本だった。

一、『京都祇園《ぎおん》殺人事件』：四十代男性。広告代理店や、デザイン関係の会社に勤めていそうな風貌。

二、『クラッシュ』：五十代女性。友だちが出演する合唱の発表会を見にいく、という感じの服装。

三、『白い巨塔　第二巻』：二十代男性。この本を選んだ理由が、「テレビでドラマをやってるから」だと容易に推測される大学生。

うーむ。三冊とも見事に、こういう機会がなければ、自分では読まなかったであろう本ばかりだ。私は満足し、さっそくこの三冊を購入して読書にふけった。

まずは、『京都祇園殺人事件』。

京都旅行中のOL二人が、旅先で出会ったかっこいい男二人と協力し、偶然遭遇した殺人事件を調べていく、という話だ。OLの一人が「ディスコの好きなナウい女性」と形容されていて、書かれた時代を偲《しの》ばせる。

緻密な謎解きを期待すると肩すかしを食らうが、京都の観光案内にもなっていて、テンポよく読める。しかし、SMクラブでショーを見た帰り道に、かっこいい男の一人がOLの一人にいきなりプロポーズしたのには驚愕《きょうがく》した。プロポーズって、そんなタイミングでしていいものなのか⁉

もうちょっと場を選べよ、と気を揉《も》んでしまったが、「やはり、男性から、結婚を申し込まれる瞬間というのは、快いものである。」とのこと。SMクラブ帰りに結婚を申し込まれても、差し支えはまったくないらしい……、と恋の偉大さを感じたのだった。

次に、『クラッシュ』を読む。

レーサーの著者が、レース中に大事故に遭い、瀕死の大やけどを負いながらも、周囲の支えや本人の凄絶な努力によって、再びハンドルを握るようになるまでの記録。

著者の味わった痛みや苦悩が克明に書かれていて、読んでいてつらい気持ちになる。著者は、余人には計り知れないほどの絶望の中で、それでも自分の心を見つめつづける。綺麗事や押しつけがましさはいっさいなし。重い内容なのだが、ユーモアも忘れない。私は読後半日、無口になった。それぐらい胸打たれる、すぐれたノンフィクションだった。

最後は『白い巨塔』だ。文庫本で全五巻の作品なのに、車内で大学生が読んでいたのは二巻目。中途半端だが、いたしかたない。いきなり二巻を読む。
むむむ、この小説、ものすごく面白い！　外科医の財前《ざいぜん》君が医学部でのしあがってい
く物語だが、二巻は教授選からはじまる。財前君の周囲は、財前君を教授にするために、
えげつない票集めに奔走する。札ビラ切りまくりだ。もちろん財前君本人も、部下を使
って裏工作に余念がない。「そこまでやるか！」と読んでいていっそ快感を覚えるぐら
い、人間関係がねっとりしている。
財前君は傲慢で尊大で鼻持ちならない、一言で言って「イヤな奴」なのだが、どこか
憎みきれないお人だ。地位と名声と権力が欲しい、という野心のありようが非常に明快
で、それに向かって猪突猛進する姿が滑稽なぐらい一途《いちず》だからだろう。財前君の目指す
ものが、たとえば「百メートル走で世界記録を出すこと」だったとしたら、みんなが、
「財前君は素晴らしい努力家だ」と褒めてくれたはずだ。
肝心なところで詰めの甘い財前君に、こっちはやきもきさせられっぱなし。気になる。
このままじゃあ、続き（および第一巻）が気になって眠れない。すぐに本屋に走って、
全巻揃えなければ！
電車で人が読んでいる本を、自分も読んでみよう、という今回の企画。新しい発見と
出会いに満ちていて、やってみると非常に心躍るものがある。読む本に迷ったときは、

ぜひお試しいただきたい。

第四回　家具をつくる

オシャレな女性向けファッション雑誌などでは、必ず「インテリア特集」が組まれる。オシャレな有名人が、オシャレな自室を写真入りで公開し、その部屋にはオシャレなソファや雑貨がセンスよく配置されているのだ。

前の段落だけで、「オシャレ」という単語を四回も使ってしまった。「オシャレな部屋」に居住する人々への、我が憎しみの強さの表れである。私は、雑誌の「インテリア特集」を読むたびに怒りに震える。美しく機能的な部屋の写真を眺めては、「こんな特集、私の部屋の模様替えの参考になど、ちっともなりゃしない！」と、近隣の家の屋根《やね》瓦《がわら》がすべて吹っ飛ぶほどの大声で怒鳴る。

そう、雑誌の「インテリア特集」に載っているような部屋には、たいてい本が全然ないのだ。同様のことは、「倹約生活特集」にも言える。「一カ月の携帯使用料が三万円、書籍購入費が三百二十円。私の生活のどこをどう改善したら、貯金が増えるでしょうか」って、片腹《かたはら》痛いわ！　私の一カ月の書籍購入費といったら！　……怖いから考えないようにしている。

本（漫画）さえなければ、私の部屋は美しく機能的になり、私の貯金通帳はもうちょっと充実した数字の羅列になっていたことだろう。本というのは、気づいたらいつのまにか増殖しているものなのだ。「こいつら、夜中ひそかに、すごい勢いで子どもを生んでるんじゃないかな」と、たまに思うほど、私の部屋には本がはびこっている。

本が一度増えてしまったら、あとはもうじたばたしてもどうしようもない。ハツカネズミのように、イナゴの群れのように、やつらは部屋を侵食していく。私にできるのは、少しでも効率よく本を収納するにはどうすればいいか、頭を悩ませることぐらいだ。

天井近くまで本棚（三列スライド式）が林立する、図書館のように広大な書庫。それを手に入れられれば、問題は一挙に解決だ。しかし忘れてはならないのは、ただでさえ少ない収入を、書籍購入にほとんど費やしてしまっているという事実。書庫……ふっ、そんなのは永遠に手に入らない夢のお菓子だ。

狭い空間に、いかにコンパクトかつ探しやすいように本を収納するか。それがいまのところ、私が早急にクリアせねばならぬ課題なのである。

本棚はとうの昔にいっぱい。本を捨てることには抵抗があるので、半年に一回は蔵書点検をして、もう読まないと思われるものを段ボールに箱詰めして古本屋に買い取ってもらう。しかしそれでも、大量の本が床にあふれだす。そんな状況を、はたしてどう打開すればいいのか。

私の友人は、膨大な少女漫画コレクションを、百円ショップで買ってきたチャック付き透明ビニールケースにタイトルごとに入れて、部屋に積み上げているそうだ。たぶんそのビニールケースは、本来は旅行時の雑貨入れなどに使用されるべく、製造されたものだと思うのだが……。とにかく、この方法だと本に埃がつかず、しかも、どこに何があるのか一目瞭然なので、とても便利だそうだ。

私はそこまで几帳面な性格ではないので、肩幅ほどの長さで本をまとめ、荷造り用のビニール紐で束ねて、床に積んでいる。限りある床面積を有効利用するため、積んだ本を家具がわりにも使う。

本で家具を作るためには、かなり強固に束ねる必要がある。なるべく傷《いた》めないように、なおかつ焼き締めたレンガのブロックのごとき本の束を作るのは、なかなか至難の業だ。だが私は古本屋で働いていたので、それぐらいは朝飯前なのだ。パッパと本をまとめ、自由に持ち運びができる頑丈な束を作るとき、己れの練達の技にうっとりするのだった。

こうして出来た本の束を用い、部屋のあちこちに山を築く。その山を家具に見立て、洋服置き場や靴箱置き場として利用する。ベッドの横にも同じ高さで本の束を積み上げていった結果、ダブルベッドが完成した。こんなに本（しかも、いかがわしい内容のもの多数）があるおかげで、だれも部屋に呼べないのに、ベッドだけはダブルだ。うわーい……。

しかしこの方法だと、「あ、あれを読み返したい」と思ったときに、いちいち束をほどかねばならず、非常に面倒くさい。そのうち、束の中から目当ての一冊だけ抜き取るようになり、そうするとその束がゆるゆるになってしまい、だんだん本の山が崩壊してきて、家具としての役目を果たさなくなる。私はベッドで眠っていて、拡張した「ダブル」部分の本と一緒に床になだれ落ちた。

私はもう、自室に秩序を求めることは半ば諦《あきら》めている。どんなに知恵を絞って収納しても、本はそれ以上の速度で増えていくのだ。こうなったら部屋の床が抜けるまで、思う存分増殖するがいい。そんな、やけのやんぱちな気分である。

ああ、私もオシャレな部屋に住みたい。だが、無理なのだ。本を愛してしまったからには、本の山の下敷きになって死ぬまで、狭くて埃っぽい部屋で彼らと生活をともにするしかないのだ。

本の収納。それは本好きの人々に課せられた永遠の命題だ。みなさんはこの難問に、どう取り組んでおられるだろうか。

第五回　本にはさむもの

本を読むときの作法には、人それぞれ、こだわりがあるだろう。なかでも、「なにをしおりとして使うか」というのは、読書作法的に重要な問題だ。

古本屋で働いていたころ、「こんなものをしおりがわりにする人がいるのか！」と驚くようなものを、いろいろ目撃した。買い取った本のあいだから、しおり（および、しおりがわりのもの）がはらはらと舞い落ちる。そのたびに私は、人間の裏面を覗き見る思いがしたものである（ちょっとおおげさ）。

帯をしおりがわりにしている人は、けっこういた。あと、文庫や新書に挟まれている、

「結婚相談所」や「新刊案内」の広告の紙。それらを細かく裂いては、読みやめるたびに挟んでいく人も多い。十数ページごとに点々と紙が挟まっているので、どういう割合でどこまで読んだのかが一目瞭然だ。後半になるにつれ、加速度的に挟まる紙の数が減ると、「物語にぐいぐい引きこまれたんだな」と推測して、こちらも楽しい気分になる。

事務用クリップやティッシュペーパーやお札をしおりとして使う人もいた。お札には気をつけて……。かなり多くの人が、本に挟んだことを忘れて古本屋に売っちゃってますよ〜。あ、もしかしてあれはしおりがわりじゃなくて、ヘソクリだったのかな。

「なにかを挟むなんて面倒くさい」とばかりに、ページの端っこを折っちゃう人もいる。二ページおきぐらいにページが折れていて、「きみはもうちょっと落ち着いて本を読め！」と言いたくなるものもあった。

もちろん、しおりに格別に気を配る人も多いようだ。手作りらしき布製のもの。薄い金属でできたもの。細かい切り絵になっている紙のもの。革もあった。ありとあらゆる材質、デザインのしおりが、古本のあいだには挟まっていた。

すごく古いしおりや、素敵なデザインのしおりは、捨てずに作業場の壁に貼っておいて、店員みんなで眺めて楽しんだものだ。

しかし、右記のように無害だったり麗しかったりするしおりばかりではない。

世の中には、実に恐ろしい物をしおりがわりにする人が存在するのだ。覚悟はよろしいか？

まずは、陰毛。

文庫の「天（ページの上側）」の部分から、何本もの縮れた黒い毛が、ぴょこぴょこと覗いているのだ……！　買い取った本の手入れをしようとページを開けかけた私は、「ひぃっ」と悲鳴をあげて、その本をゴミ箱に捨てた。

いったいなにをどうしたら、あんなものをしおりにしようという発想が生まれるのか。わざわざ抜くわけでしょ？　痛くないのか？　わからない……。そしてその本を、平然と古本屋に売る神経がまた、わからない……。

次に、鼻〇ソ。

もう、汚い話でホントにすみません。私もなるべくならこんな話はしたくないんだが……。

これまた、古本屋で作業中のことだ。文庫のページが開かない。なんだか糊《のり》のような、ゴロゴロした固形物であちこちのページがくっついちゃってるのだ。「なんだ？」とバリッとページを開いてみた私は、糊の正体に気づき、「ぎいやあああ！」とまたもや叫んだ。

なんという不《ふ》逞《てい》の輩がいるのであろうか。本に、本に鼻〇ソを挟むなんて！　紐のしおりがついてるじゃないか。おとなしくそれを使ってくれよ、頼むよ。だいたいこれじゃあ、読んでる途中で前のページを読み返すことができないじゃないの。「ふくろ綴《と》じ」を自分で勝手に作るなっつぅのー！

　ぜぇぜぇ、ふうふう。つい、取り乱してしまいました。

　かく言う私は、本にあらかじめついている紐状のしおりや、広告がわりに挟んである長方形の紙のしおりを、ありがたく使用する。面白味のない、当たり前の読書作法で恐縮です。

　たまに、けっこう厚さのある単行本なのに、しおりがついていないものがある。私はそういう場合、「んまあ、どういうことかしら！」とひとしきり憤ってから、カバーの折り返し部分を仕方なくページに挟む。この方法だと、本が傷んでしまう。やはりなるべく、本にはしおりをつけておいてもらいたいものだ。ぷんぷん。

　読書は「個人的な楽しみ」だが、読書に使うしおりは、もっと個人的な領域に属する。たとえば、「友人がどんな本を読んでいるか」は知っていても、「部屋で本を読むときに、なにをしおりに使っているか」については、多くの人がほとんどなにも知らないのだ。

しおり……、それはページのあいだに挟まれていく秘密。

各人の読書作法があるのはわかるが、せめて美しい「秘密」を挟んでほしいと、切に願う。

陰毛、鼻〇ソのほかにも、動物の毛や（どうやら猫の毛が生え替わる時期で、大量にあった抜け毛をしおりとして活用したらしい）、爪など（爪切りで切ったらしき三日月型の爪の欠片《かけら》が、あちこちのページに挟まっていた。「なんかの呪術か？」と気持ち悪かった）をしおりにするのは、やはりどうかと思うのだ。

第六回　本の探偵

『ケース・オフィサー』麻生幾《あそういく》　産経新聞ニュースサービス〈上下巻〉

私は相変わらず、「電車内でひとはなにを読んでいるのか」のリサーチを続行中だ。

今日は、隣に座ったおじさんが読む単行本を、横から盗み読みした。これがおもしろい作品で、「おじさん、早くページをめくって！　ほらほら、もう私の降りる駅に着いちゃうじゃないの」と、心の中で急かしっぱなしだった。

しかし願いもむなしく、非常に切迫したシーンで、駅に到着。私はなんとかタイトルを確認したいと思ったのだが、おじさんの本には書店カバーがかけてあって、外観から得られる手がかりがなにもない。電車内に長い長い後ろ髪を残す気分で、しぶしぶと降車した。

続きが気になる。あれはなんという本だったのか。家に帰った私は、早速インターネットの検索サイトで、キーワードを打ちこんでみた。

「天然痘《てんねんとう》　少女」

おじさんが読んでいたのは、「病院に運ばれてきた少女が、どうやら天然痘で、しかも院内で爆発的に感染が広まる」というシーンだったのである。

微妙にキーワードを変えつつ、検索活動は実に一時間半におよんだ。そしてついに、書名が判明。麻生幾の『ケース・オフィサー』だ。急いで本屋に行き、実物を手にとって内容を確認する。やった、まちがいない。無事に購入。読むのが楽しみだ。

地道な捜査（?）をして、少ない手がかりから犯人（?）を見つけだす「本の探偵」。それが私。などと、当初はご満悦だったのだが、捜索に一時間半もかけるぐらいなら、あのおじさんに、「すみません、横から勝手に読ませていただいてるんですが、その本おもしろいですね。なんていう本ですか?」と、ずばりと聞いたほうがよかったのではないか。
このように、貪欲《どんよく》なまでに（というか、執拗《しつよう》なまでに）ひとが読んでいる本のタイトルを知りたがる私にとって、書店カバーは天敵だ。
書店でカバーをかけてもらえば、たしかに本が汚れないいし、私のように本への好奇心を異常にたぎらせている危険人物の目から、自分のプライバシーを守ることもできる。私も電車内でエロ本を読むときには、書店カバーの恩恵を受けているので、「カバーをかけるのはやめろ」とは言えない。
実際、書店カバーというのはいいものである。それぞれの書店が、デザインや紙質にこだわった独自のカバーを準備して、お客さんを待っている。
「む、あれは有隣堂《ゆうりんどう》のカバー。彼女はピンクを選んだのか。私はいつも灰色を選ぶようにしている」（注：有隣堂は、主に横浜《よこはま》を中心に店舗展開している本屋さん。文庫用のカバーの色がバリエーションに富んでいて、好きな色を選ばせてくれる）
「彼はくまざわ書店で本を買ったらしい。中央線に乗ってるところからして、八王子《はちおうじ》あたりにお住まいであろうか」（注：くまざわは、ほぼ全国に支店のある本屋さん。カバーは渋いデザインで、いかにも本屋っぽい）
などなど、書店カバーを通して、本を読んでいるひとの背景を推測してみるのも楽しい。あれ、私はもしかして、「他人が読んでいる本を知るのが好き」なんじゃなくて、「他人のプライバシーを暴くのが好き」なだけなのだろうか。うーむ、自重せねば。

　実用性もあり、「本を買った。さあ読むぞ」という気分にさせてくれる書店カバーだが、「本の探偵」には、その鉄壁のガードを乗りこえて、書名を見極めるという使命がある。対書店カバー戦略として、探偵が磨かねばならない能力は以下の二つだ。

　一、透視力
　二、推理力

ま、いくら頑張っても透視力はなかなか身につかないと思うので、推理力について解説する。たとえ書店カバーによって本の情報が秘匿《ひとく》されていても、諦めるのはまだ早い。

　たとえば文庫の場合、ページの上部にタイトルが書かれていることが多いが、短編集だと総タイトルはわからない、ということもある。その際は、本文に使われている紙、書体、インク、天の処理の仕方などから攻める。

「この紙は新潮文庫だな」「この書体は集英社文庫だろう」と、まずは出版社名を絞り、次に過去の読書の記憶を総動員させて、文体やジャンルから作者名を推測する。最後に、「九十二ページ最初の行が、『お軽《かる》は茶屋で団子を三つ買った。』ではじまる話か」と覚えておき、書店の文庫コーナーで、推測した出版社・作者の刊行物の九十二ページ目を軒並みチェックすればよい。

こうした推理と確認作業の積み重ねによって、書店カバーという妨害に打ち勝ち、他人の読んでる本のタイトルが見事に判明する。

判明したからどうだっていうんだ、と思うかたもいるかもしれないが、当然、その本を買って読むのだ。書店カバーを楽しみ、推理を楽しみ、読書を楽しむ。読むに至る過程をも楽しめるとは、本ってすばらしいなあと、つくづく思う。

＊『ケース・オフィサー』は二〇〇九年十月に『警察庁国際テロリズム対策課　ケースオフィサー』（上下巻）として幻冬舎文庫からも刊行された。

第七回　無数の情景

『黄金を抱いて翔べ』髙村薫《たかむらかおる》　新潮文庫

本を読むときには、文章を追いながら、情景などを自分なりに想像しているものである。

たとえば、

「賢三は行きつけのバーに寄った。うらぶれたビルの地下一階にある古い店は、置かれた観葉植物の葉に至るまで、丁寧に磨きぬかれている。しかし、いつ行っても客は少ない。賢三がドアを開けると、その夜も店内にいたのは老バーテンダーだけだった。賢三はカウンターに歩み寄り、『ジントニック、ジン抜きで』と言った。」

という文章があったとする（なんだかなあ、な内容の文章だが、そこはご勘弁願いたい）。

まず、賢三の容姿がどんなだか、全然わからない。しかしまあそれは、ほかの部分を読めば明らかになるかもしれないので、置いておく。ここで私が注目したいのは、バーの内部の様子だ。

たぶん静かで薄暗く、すべての調度が使いこまれていて、しかし清潔さを保っている店なんだろうな、という印象はある。だが、「はたしてカウンターが店内のどの位置にあるのか」が、文章からは全然わからないのである。

ドアを開けて、カウンターは正面にあるのか右手にあるのか左手にあるのか。こういう場合、読み手は自動的になんとなく、自分が知っているバーなどを当てはめて、適当に脳裏に店内の見取り図を描くものだ。つまり、読んでるひとの数だけ、何通りものもの

「賢三の行きつけのバー」が生みだされているのである。

この自由さが、読書の楽しみの一つであることは間違いない。こういうシーンの場合、漫画や映画では、「バーの内部」がはっきりと「画像（映像）」として示されることになるわけだから、カウンターが右にあるか左にあるかは一目瞭然だ。

しかし、自由さが裏目に出ることもある。たとえば、ほとんど無意識に想像した結果、「カウンターはドアを開けて右手にあるんだろう」と納得して読み進めていたとする。ところが後になって、

「ドアの開く音がし、賢三はグラスから顔を上げた。バーテンダーの背後にある鏡のなかで、ドア口に立った黒ずくめの男が、まっすぐに賢三を見すえていた。」

などという描写が出てくるのだ。

え⁉　ってことは、カウンターはドアを入って正面にあるのかよ！　と読者は気づき、脳裏に描いていた「店内見取り図」を急いで描き直さねばならないのである。読書というのは、なかなか面倒くさい。

バーの内部ぐらいだったら、まだ簡単に想像もつくし、いざというときの脳内映像の修正も容易だ。しかし問題は、もっとスケールの大きなものを想像しなきゃならないときだ。

高村薫の『黄金を抱いて翔べ』を例にとって説明する。この小説は、大阪の「住田銀行」を襲撃し、金塊を強奪する、という話である。地形が克明に描写され、地名もきちんと書かれているので、大阪をよく知っているひとなら、「ああ、あそこのことだ」と確実に思い描くことができるはずだ。文中の描写をもとに実際の地図を眺めていけば、「登場人物が襲撃しようとしてる住田銀行とは、土佐堀川《とさぼりがわ》沿いにある旧住友《すみとも》銀行のことだな」と、容易に特定できる。

ところが、である。そこまで詳細に描写されていても、大阪の土地鑑が全然ない私などは、場所をリアルには思い描けないのだ。しょうがないから、文中の緻密な描写をもとに、脳内で独自に「架空の大阪の町」を作りあげるしかない。

しかし想像というのは、流動的かついい加減なものである。『黄金を抱いて翔べ』を読み終わるころには、私の脳内映像における住田銀行は、なぜか「『東京神保町《じんぼうちょう》の高架沿いにあった古いアパート』みたいな建物で、川の中州に建っている」ことに変換されてしまっていたのであった。

後日、大阪に行くことがあって、実際に「住田銀行」付近とおぼしきところを歩いた私が、「ぜんっぜん違う風景を想像してたよ！」と、大打撃を受けたことは言うまでもない。さらば、我が脳内の「不思議都市大阪」よ……！

もちろん、これは私の想像力に問題があったせいであり、また、大阪の土地鑑がなくても、『黄金を抱いて翔べ』を充分に味わうことはできる。この物語のおもしろさの本質は、「大阪の町をリアルに脳内で再現できるかどうか」ということとは、まったく別のところにあるからだ。

とにかく、ことほどさように、文章というのは油断がならないものである。文章を読んで読み手が思い描く風景とは、十人いれば十通りの別世界なのだ。同じ本を読み、同じストーリーを堪能したとしても、その脳裏に広がった景色は、読んだひとの数だけある。

一冊の本を手に取り、「これと同じ内容の本から、無数の脳内風景が生まれているんだなあ」と思いを馳せるとき、読書って、なんて自由で孤独な楽しみなんだろうと、恐ろしいようなわくわくするような気持ちになる。

読書。それは、もっとも危険な遊戯なのかもしれない。

第八回

理想の本屋さん

行きつけの本屋さん、というものが、ひとそれぞれあると思う。もちろん、選択するまでもなく家の近所には本屋が一軒しかない、という場合もあろうが、「たまに大きな町へ出たときに、必ず寄るのはこの本屋」と決まっている店はあるはずだ。

かくいう私も、地元で行く本屋さんはいつも同じだ。その本屋さんは、ものすごく漫画の品揃えが充実しているのだ。私は漫画がないと呼吸もままならない体質なので、この本屋さんはまさにオアシス。日常のなかの精神安定剤。引っ越そうかなと何度も思いつつ、未だに同じ町に住みつづけているのは、この本屋さんから離れたくないからなのだ。

しかし、あまりにも頻繁に（ほとんど毎日）店内をふらふらしてるので、店員さんの視線が痛い。「あのひと、また来てるー！　そしてまた、雑誌の陳列の乱れた部分をさりげなく直してるー！　こわい」とか思われてんじゃないだろうか、と被害妄想に襲われる。

でも、気がつくと陳列の乱れを直しちゃってるのである。立ち読みするときに鞄《かばん》を本の上に置くやつ。読んだ雑誌を投げだすようにして去っていくやつ。許しがたい。私にとって本屋さんは聖地なので、そういう礼儀知らずの輩が引っかきまわした痕跡を、すみやかに元の美しい状態に正さずにはいられないのだ。

本屋さんに対して多大な思い入れがあるから、『理想の本屋さん』って、どういう店のことを言うんだろうな」ということも、よく考える。

以下、私にとっての理想の本屋。

入り口はガラスの引き戸で、戸の枠は木製。戸を開けると、ぶらさがった真鍮《しんちゅう》の小さなベルがチリンチリンと鳴る。入ってすぐは土間で、ここに新刊雑誌を置く台と、レジスターがある。

一段上がって板張りのスペース。壁際は天井すれすれまで本棚（もちろん木製）で、ほかの書店ではなかなか置いていていない書籍がぎっしり。中央には、大人の背丈ほどの本棚があって、ここには回転の速い本が並んでいる。背表紙を眺めていくと、新刊も吟味して入荷していることがうかがえる。

天井でゆっくりとまわるファン（西部劇に出てくるようなもの）と、考えつくして配置された照明のおかげで、店内の空調と明るさはいつも万全の状態を保っている。わずかに埃っぽいにおいのする静謐な雰囲気のなかで、お客さんたちはゆっくりと本を選ぶことができる。

奥には、買った本を読みながら一杯飲めるように、ちょっとした喫茶兼バーがある。小さなカウンターの向こうには、バーテンダー（愛読書は当然ハードボイルド系）が常駐だ。

本屋に来ると便意をもよおすひとが多いので、トイレもバーの一角にあり、気兼ねなく利用できるようになっている。出版社の販促グッズが新旧いろいろ飾られた個室で、落ち着いて用を足してから、また店内で思う存分本をお探しください。

バーの上部にあたる位置には、中二階が張りだしている。ここは漫画コーナー。新刊はここに来ればどんなものでも必ず手に入る、というほどの充実ぶり。漫画オタクたちが流す歓喜の涙で、中二階の床はほかの場所よりいたみが激しいほどである。

店員さんは親切で商品知識が豊富。どんな本のことでも、聞けばすぐに教えてくれるし、絶版情報もいちはやくキャッチ。客と一緒に、「どうしてこの本が絶版なんですかね」と憤りつつ嘆く、優しい心の持ち主だ。店にない本は、一冊でも面倒くさがらずに快く注文を引き受けてくれる。

店員さんの制服は、男性は書生風。つまり、袴《はかま》をつけ、着物の下に白いシャツを着て、下駄を履いてるのである。女性はカフェの女給風。黒い膝丈のワンピースに黒いストッキング、黒いエナメル靴を履いて白いエプロンをしている。大正時代っぽいレトロ調は、この本屋のオーナー（私だ）の趣味なのだ。

探していた本もめでたく見つかり、土間のレジスター（旧式）で、ガタガタチーンとお会計してもらう。薄手の茶色い紙袋には、濃紺でツルバラの模様が印刷されている。渋い。本にカバーをつけてもらうこともできて、これは季節ごとに色と柄が違う。春は白地に黒で梅の花。そこに赤の明朝体の書店名が、縦書きで入っている。夏は薄水色の地で、カバーの下部に濃い緑で山影が描かれたもの。秋は朱色の地に白抜きで鹿のシルエットが。冬は灰色の地に黒い雪の結晶が散っている。

カバーをかける店員さんの手つきは、素早く優雅だ。あっというまにピシリと包装された本を手に、お客さんは満足して表に出る。そしてふと振り返り、気づくのだ。戸のガラスに煤《すす》けた金色で、「理想書房」という店名が刻印されていることに……。

うーん、こういう本屋さんを、ぜひ自分で作ってみたいぞ。特に店員さんの制服。品揃えがいい店や、商品知識の豊富な店員さんはいっぱい存在するが、本屋さんの制服に関しては、私は未だ、納得のいく店に出会ったことがない。

理想書房は今日も脳内で開店中だ。

第九回　棲息するもの

私は情けないことに、本に関係する仕事しか、長続きしない。

電話オペレーターも、会社の事務のアルバイトも、苦しくて苦しくて三カ月で辞めた。「辞めさせてください……」と言った私を引き止めるひとがだれもおらず、むしろみなさんホッとする感があったところからして、我が無能のほどが推し量れるというものだ。反対にちゃんと続けられた仕事は、新刊書店と古本屋でのアルバイトだ。やはり、好きなものに常に触れていられる環境がよかったのだろう。もちろん、あいかわらず無能なままなわけで、一緒に働いていたひとはさぞヤキモキしたことと思うのだが、本人は至極楽しく仕事に励んでいた（つもりだ）。

本を売る店で働いていると、気づくことがある。新刊、古本問わず、とにかく「本」

というものを求めて集う人間は、総じてキャラクターが濃いのだ。お客さんも店員も、浮世離れしていたり、逆に欲望のおもむくままに行動しすぎていたりで、見ていて飽きない。

私が地元にある小さな新刊書店で働いていたときの店長は、いまは自分の生まれ故郷で隠居している。まだ四十代なのに！　聞くところによると、彼は日のあるうちは、畑仕事をしたりタコを釣ったりしてるそうだ。あとの時間は、ずーっと本を読んでるらしい。

先日もらった電話では、

「山の木を切ってきて、適当な空き地に自分でちょっとずつ家を建てようかと思ってるんですよね」

と言っていた。適当な空き地に勝手に建てていいものかわからないが、

「それはいいですね。でも、すごく時間がかかるんじゃありませんか？」

と尋ねると、

「いいんです。そろそろ死にそうだ、というときに完成すれば。臨終を迎えるための家です」

と笑っている。せっかく建てるのに、住むのは死ぬ間際の一瞬だけでいいのか！　欲

がないんだか、究極の欲張りなんだか、判断に苦しむ。

その店の常連客に、妙な男性がいた。毎日毎日、写真系のエロ本を買っていくのだ。レジで会計が済むと、レシートの裏に必ずその場で本のタイトルを記入する。「仕事で必要なんだ、というアピールでしょうか……」と、店長と私はよくこそこそ噂したものだ。

私は先日、神田《かんだ》の三省堂《さんせいどう》本店に行き、件《くだん》のエロ本男性を目撃した。げげっ、地元の町から遠く離れた神田でも、やっぱりこいつ本屋にいる（それはお互いさま）！　偶然出くわしただけでも驚きだったのだが、彼が熱心に立ち読みしている本を盗み見て、私はさらに驚かされた。難しそうな思想の本だったのだ！

地元の本屋ではエロ本を大量に購入してるくせに、神田三省堂では思想の本か！　ちょっとよそゆき、って感じ？　ていうか立ち読みじゃなく、その本をこそ買いたまえよ、きみは！　いままでのエロ本代で、その思想の棚にある本を全部買ってもお釣りが来るぞ。それよりなにより、あんた立ち読みが長すぎ（ずっと陰から観察していた）！

もう、どこからどうつっこんでいいのか。しかし彼が本屋で、いつなんどきでも求道者の風情を漂わせていることは、思いがけず確認できた。思想の本を立ち読みするときも、エロ本を買うときと同じように、彼は真剣かつ熱心だった。彼なりに、なんらかの掟を自分に課して、本と対峙していることが伝わってきた。同志に乾杯。

本を愛するものは、「自分なりの掟」を持っていることが多い。たとえば、私がアルバイトしていた古本屋の社長。彼は、かつては捕鯨船に乗っていたこともある猛者《もさ》だ。なんで捕鯨船の乗組員が古本屋に転職したのか、その経緯は謎に包まれているが、「うさんくさい」ということだけはよくわかる。

さて、この社長の掟は、「本の価値は重さで決まる！」だ。内容が重いか軽いかじゃない。純粋に本という物体の重量のことだ。

「そんなわけあるか！」と思いつつ、社長が手に持ったときの重さでぐいぐい値段を決めていくのを、涙を呑んで見守ったことが何度あったか……。そんないいかげんな値つけ方法なのに、社長はもう三十年以上も古本界を生き抜いている。もしや、古本の神に愛されてる？

社長は糖尿病なのにもかかわらず、高カロリーのハンバーガーとかをがつがつ食べる。「社長、それは体によくないんじゃ……」と言っても、「三浦《みうら》さん、カロリーってのは、結局は重さだよ、重さ！　ハンバーガーなんて、かすかすのパンと肉で、軽いでしょ？キャベツを丸ごと食べるより、ハンバーガーとポテトのほうが絶対にカロリーが低いね。ガハハ」と、平然としたものだ。そして炭酸飲料のことも、「シュワッとするから軽い」と断じていた。どんな基準なの、それ。

「カロリーは絶対に重量とは関係ない！」と思うものの、確固とした己れの掟に従って生きるひとを前に、いったいなにが言えようか。

本には、濃い人間を引き寄せる魔力がある。

第十回　道具の変遷

たまに、「小説を手書きしてますか、機械（ワープロやパソコン）を使って書いてますか」と問われることがある。私はパソコンを使って書いている。が、特にこだわりはない。世代的に、長い文章を手書きするのに慣れていないので（若ぶってみた）、自分にとって楽で使い勝手のいいパソコンを使っているだけだ。

小説なんて、そのへんにある道具を適当に使って書けばいいのだ。「なんて」とか言うと怒られそうだが、大事なのは当然ながら道具ではなく、道具を使ってなにを書くかだからな。

「手書きとパソコンでは、書いた文章が変わると思いますか」と聞かれることもある。文章の速度（テンポ）には、若干の影響が出ると思われる。構成についても、長い小説の場合、パソコンを使ったほうが複雑なものに挑戦しやすくなるだろう。逆に、冗長な部分も確実に増える。いらない部分を大胆に削るには、手書きのほうが向いているからだ（パソコンだと、削除した文章は痕跡を残さず永遠にこの世から消え去る。そうすると人情として、削りにくくなる）。

しかしまあ、その文章が手書きによるものかパソコンによるものかは、基本的には書いた本人にしかわからない程度のちがいだと思う。文章の持ち味というかにおいが、使う道具によってがらりと変わる、ということはまずありえないからだ。私はエッセイをたまに手書きしていることがあるのだが、これまでパソコンで書いたときとのちがいを指摘されたことは一度もない。

書く道具について神経質になりすぎるのは、私はアホらしいと考える。パソコンを使うせいで、小説という表現そのものが変質してしまっている、と嘆くひともいるかもしれないが、その程度で変質するものなど、思う存分変質させておけばいい。あらゆる表現は、時代とともにどんどん変形していくが、根本にある質（目指す場所）は変わるものではない、と私は思っている。

たとえば万年筆が発明されたときには、絶対に「邪道だ！」と言うひとがいたはずだ。「墨を擦《す》る時間を利用して、心を落ち着かせて文章を練るべきなのに！」と。ボールペンが発明されると、今度は万年筆派から、「インクを詰めかえる行為にこそ、文章を精錬する秘訣がこめられていたというのに！」と抗議が殺到したことだろう。

もっとさかのぼると、文字が発明されたときには、みんな大パニックだったと想像される。「話のうまいばあちゃんから聞くからこそ、物語っておもしろかったのに！　文字っていうの、なんかむかつかねえ？　読むのに時間がかかるし目が疲れるし、わざわざ石や木に彫らなきゃならないし。資源の無駄だよ」という感じに。

消しゴムが発明されたときにも一悶着《ひともんちゃく》あって、「書き損じたら、その部分の木簡を削ったり、新しい紙を切り貼りしたりするもんだろ。文字を手軽に消せるなんて、世も末だぜ」と憤るひと続出。

つまりなにを言いたいかというと、繰り返しになるが、字なんてそのへんにあるもので書けばいい、ってことだ。書くための道具は刻々と革新されていくので、いちいち振りまわされていたら、精神がまいってしまう。自分に合った道具で、好きなように書きたいものである。

これから先、書く道具はどう変化していくか。私が予想するに、たぶん自動筆記になる。眠っているあいだに脳内イメージを文章化して、一晩で千枚ぐらいの長編小説に仕立ててくれる機械が、きっと発明されるはずだ。便利だなあ。

「脳内イメージをわざわざ文章化せず、映像で配信すればいいだろ」と思うかたもいるだろう。しかしそれは、映画監督の職分だ。映画監督用には、眠っているあいだに脳内イメージを二時間ぐらいの映画として完成させてくれる機械が、ちゃんと発明される。役者のスケジュールや、現場でのスタッフとの軋轢《あつれき》に、頭を悩ませる必要もないわけだ。めでたいなあ。

そうしてできあがった小説や映画を、読んだり見たりした人々は、それによって湧き起こったイメージを、脳から直接、携帯スクリーンに投影する。そのイメージをみんなで見ながら、「おまえの解釈、的はずれ!」とか、「あの作品を見て、こんなに美しい感想を抱いたのか!」とか、論争したり感激を新たにしたりする。

こうなると、「小説家」や「映画監督」が職業として成り立つ基準は、そのひとたちが機械を通して、「脳内イメージをいかに具体的かつ鮮烈に深く、文字または映像で刻印できるか」にかかってくるわけだが、それって結局、いまと本質的には変わらない。

パソコンや鉛筆を使えば、だれでも文字は書ける。カメラを使えば、だれでも映像は撮れる。しかし肝心なのは、文字や映像という大きな「道具」を使って、なにをどう表現するか、という点なのだ。

えー、じゃあ、たとえ自動筆記になっても、作品の巧拙や好悪の感情からは逃れられないのか。つらいなあ……。

書く道具が変化しても、文字があるかぎり、小説は書かれ、読まれつづけていくだろう。

第十一回　押入の脳みそ

友だちが家に遊びにくるとなったら、「ちょっと掃除機をかけておくかな」と思うのが人情というものだろう。

しかし私の場合、押入から掃除機を出すまえに、やらなきゃならないことがある。部屋中に散らばった本を片づけないと、掃除機をかけるだけの面積すら確保できないのだ！

いま住んでいるアパートの部屋は、収納が多いので選んだ。本棚を置くことは、最初から潔く諦めた。掬《すく》えども掬えども掌から水がこぼれるように、本は本棚という枠からあふれるものなのだ。だったら、本を本棚に収めたいなどという野望はきっぱりと捨て、押入にどんどん詰めていけばいい、と考えたわけだ。本棚よりは、押入のほうが奥行きがあるしな。

「本棚」という枠が「押入」という枠になっただけで、やっぱり枠から本があふれることに変わりはないんじゃ……、と気づいたときには遅かった。二つある押入は現在、ひとつは本でいっぱい。もうひとつのほうは、「仲良くスペースを分けあうんだよ」と本と洋服に言い聞かせたにもかかわらず、本の大幅な領域侵犯が目立つ状態だ。

押入に本を詰めこむようになってから気づいたのだが、本棚とちがって、押入には戸がある。戸を開閉するのは面倒くさい。そういう次第で、友人から「遊びにいくね」と連絡が入るたび、私は大慌てで床に散らばった本や雑誌を集めてまわる羽目になる。

押入の引き戸を開ける手間ぐらい惜しまず、読み終わったらそのつど片づけておけばいいだろ！　と、ズボラな自分を叱りつけても、あとの祭り。なんとか床から押入に本を移動させたところで時間切れとなり、結局、掃除機もかけていない部屋にお客さまを通さざるをえないのだった。

だが、押入の引き戸には利点もある。戸を閉めてしまえば、なかが見えない。押入に詰まっているのがどんな本なのかを、訪ねてきたひとに知られずにすむのだ。

私がなにを読んでいようと、いまさらたじろぐような友人たちではないが、それでもやはり、蔵書を見られるのにはちょっと抵抗がある。どんな本を所持しているかを知られるのは、自分の脳みそのなかを隅々まで覗きこまれるのに等しい。私が選び、買い集め、読んでいる本を見られるということは、私の愛しているものも、興味を持っているものも、趣味も知識傾向も、すべてを見られてしまうということだ。

これはちょっと恥ずかしい。アンティークレースのドレスが載った雑誌を眺めてうっとりしてることや、よい子は決して読んじゃいけない小説や漫画が蔵書の大半を占めていることや、いま第二次ヤクザブームが自分のなかで訪れ、妙にいっぱいルポを買い漁っていることなどは、できるなら秘匿しておきたい。「具体的にこういう書物を読んでるんですよ」と目に見える形でひとに提示するなど、腹をかっさばいて胃の腑《ふ》を開き、夕に食べた献立を説明するようなものだ。

そう思うから私は、よその家に行っても、あまり本棚を見ない。ホントはものすごーく見たいのだが、遠慮してモジモジしている。

その家の主《あるじ》が気を利かせて、「見てもいいよ。なにか読みたいのがあったら持っていって」と言ってくれるときもある。私は「そう?」と、そそくさと本棚のまえに立つ。知りたい! このひとの脳みそのなかを知りたい! お許しも出たことだし、ここはひとつじっくり……。

と思っても、やっぱりだめだ。どうしても、ひとさまの脳みそに前戯もなく挿入(なにを?)するような所業に感じられて、本棚を直視することができないのだ。半目になって本棚の表面をちらっと眺め、無難に『ガラスの仮面』(美内《みうち》すずえ 白泉社)などを取りだして読んでみたりする。それはもう、何十回も読んだ作品だろう! 本当は、『ガラスの仮面』の奥にある書店カバーのかかった本がなんなのかを、知りたくてたまらないくせに!

本というのは、それ自体がエロティックな存在で、紙の質感や重み、印刷のにおい、チマチマと並んだ活字など、構成するすべての要素が、「一人の愉しみ」感を煽《あお》る気がする。そこに書かれたことを読むと、本という物体の持つエロティシズムが濃縮シロップのように脳に浸透し、感情と記憶となって身の内に溜まっていくのだ。

本の所持者と、本とのあいだには、彼らだけしか知らない交感の時間がある。個人の家の本棚に収められた本は、その濃密な時間を終えて、しばしの休息を取っているところなわけだ。そこへ第三者である私が乱入し、「あ、この本なに?」などと、本棚をひっかきまわしたりするのは、無粋《ぶすい》の極致と言えよう。

本棚はそのひとの脳みそだ。つまり、そのひとの心だということだ。心のなかは秘めておくべきもの。覗くチャンスがあっても、遠くからそっとうかがい見る程度に留めておこうと私は思う。

ちなみに私の本棚(押入だが)は、かなり整理整頓がなっておらず、やはり自身の脳みそ、ひいては心中を的確に反映するものなんだなと、あきれるばかりだ。

第十二回　きみとどこまでも

本にまつわるあれこれを書いてきたが、ではその本を、どういう姿勢で読むかという問題が残っていた。

「どういう姿勢で」というのは、「真剣に」とか「暇つぶしに」というような、精神面のことではない。座って読むのか逆立ちして読むのか、という、あくまで身体的な態度のことである。

室内で読むときはほとんど、私は寝っころがって本を読む。仰向けか、体の右側を下にした横向きか、どちらかだ。重量のあるファッション誌などを、腕をぶるぶる震わせながら仰向けで読んでいると、「これは筋トレか苦行か。いま手の力を抜いたら、顔面を直撃されて死ぬかもな」と思う。でも起きあがらない。

私は時間があれば本を読んでいるので、つまり一日の大半を寝そべって過ごすことになる。自分が直立歩行する人類だということを、そろそろ忘れてしまいそうだ。地面に対して垂直になってる時間より、水平になってる時間のほうが、確実に多い。

これは習慣なのか遺伝なのか。私の母と弟も、寝そべって本を読む。夕飯を食べ終えると、即座にそれぞれの自室に引きあげ、ベッドに寝そべって黙然と漫画を読みふけるのだ。いま思い返してみても、あれは「だれかと暮らしてる感」の薄い生活だった……。

対して父は、絶対に垂直姿勢で本を読む。彼が寝そべって読書しているところを、私は一度も見たことがない。だから父は、私たちがゴロゴロしながら読書するのを、信じがたく思うらしい。

夜遅く、仕事から帰ってきた父は、シーンとして出迎えるものもいない玄関をくぐる。

そして、読みかけの本をかたわらに、ベッドで幸せそうに眠っている家族を発見し、ため息をつきながら部屋の電気を消してまわるのだ。

父は一度、よっぽど腹に据えかねたのか、寝てる私の顔から漫画を剝《は》ぎ取って言った。

「あんたたちはホントに、いつ帰ってきても、本をかぶってグーグー寝てるけど。どうして座って読まないんだ」

「んが？　だって消化に悪いから……」

「寝ぼけてないで、ほらちょっと起きなさい」

「あのさあ」

と私は、ますます布団にもぐりこみながら言った。「私にとっては、どうしてお父さんが座って本を読むのかのほうが謎なわけ。国語の教科書を机に立てて音読するんじゃないんだからさ。もっとリラックスリラックス」

「リラックスしすぎじゃないのか」

「おやすみ。あ、電気消してね」

本という物体があるかぎり、テコでも起きあがらない覚悟の私に敗北し、父はしょんぼりと電気を消して部屋から出ていったのだった。垂直派と水平派の断絶は深い。

しかし私も、いつも寝そべって読書をするわけではない。移動中と食事中にも、よく本を読む。さすがに、健康なのに寝そべったまま電車に乗ったりご飯を食べたりするほど自堕落ではないので、立って（あるいは座って）本を読むこともあるというわけだ。

電車の揺れは、読書に最適なくつろぎを呼び起こす。電車内でひとがなにを読んでいるのか、私は気になってチェックせずにはいられないのだけれど、他人の読む本をチェックしつつ、私もたいてい、電車内で本を読んでいるのだ。

さすがに公衆の面前でエロ漫画は読まないが、エロ小説は読む。おかげで、「むむっ、次のページにエッチな挿絵がある」と察知し、さりげなくそのページを飛ばしてめくる高度な技術を獲得した。

道を歩いているときも、しばしば本を読む。本屋で買ったものを、家まで待ちきれずに道で読みはじめてしまうのだ。夢中で歩き読みするあまり、路上駐車の存在に気づかずバンパーで脛《すね》を強打し、そのままボンネットに前のめりに倒れこむこと無数回。脛も、通行人から投げかけられる視線も、非常に痛い。路上駐車は厳重に取り締まってもらいたいと切に願う。

食事中も本を手放せない。それが家であろうと出先であろうと、九割以上の確率で、なにか読みながら食べている。食事のメニューを考えるより先に、食事中に読むものを吟味する始末だ。

「おなかがすいたからご飯を作ろう」と思い立ち、食材は冷蔵庫にあるものの、読む本がないことに気づく。すると私は、本屋に行ってしまうのだ。一時間ぐらいかけて読みたい本を探したため、空腹のあまり貧血になりながら、食事作りに取りかかったこともある。

また、外出中に疲れたので喫茶店に入ろうと思い立つ。ところが手持ちの本がない。私はもちろん、まずは本屋に行って、喫茶店で読むための本を確保せずにはいられないのだ。本を買ったところで疲れがピークに達し、喫茶店には寄らずに帰宅したりもする。いったいなにがしたかったんだか、自分でももはやわからない。

生活のすべてを本に支配され、振り回されているような気がしてならないが、それで特に不満もない。本を読むことがすなわち、私の幸福であるからだ。

四章　役に立たない風見鶏

雑誌『ａｎａｎ』（マガジンハウス）の、「カルチャーファイル」欄で三年にわたって連載したコラム（二〇〇二年九月十一日号〜二〇〇五年九月十四日号）。四人の執筆者が交替で担当する仕組みだ。『ａｎａｎ』は週刊なので、約一カ月に一回、締め切りがまわってくる計算である。

「最新カルチャー」を紹介する、というのがコーナーの趣旨なのだが、私は「最新」でも「カルチャー」でもないものを取りあげることが多かった。なんだよ「ツタンカーメン」って！　なんだよ「鍾乳洞《しょうにゅうどう》」って！　私が担当する週だけ、このコーナーから明らかにオシャレさが欠落していた気がする。ぶるぶるぶるぶる。

「最新」にも「カルチャー」にも疎《うと》いもので、こういう仕儀《しぎ》にあいなってしまったのである。でも本人としては、「次はなにを書こうかなあ」と、わりとノリノリだった。ネタを拾うために、出不精を返上していろいろ散索もした。映画や展覧会を紹介するコーナーはすでにほかにあるので、取りあげるにふさわしいものを見つけるのがなかなかむずかしい。だが、それゆえにやりがいもあった。

一回あたりの分量が少ないので、この章は本のなかでの箸《はし》休め的存在といったところか。やたら数がある箸休めだな……。

収録にあたって、『役に立たない風見鶏《かざみどり》』という章タイトルでまとめることにした。言うまでもなく、「流行の風に、敏感に反応できないやつよのう」という意味である。あああ。

#01 骨とファッション

最近の服は、いくらなんでも華奢《きゃしゃ》に作られすぎているのではないか。私は試着室で、今年何度目かの怒りに震えた。

私は牛乳が好きだ。そのためなのか、骨が太い。以前、医者が私のレントゲン写真を眺めながらうっとりと言った。「あなたの骨は素晴らしいね。こんなにがっしりとたくましく、みっちりと中身の詰まった骨も珍しいよ」と。骨格全体のバランスについてではなく、ましてや体の表面について褒めるのでもなく、ただひたすら単体としての骨を賛美されても嬉しくない。むしろ、「いやあ、もっと華奢な女のコになりたかったですよ」と哀しいぐらいだ。

そんな私だから、試着をしても肩や胸元がパツパツになる傾向は、前々からあった（もちろん、胸元がきついのは巨乳だからではない。胸板が厚いからだ。くぅぅ）。しかしそれにしても近ごろ、「これじゃ拘束着《こうそくぎ》だよ！」と嘆かなければならない頻度《ひんど》が高すぎる気がするのだ。

いくら骨太といっても、アメフト選手ほどたくましい肩をしているわけではない。それなのにこんなに肩がキツイなんて！　学校給食で牛乳を飲んで育った、現代の若い女性の骨格について、もうちょっと研究してからデザインしてほしいものだ。自分の骨太ぶりを棚に上げて憤る。

服は選ぶものであるけれど、同時に自分が服に選ばれるという面もある。そして私は、決して私を選んではくれない「拘束着デザイン」タイプの服に惹かれてしまう傾向にあるらしい。ああ、哀しき片思い……。

恋愛と服には共通する要素があるような気がする。相手に選ばれるかどうかによって、自分の価値を計ろうとしてしまうあたりが。だから着られる服があんまり見つからないと、なんだか自分が世界に必要とされていない存在のような、悲愴《ひそう》な気分になってきてしまう。

打ちひしがれつつ、秋冬の東京コレクションについて報じる雑誌を見ていたら、「肩幅にゆとりのあるデザインが増えてきた」とあった。しめしめ、どうやら時代の流れがこっちに向いてきたみたいだ。牛乳をガブガブ飲んで、服を買いにいこう！

#02

お気に入りの美容院

私には行きつけの美容院がある。そこは近所の小さな美容院で、いつも温かい雰囲気にあふれ、仕事は丁寧かつ良心的だ。私が「こんな感じにしてください」と持ちこむ雑誌の小さな切り抜きを、真剣に検討してくれる。「このウェーブは日本人の黒髪では出にくい」など、ちゃんと素人《しろうと》にもわかるように、事前に可能と不可能の境目についての説明もある。

こういう美容院にたどりつける確率は、金持ちでかっこよくて知性があり趣味もいい男と恋仲になる確率と同じぐらい低いと言えよう。可能性は皆無ではないが、努力でどうにかなる範疇《はんちゅう》を超えて運を天に任せるしかない、というレベルの問題だ。もう、ここ以外の美容院は考えられないわ、と私はしみじみと己れの幸運を噛みしめる。

私も、この美容院に出会うまでにはいろいろと辛酸《しんさん》をなめた。秋になると各女性雑誌で「髪型特集」が組まれるものだが、みなさん、あの「綴じ込みヘアカタログ」でお気に入りの髪型を見つけられたことがありますか？　私はない。私は茶色く脱色した肩までの髪をシャギーにしたくはないし、毎朝スタイリングが大変そうな麗しきお嬢様風パーマをかけたくもないんだ。

ヘアカタログがあまり頼りにならないので、気心の知れない美容院を渡り歩いていたころは、髪型の指定をするのにも一苦労だった。恥を忍んで漫画を持っていき、「こんな感じに鎖骨まで切ってください」と言ったのに顎《あご》まで切られたり、「大正モダニズム風にしてください」と言ったらあやうくワカメちゃんみたいなおかっぱにされそうになったりと、「結婚詐《さ》欺《ぎ》に遭って身も心もボロボロ」ぐらいのダメージを受けたものだ。ワカメちゃんのどこが大正モダンなんだっつうの！

いやいや、こちらの指示も曖昧すぎてよくなかった。しかし、きちんとコミュニケートしてくれる意志のある美容師さんが希少な存在なのも事実だ。

そろそろ髪型を変えたくなる季節。誠意と技術のある美容師さんに巡り会って、すべての女性が素敵な冬毛を手に入れられますように。

#03

日焼けに御注意！

オゾンホールが拡大しつつあるこの星に生きるかぎり、紫外線対策は万全を期さなければならない。

夏の終わりに、友人Gと沖縄の離島に行った。浜辺には他に、五十代ぐらいの中年夫婦がいた。

一日目に見かけたとき、そのおじさんの全身は赤黒くてなんだか卑猥《ひわい》な色調であった。二日目、私たちがぼんやりと浜辺を見ていると、黒人が波とたわむれていた。「おや、米兵がこの島でバカンスしてるのかしら」と思ったのだが、どうもポコリと飛び出た腹の形に見覚えがある。そう……、黒光りしたその人は、昨日のおじさんだったのだ。

私たちは目を見張った。人間の肌の色って、短期間にあんなに変化するものなのか？　それよりなにより、どう考えたってあれほど急速な日焼けは肌に悪いだろう。

恐れをなしたGと私は、念入りに日焼け止めを塗り、太陽の運行に合わせてパラソルの下のチェアをずるずると移動させた。砂浜には、重石《おもし》をつけてウサギ跳びをする野球部員が通ったみたいに、椅《い》子《す》を引きずった跡が延々と残ったものだ。

それぐらい気をつかっていたのに、私たちは「オセロ焼け」をしてしまった。表は白で裏が黒。波間に浮いて漂うから、どうしても背面だけが焼けてしまうのだ。

お日さまパワーを思い知らされ、私はいよいよ日焼け対策に身を入れた。借りた自転車で島内を散策するときは、タオルでほっかむりを欠かさない。味も素っ気もない白いタオルを目深にかぶり、風に飛ばされないよう顎の下で輪ゴムで止める。あまり人に見られたくない格好だが、島には人より牛のほうが多いぐらいだから、大丈夫なのだ。しかしGは、「ホントにそのツタンカーメンみたいな格好で出歩くの？」と冷たい視線を送ってくる。ツタンカーメンか……。うむ、言い得て妙だ。

おかげさまで、私は顔の両端部分の日焼けはまぬがれました。しかし、額から鼻にかけた顔の中心部分は黒くなってしまった。わーい、もしかして小顔に見える……かも？

#04

「ベルばらワールド」を楽しむ

出ましたよ、『ベルサイユのばら大事典』（池田理代子《いけだりよこ》　集英社）が！

　連載開始三十周年を記念して出版されたこの本。カラーページも充実しているし、年表やグッズ情報、作中の名ぜりふをフランス語訳した「声に出して読みたいベルばら」コーナーまであって、ファンにはたまらない一冊だ（「わたしだけを一生涯愛しぬくとちかうか!?」を、フランス語で覚えておいて、いずれしかるべきときに言ってみたいものですね……）。「ベルばらカルタ」は、「ページを拡大複写して切り取り、裏面に厚紙等を貼り付けて優雅にお楽しみください」とのこと。おいおい、優雅に楽しむまでにずいぶん手間がかかるな、というツッコミが喉元までこみあげます。

　ともあれ、ちょっとしたカットにつけられたキャプションもすごく気が利いていて、作り手の『ベルばら』への愛がビンビンと伝わってくる見事な出来映え。

　私もご幼少のみぎりから、オスカル様の生き方を己れの規範としてきたものだ（えっ？）。りりしく美しく、自分の意志を持って行動し、ドレスを着るとドラァグクイーンにしか見えないたくましきオスカル様。あぁん、ステキ。いま読み返すと、オスカル様は革命に身を投じようとするわりには、最後までお貴族さまなゴージャスな生活してるし、アンドレも優しいだけが取り柄の少々物足りない男（でも突然思いつめて突飛な行動をしちゃったりもする）に思えたりもして、茶々を入れたくなるところもある。しかし作品世界に一度入ってしまえば、それらの疑念はすべて、「だって、おフランスだもんネ。フランス万歳！」とベルサイユ宮殿の壮麗な天井に吸いこまれ、残るのは陶然《とうぜん》としたため息のみだ。

　『ベルサイユのばら』を未読のかたは、これを機にぜひ漫画を読んでみてください。三十年（！）という年月を経ても少しも古びない華麗さ、面白さが全編に息づいています。ちなみに『大事典』の年表によると、オスカル様がアンドレと初めて結ばれたのは三十三歳のときらしい。真実の愛に気づくまでの道のりは、遠くけわしいものなのだ。

#05 冬の植物園

そうだ、植物園へ行こう。寒い冬には、動物園や遊園地は敬遠したくなる。屋外で凍えるキリンを見るのはさびしいし、だいたい私は遊園地は好きではない。なにゆえに絶叫マシンやおばけ屋敷で怖い目に遭わねばならないのか。遊園地が好きな人はマゾに違いない。

その点、植物園は冬の穏やかな遊び場として最適だ。なんといっても温室がある。私はさっそく江《え》の島《しま》の植物園に向かった。そうしたら植物園は、リニューアル工事で休園していた。休園!?　ぎゃふん。さらば温室。さらば、私の緑色の友人たち……！

冬の江の島は人気《ひとけ》がない。いるのは熟年の不倫カップルと、出張のついでに江の島まで足をのばしたらしい二人連れのサラリーマンのみ。スーツ姿で旅行鞄をぶら下げたサラリーマン二人は、手をつないで階段を下り、岩場の陰へ消えていった……。ええっ、君たちも人目を忍ぶカップルだったのか！

ここまで来たら、と開き直り、江の島の裏側にある洞窟《どうくつ》まで行くことにする。目の前に広がる太平洋。地球は丸いです。トンビが飛んでいます。江の島の洞窟は富士山まで続いているそうです。そんな実況中継を一人でしつつ、入り口で渡された蠟燭《ろうそく》を持って洞窟内を探検。万が一、変な人が洞窟内にひそんでいたら危険なので、ここは恋人や友だちと一緒に行ってね。

歩き疲れたので、植物園の脇にあるしょっぼい遊園地で一休みする。もちろん入園無料。存在する遊具は射的《しゃてき》（閉鎖中）と、もう三年ぐらいはだれも乗っていなさそうな木製のにわとり（だよな？）の置物と、まわる馬のおもちゃ（「メリーゴーラウンド」とはどうしたって形容できない代物）。遊具たちが、「だれか俺に乗れ」と悲哀と恨みのこもった視線を投げかけてくるので、記念に写真を撮ってあげた。なんで私、こんな所へ一人で来ちゃったんだろう。寒いよぅ、温室に入れてくれよぅ。

わびしさのあまり絶叫してしまいそうな遊園地にたたずむのも、たまにはオツなものである。冬場におすすめのスポット、江の島からお伝えしました。

#06 私の「キモノ道」

ステキな本を見つけた。『アンティーク&チープにKIMONO道』（祥伝社）。つまり、古着の着物を安く気軽に着ようよ、と提案する本だ。これがもう、素晴らしくおしゃれで斬新な着物のコーディネート満載！　私は自分が、「かわいい……欲しい……」をエンドレスで繰り返すオルゴールになってしまった気がしたほどである。

大正時代風だったり、遊郭《ゆうかく》物映画の衣裳《いしょう》風だったり、ため息をつきすぎて酸欠になりそう。目で見て楽しむだけでなく、着物についての知識や、アンティーク着物を扱っている店の情報も載っていて、実践に移すこともできるよう心配りしてあるところがまたニクイ。

私は前々から着物に興味があったのだが、和装するとなるとどうしても身構えてしまう。着こなしは変じゃないかしら、着物にはいろいろしきたりがあるみたいだし……などと。だがこの本を見て、その意識を改めた。着物はもっともっと、自分のセンスで自由に楽しんでいいものなのだ。

そこで、着物業界に対して声を大にして言いたい。安価でデザインがしゃれていて、汚れを気にしなくてすむ布で作った着物を、積極的に売り出すべきである、と。そうすれば若い人たちも、自己を表現するためのファッションとして、着物を身につけるようになる。そうなればしめたもの。着物の奥深さを知った彼女（彼）たちはやがて、とっておきの一枚として、高価な正絹《しょうけん》の着物を仕立てたいと願うはず。業界は潤《うるお》う。粋な着物を着て、老いも若きもみんな満足。めでたしめでたし、だ。

その暁《あかつき》には、ぜひマチコ巻きにも復権してもらいたい。現在の日本は、布を頭に巻いておしゃれする文化の不毛地帯だ。マチコ巻きは便利だぞぅ。ちょっとコンビニエンスストアに買い物に行きたいが、昨晩無精して髪の毛を洗わなかった、というときに、ササッと布で頭をおおえば、ホラ、大丈夫。

髪の毛を洗うのも面倒くさがる私が、おしゃれについて語ってもイマイチ説得力がないが。

＊現在は『アンティーク&チープにKIMONO姫』と改題され、シリーズ続刊中。

#07 トイレ考

　思えば昔のトイレは寒かった。しゃがんだ尻に吹き寄せる隙間《すきま》風《かぜ》。薄暗い電灯。長い廊下の先に隔離《かくり》された空間。そこはあくまでも用便のための場所であった。「お父さん、朝からトイレで新聞読むのやめて！」と娘が急《せ》かすようになったのは、便座が洋式に変わり、明るく清潔感あふれる内装の「トイレ」が普及してからだろう。

　我が家のトイレの便座も、いつ頃からか、いつもホンワカ温かい物に変わった。この「あったかい便座」に初めて遭遇したときは、「うぉっ。前の人の体温の名残《なごり》か？」と気色悪かったものだが、今となっては、「藤吉郎《とうきちろう》！　便座まで温めておくとは、おぬしはホントに気が利くのう」と褒めてやりたい気分だ。

　こんなに居心地のよいトイレには、長居したくなってくるのが人情というもの。トイレの窓辺に、はやりの食玩《しょくがん》やみやげ物の小さな人形を並べ、用を足しながら「ごっこ遊び」に熱中するのが、最近の私の楽しみだ。

　食玩の中で一番のお気に入りは、『ピンポン』（松本大洋《まつもとたいよう》　小学館全五巻　＊現在小学館文庫版全三巻も刊行）のスマイル君。静かなたたずまいとセンスの良い色遣いがたまらない一品だ（たまに弟の悪戯で、上半身が前後逆についていたりして心臓に悪い）。しかしスマイル君は、風間《かざま》君にどんな技をかけられても泰然自若《たいぜんじじゃく》としてるので、いまいちごっこ遊びの面白みに欠ける。

　そこで主役の座を勝ち取ったのが、ハニ丸とヒンベエ（どちらも仮名）だ。仲良く暮らしていたハニ丸とヒンベエ。ところが、悪犬パピー（パピヨン種のフィギュア）にハニ丸がさらわれてしまう。「馬はやめて俺にしとけ」迫るパピー。「助けてヒンベエ！」悲鳴をあげるハニ丸。ヒンベエは主を救出すべく、苦難の旅に出るのであった。

　ハニ丸とヒンベエは登呂《とろ》遺跡で買ったみやげ物だ。愛らしさと哀愁が絶妙にマッチしたフォルムに、私の演技にもついつい熱が入る。「そんな犬なんぞ、おらがケチョンケチョンにしてやりますだよ、ハニ丸様！」「ありがとう、ヒンベエ！」「いいから早く出ろ！」と、トイレの外で弟が怒る。お楽しみの時間を邪魔するとは、無粋なやつめ。

#08 「ベルばらワールド」再び！

以前に『ベルサイユのばら大事典』を紹介したが、その後『ベルサイユのばらの街歩き』（「ベルサイユのばら」を歩く会、池田理代子プロダクション　JTB）『ベルサイユのばら　その謎と真実』（池田理代子監修　JTB）も入手した。とどまるところを知らぬ我が「ベルばら」熱。

特に『街歩き』のほうは、旅行ガイドとしておおいに活用できる出色《しゅっしょく》の出来だ。今まではフランスという国自体には特に興味がなかったのだが、むらむらと行きたくなってきた。このガイドブックを持ってベルサイユを散策し、原作の漫画から多数引用されている華麗なカットを見せびらかして、道行くフランス人を悔しがらせてやりたい。

机の奥で眠っていたパスポートを引っぱり出すほど、旅への欲求が高まったが、よく考えてみたら私、「ベルばら」に描かれていること以外のフランスをなんにも知らん。わかるフランス語といえば、「ボンジュール」「メルシー」「ギャルソン、ドゥ・カフェ（ボーイさん、コーヒー二つ）」ぐらい。一人で行くつもりなのに、コーヒーを二杯頼んでどうすんだっつうの。

フランスについて予習する必要性を痛感し、まずは東京都美術館で開催中の「華麗なる宮廷　ヴェルサイユ展」に行くことにした。言葉の通じる日本国内で、おフランスの香りを嗅げるとはなんともありがたい展覧会ではないか。

ところが、同じようなことを考える人は多いらしく、美術館は（主にジジババで）大にぎわい。入場まで五分待ちとな!?　思わず、「きょうは……べ…ルサイユはたいへんな人ですこと!」（アントワネット様がデュ・バリー夫人に屈したときのセリフ）とつぶやいてしまった。

人の頭の向こうに垣間見える展示品は、どれも麗しい物ばかり。絵のように細密なゴブラン織り超巨大タペストリーを見ていると、かかった労力と時間を思って眩暈《めまい》がしてくる。貴族のためにこんな面倒な物を作らされてばかりじゃ、そりゃ革命も起こしたくなるわな。

ああ、旅への夢想が膨らむ。みなさまもゴールデンウィークなどに、『街歩き』を持ってベルサイユ旅行はいかがですか?

神戸《こうべ》ぶらり旅

友人Yちゃんと神戸に行った。行く前にYちゃんが、「彼氏のいないあなたのために、オシャレな神戸の町で、私がいい男を逆ナンしてあげるから」と申し出てくれた。それで私も、新しい出会いにおおいに期待して出かけたのだが……。

南京町《なんきんまち》でゴマ団子その他諸々を食べ、ついでに骨董《こっとう》雑貨屋でかわいく安価な食器を買いあさり、高架下商店街をひたすら練り歩いてようやくホテルに戻ったところで、「そういえば逆ナンは？」と気づく。食欲と物欲にばかり振り回され、道行く男性には目もくれずに一日を過ごしてしまった。

翌日、今日こそは、と気合いを入れて異人館の建ち並ぶ北野《きたの》へ。観光客でごった返しているのに、異人館の内部にはどこか静謐さと薄闇が広がる。それはたぶん、昔の建築物で採光が控えめだから、というだけの理由ではない。

海を渡ってやって来て、わざわざ見晴らしのいい山の中腹に家を建てた異人たち（資材を山に運びあげた日本人たちの労苦が偲ばれる）。彼らがもういなくなってしまったからだ。住む者を失った館は、永遠に「家」であることをやめ、諦めと恥じらいをひそませながら、静かに観光客を受け入れる。

「風見鶏の館」に展示されていた一枚の写真が、私の目を引いた。少女の頃にこの家に住んでいたというドイツ人のご婦人が、高齢になってから来日したときの写真だった。老女はかつての我が家に、一人でぽつんと座っていた。思い出をたどるように、少し物憂《ものう》げに。

ちょっと哀切を感じて立ちすくんだ私に、アベックからひっきりなしに「写真撮ってください」の声がかかる。「はいはい、じゃ、そこのうっとりするようなサンルームをバックにね。はい、チーズ」

逆ナンしてる暇などどこにもありゃしないよ！　見どころ満載でカップルを引きつける、素敵な神戸の町に乾杯（完敗）だ！

アベック専用写真家としてこき使われようとも、ぜひまた訪れたい。次は灘《なだ》の酒蔵にも行って、写真が手ブレを起こすほど飲んでやろう、と決めた。

#10

「大江戸温泉物語」に行く

お台場《だいば》の「大江戸温泉物語」に行った。ひとつ風呂浴びたり、再現された江戸の町（かなりエセ風味）で飲み食いしたりできる娯楽施設だ。

館内ではみんな、浴衣姿《ゆかた》（入り口で好きな柄を選べる）に裸足で歩く。江戸の町人になりきって遊ぼうぜ、というコンセプトなのだ。なかなか楽しい。さっそく大きな風呂場に向かう。光差す真っ昼間の広大な風呂場には、大勢の裸の女性（老いも若きも）が集っていた。あんまり裸体の数が多いから、「風呂に入る」という日常的な行為も、なんだか非日常的な光景に変わる。私は湯船につかりながら、「なんかこう……、アウシュビッツのガス室を連想させる不吉さがあるんだよな」と思った。無数の裸体の、無防備さゆえの迫力に圧倒されたのだ。

もちろん、不吉なことなど何も起こらず、心ゆくまで湯を堪能する。来ているのは団体客のジジババと若いカップルが多いのだが、特筆すべきは脱衣所で私の隣にいたオバチャンだ。彼女は221番のロッカーを選び、「フーフイチバン。ね?」と私に話を振ってきた。かなりたじろいだが、気力と意地を総動員させて、「まことにそのとおりで」と江戸町人風に(?)答えておいた。

極楽気分でマッサージもしてもらい、今度は足湯へ。浴衣を着たまま、庭園内の湯が張られた道を歩くのだ。道には石が敷き詰められていて、足裏のツボを刺激する。これが無茶苦茶痛い。人魚姫の気分だ。人魚姫ってもしかして、海の中で不摂生な生活を送っていたのではないかしら。

とにかく半日は楽しめる、老若男女に広くおすすめの施設であった。家族を誘っても、外国からのお客さんを連れていっても、喜んでもらえるだろう。しかし化粧直しを落ち着いてできる仕組みではないので、彼と行く際にはちょっと注意が必要。小さくまとめた化粧道具を持ち歩くべし。私はうかつにも、眉毛のないのっぺらぼうみたいな顔を人前にさらすはめになった。ま、所詮《しょせん》は一人で行った身。眉の有無などどうでもいいっちゃあ、いいんだけれど。

#II 「キモノ道」再び

友人あんちゃん（仮名）に案内してもらい、アンティーク着物を売っているお店をまわることにした。以前にこの欄で『アンティーク&チープにKIMONO道』というオシャレな本をご紹介したが、いま一部のヤングの間で、着物がとても人気なようなのだ。

待ち合わせの駅のホームでボーッと立っていたら、向こうからかわいく着物を着こなした女の子が走ってきた。「あら、着物姿でずいぶん急いでるわね。長唄の稽古をつけにいく若師匠さんかしら」と思っていたら、その子は私の前に立ち、「ごめんなさい、待たせちゃって」と言う。長唄の師匠さんではなく、あんちゃんだった。

「まあ、あんちゃん！　着物姿を見るのは初めてだから、咄嗟《とつさ》にだれだかわからなかったわ〜」

あんちゃんは去年から着物に凝っているそうで、自分で着付けもできるようになったらしい。なかなか堂に入った着こなしぶりである。私たちは一日かけて、青山《あおやま》・表参道界隈《おもてさんどうかいわい》と、目白にあるアンティーク着物のお店を見て歩いた。

どのお店の店員さんも、粋に着物を着た若い女性で、丁寧に相談に乗ってくれるから初心者でも安心だ。お店は主に十代の女の子のお客さんでにぎわっていた。店内にはユーモラスな伊勢エビがドカンと織りこまれた帯や、夏用の涼しげな絽《ろ》の着物などが目白押し。私はひたすら、「ほしい……ほしい……」とうめき続ける羽目に陥る。

さんざん迷った末に、白地に細かな黒の模様がついた着物と、椿柄のピンクの帯を購入。これなら半襟《はんえり》や帯揚《おびあ》げなどの選び方次第で、粋な着こなしもかわいい着こなしも思いのままだし、他の着物や帯ともあわせやすい柄と色だろうと、素人ながら判断を下してみた。自分一人では着付けもままならないくせに、いっぱしの通人《つうじん》気取りでご満悦である。しめて一万三千円也。もっと安くて格好いいものもいろいろあるので、気に入ったものを見つけて和装に挑戦するには、アンティーク着物は最適だ。

「次は二人そろって着物を着て、そば屋で昼間から焼き海苔を肴《さかな》に酒を飲もうね」と誓いあい、私たちは満足して家路についた。

#12

ホテルにお泊り

　最近はいろいろなホテルが、趣向をこらした宿泊プランを用意し、客の訪れを待っている。友人と私はプランをあれこれ吟味《ぎんみ》した末、お台場にある「ホテル日航東京」(＊現在は「ヒルトン東京お台場」になっている)を選んだ。レインボーブリッジの素晴らしい夜景が正面に広がる部屋。ホテル内にあるスパを一回利用でき、ご飯も一回食べられ、ゲランのボディーローションなど四点をもらえます。これで正規の室料より二割ほど安いので、とてもお得だ。

　ロマンティックな内装のゆったりした部屋に歓声をあげた私たちは、持参した水着を手にそそくさとスパに向かう。楕円《だえんけい》形のプールと泡風呂とサウナと、これまたレインボーブリッジに面した露天風呂があって、うっとりの極《きわ》み。「今夜こそプロポーズするぜ」的カップルと、「銀婚式」的熟年夫婦に混じり、いつまでも泡風呂につかって放心する。

　露天風呂に移り、湯に落下した蛾《が》を救出しようとしてるうちに、街の明かりがだんだんと灯《とも》ってきた(そっちに気を取られたため、残念ながら蛾は溺死《できし》した)。レインボーブリッジの下に、赤い光を灯した屋形船が集結するのが見える。

「まあ、こうやって上から眺めると、屋形船って虫に似てるわ」

「王蟲《オーム》だよ、王蟲にそっくり!」

　静かに愛を語らうカップルたちの中で、明らかに私たちは異色の存在だ。その後も、「楕円形のプールでみんなが反時計回りに泳ぐ理由」を解明し(答え:縁《ふち》の部分だけ、水が反時計回りに流れているから)、美容と健康のために水流に逆らって時計回りに水中ウォーキングした(泳いでる人たちにとっては大迷惑な、和を乱す行為)。

　ホテルの部屋で快適な眠りをむさぼった翌朝、友人は優雅にそのまま出勤、私は所用があって地元の税務署へ直行したのであった(優雅さを自分でぶち壊す行為)。

　つかのま、日常の雑事を忘れ、贅沢な気分を味わえる「ホテルにお泊り」。高級仕様のスパ(しかも割引価格)は、まさに天国。心身共にリフレッシュしたいとき、おしゃれしてぜひ出かけてみてはいかがでしょう。

#13 愛しの盆栽

ついに盆栽づくりに着手した。

近所の園芸屋さんで、一鉢四百円で購入したハゼノキである。白いプラスチックの鉢に植えられた、かわいいかわいいハゼノキちゃん。水が足りているか一日に何度も確認し、日差しが強すぎると洗濯物を移動させて陰を作り、ちょっと風が吹いたら「まあ大変！　私の坊や！」とばかりに、慌ててベランダから部屋に入れる。こんなに過保護じゃあ、とんだ軟弱者に育ってしまうのではないかと懸念されるが、愛に目がくらんで、ついつい手をかけすぎてしまう。

しかし、問題がある。このハゼノキ、だれに見せびらかしても、「盆栽」とは認識されないのだ。親ばかぶりを呈する私も、さすがにふと我に返る瞬間があって、そのときに冷静に眺めると……。うん、どう考えてもこの貧相《ひんそう》さは、「盆栽」というより「鉢植え」に近いよな。

ちっとも盆栽らしく育ってくれないハゼノキに、私もだんだん不安を覚えてきた。そこで、第一級の盆栽の鑑賞を通して、これからの我が育児（？）がどうあるべきかを学ぶことにした。

というわけで、中央・総武線市《いち》ケ谷《や》駅徒歩一分にある「高木《たかぎ》盆栽美術館」（現在は閉館）に行く。この美術館には逸品《いっぴん》の盆栽が多数集められていて、すごいのである。

堂々たる風格の五葉松《ごようまつ》。ボウルを伏せたみたいに完璧な造形を見せるケヤキ。長い年月を経た、生きている緑の芸術だ。眺めるだけで心身ともにリフレッシュできる。静かに盆栽と向きあうお客さんたちからは、「至福の時じゃよ〜」オーラが漂う。ここには、盆栽への愛が満ち満ちている……！　私は感嘆のため息をつきすぎて、酸欠ぎみになったほどだった。ここで見たものを糧《かて》に、また明日から盆栽の手入れに精を出そう。

喫茶コーナー（飲み物代は入場料八百円に含まれる）で一休みしつつ、自由に閲覧できる盆栽関連の書籍を手に取る。その本の中のある一節を読んで、私はのけぞった。「きちんとした盆器《ぼんき》に植えられていない木は、盆栽とは呼べません」。な、なんたること！　やはり私のハゼノキは、正真正銘、ただの「鉢植え」だったのであった……。

#14

植物愛

今年の夏、変な天候が続いたおかげで、私の大切な盆栽・ハゼノキちゃんの葉が、八月だというのに真っ赤に色づいてしまった。

手近なところで季節の移り変わりを堪能できる、というのが盆栽の素晴らしき点だと思うが、この夏の異常気象は、盆栽初心者の私にはちと難しすぎた。ハゼノキの突然の変色の理由が、気の早い紅葉なんだか、葉焼け（水分不足や直射日光の当てすぎによって生じる）なんだか、どっちなのかうまく判断できなかったのである。

しょうがないから、放置しておいた。あるがままの自然の姿を、鉢の中に再現するのが盆栽だという。季節はずれの紅葉にしろ、葉焼けにしろ、ハゼノキはきっとこの危機を生まれ持った回復力で乗り越え、ますますたくましく奔放に育ってくれることと思う。そう願いたい……。

一事が万事この調子で、きわめていい加減な愛を盆栽に注いでいる。そんな私が植物を愛するのは、実はハゼノキが初めてではないのだ。

ご紹介しましょう、パキラくんです。もう十年以上、同じ部屋で寝起きしている我が相棒。最初は私の脛までもなかったのに、これまた奔放に成長し、今では私の背丈（一六〇センチ）と同じぐらい大きくなった。育て方を間違ったのか（十年以上、一回も剪定《せんてい》していない）、奔放に日光の射しこむ方角を目指すあまり、支柱がないと倒れてしまうという軟弱さをも兼ね備えた、困ったあんちくしょうだ。

ハゼノキもどんどん、パキラ化が進んでいる気がして心配である。私が育てると、どいつもこいつも無軌道な暴走状態を呈するのは何故なんだ。

それでもやっぱり、私は物言わぬ植物が愛おしい。植物は、エサをくれと鳴くこともなく、散歩綱をつけて町内を引き回す必要もない。けれど彼らはたしかに生きていて、私が水やりを忘れたり、日陰への移動をさぼったりすると、静かに元気をなくしていってしまう。

植物から、ひっそりと頼りにされているのを感じる。長く共に過ごせる大切な相手として、私も彼らを頼りにしている。

#15 阪《はん》神《しん》グッズの迷宮

どんなにつらくても、念じつづけていれば奇跡は起こるんだね、おとっつぁん！

今年は、「苦難にくじけず信念を貫けば、きっと幸せはやってくる」と、道徳の教科書に喩《たと》えとして載っちゃいそうな出来事がありましたね。そう、阪神タイガースのリーグ優勝だ。

父は筋金《すじがね》入りのトラキチなので、喜びに浮かれて散財しまくっている。この機を逃したら、もう死ぬまで阪神の優勝を見ることはできないかもしれないのだから必死だ。おかげで我が家には阪神グッズが増殖中。

阪神優勝には、ハレー彗星《すいせい》（七十六年周期で地球を訪れる）の三分の一ぐらいの希少価値がある。野球にはあまり興味がないという方も、せっかくだからこの際、お祭り騒ぎに参加してみてはいかがだろう。というわけで、家にある阪神グッズの一部をご紹介する。

応援に必須のメガホンや、空腹を満たすゴーフル、勝利を祝う菰《こも》酒《ざけ》などは、使用目的が明確だ。乱闘に巻きこまれたときのための救急バンも、虎縞柄が派手で恥ずかしいが、使えることは使える。しかし……、「タイガースボタン」（黒地に銀で虎のマークが描かれている。直径二センチ）は、どの洋服に縫いつければいいのか悩む。「これをコートにつければ、周囲から賞賛される冬の装いは完了！」……とは保証しかねる代物だ。

さらに、トラッキー&ラッキー（球団マスコット）のアクセサリー。ファスナーや携帯につけるための、全長二センチの虎の人形だ。むむむ、これをジーンズなどのファスナーに……？　かなりためらいを覚え、ラッキーちゃん（女の子の虎）をまじまじと眺めていたら、彼女がバイ×レーターのようなものをくわえていることに気づき、驚愕した（『ａｎａｎ』にあるまじき話題ですみません）。もちろん、どうやらメガホンのつもりらしい。小さいので造りが甘く、なんだか全体的に形状が曖昧なのだ。

わけのわからない物もふんだんにそろった、愉快な阪神グッズ。ぜひ身近に置いて、猛虎たちに熱き声援を送っていただきたい。さて、日本シリーズの結果はいかに……？

#16 歌舞伎へ行こう

　歌舞伎座に行って、『盟《かみかけて》三五《さんご》大切《たいせつ》』を見てきた。これがとってもおもしろい！　一言で説明すると、三角関係のもつれが殺人沙汰《ざた》になる話だ。

　三五《さんご》郎《ろう》（菊五《きくご》郎《ろう》）は女房の小万《おまん》（時蔵《ときぞう》）を芸者にして、金を稼がせている。源五《げんご》兵衛《べえ》（幸四《こうし》郎《ろう》）は小万の馴染み客で、彼女が三五郎の妻だとはつゆ知らず、ぞっこん惚《ほ》れてしまっている。それをいいことに三五郎は、嫉妬でむくれたりしながらも、小万をけしかけて源五兵衛から大金をだまし取る。

　大事な金を失ったうえに、惚れた女が既婚者だと知った源五兵衛は逆上。三五郎と小万を殺そうと、深夜に家に乗りこんでくるのだ。うわあ、こわい。

　結局、源五兵衛は、巻き添えを食った人や赤ん坊を含めて、八人を舞台上で惨殺。切り取った小万の首を持ち帰り、その前で食事をする、という狂いっぷりを見せる。江戸時代には表現の倫理規制なんてないから、残酷シーンも盛りだくさんでやりたい放題である。

　しかし、凄惨な殺しの場がある割には、全体のトーンは明るめで、笑える部分も多々ある。三五郎は台所に薪《まき》がないと、「飯が炊《た》けねえじゃねえか」と、ためらいなく羽目板《はめいた》を外して膝でへし折っちゃう。ああっ、借家なのに！　さらに、三五郎と小万は隙あらば「しっぽり」しようとするし、それを見た仲間も「オツな気分になってきた」と、ムラムラして女を口説きはじめる。江戸時代の人って、自分の欲望に忠実だったのね……。

　あまり歌舞伎を見たことのない人には、まずは一幕見席がおすすめだ。券は当日、劇場で発売される。千円しない額で、山場の幕だけを選んで見ることもできるから、お得だと思う。劇場に置いてあるチラシで、演目のあらすじをだいたい読んでおけば、初めてでも大丈夫！

　そうして何回か通ううちに、自分が筋立てのはっきりした話が好きなのか、華やかな踊り系の出し物が好きなのか、などがわかってくるだろう。加えて贔屓《ひいき》の役者ができれば、もうしめたもの。ちなみに私は時蔵さんが好きで、彼（彼女？）の姿ばかり目で追っています。

#17 都会で馬に会う

分厚いコートを着て、自然の中を散策する冬の一日、というのも、なかなかオツなものである。さらに動物と触れあえたらますます楽しい。

そう考えた私は、小雨の降るなか、東京・世田谷区《せたがや》にある馬事公苑《ばじこうえん》を訪れた。ここは、馬の調教や、調教師の育成を目的として運営されている。もちろん、一般の人の憩《いこ》いの場としても開放されていて(入苑無料)、木々のあいだを歩きながら、馬を間近に眺めることができるのだ。

住宅地にある広大な敷地内に、厩舎《きゅうしゃ》や放牧場が点在する。馬の脚に負担がかからないよう、苑内はほとんど舗装されておらず、どの道にも「馬に注意」の看板が立っていた。たしかに地面のあちこちに蹄《ひづめ》の跡があり、たくさんの馬が、ここでのびのびと暮らしていることをうかがわせる。敷地の一画には自然林がそのまま残されていて、雨に濡れた土と緑のにおいがする。

すっかりいい気分になって歩いていたら、ぬかるみにはまった。「ぎゃっ」と叫んで、泥の中からスニーカーを引き上げる。うわあ、馬糞まじりで栄養素満点、って感じの泥が、べっとりとついてしまった……。

ふと気配を感じて顔を上げると、厩舎から調教師に連れ出された馬が、こちらを見ている。苑内を一周する馬用の走路を、これからポクポクと歩くらしい。調教師が綱を引くのだが、馬は「なにやってんだ、あいつ」と私のほうを見たまま動こうとしない。気まずい思いで、「よう」と手を振ってみた。馬は、「ふん」と鼻を鳴らして少し歩き、また立ち止まってこっちを見る。そして、「あそこになんかいますぜ」とばかりに、調教師さんに鼻面《はなづら》を押しつける。な、生意気だがかわいい……。不審そうに振り返りつつ歩み去っていく馬を、いつまでも見送った。

馬というのは、なかなか好奇心旺盛《おうせい》のようだ。厩舎に入っている馬たちも、私がのぞくといっせいに、「なんだなんだ」と顔を向ける。かわいすぎる……。

冬はとかく運動不足になりがちなものだが、動物のいる公苑を散策することで、心身ともにリフレッシュできたのだった。

#18 『虚無への供物』刊行四十周年

中井英夫の傑作小説『虚無への供物』（講談社文庫他）は、一九六四年に出版された。刊行から四十年になるのを記念して、ミステリー文学資料館で、「『虚無への供物』展——アンチ・ミステリーへの誘い」が開催中だ。

ミステリー文学資料館は、地下鉄有楽町《ゆうらくちょう》線要町《かなめちょう》駅を降りてすぐの、光文社ビル一階にある（池《いけ》袋《ぶくろ》駅西口からも歩いて行ける距離だ）。住所氏名を書いて会員登録をすると、一回三百円で、ミステリー関係の雑誌や書籍の閲覧が可能。つまり、ミステリー専門の図書館なのだ。

その一画に設けられた『虚無への供物』展を、私は食い入るように見た。

中井英夫が細かい字でびっしりと書いた構想メモや、取材ノートなど、ファンとしては興味津々の貴重な展示物ばかり。中井英夫の最晩年の助手だった本多《ほんだ》正一《しょういち》氏が撮った写真も、ぬくもりと緊張感に満ちていて素晴らしい。孤高の作家の素顔を垣間見られたような気がして、嬉しくなる。

『虚無への供物』が江戸《えど》川乱歩《がわらんぽ》賞に落選したときの日記が、特にすごい。十年近くかけて書いた作品だっただけに、中井英夫は非常にがっかりしたようだ。硬質な文章で、落胆と失望を率直に日記に吐露している。しかし、文字は乱れなくきっちりと細かいのだ。さすが！　神経質で自分に厳しい人だったんだろうなあ、と改めて頭の下がる思いがした。

乱歩賞にはもれたが、『虚無への供物』はもちろん、その後も傑作として読み継がれ、いまに至るわけだ。いきいきと描写される登場人物、提示される魅力的な謎の数々が、読者を美しくも哀しい作品世界に誘《いざな》う。未読の方は、この機会にお読みになってみてください。

他にも、北海道の市立小樽《おたる》文学館で、「本多正一写真展『彗星との日々——中井英夫との四年半——』」が、東京都港《みなと》区高輪《たかなわ》のギャラリー・オキュルスで「永遠の薔薇——中井英夫へ捧げるオマージュ展」が、開催されるそうだ。お近くの方はぜひどうぞ。

#19 ネイルアートに挑戦

マニキュアを塗るのは大好きなのだが、週に一回とか塗り直すのが、面倒くさくなってきた。そこで、簡単に着脱できるオシャレなつけ爪を、自分で作っておくのはどうか、と思いついた。

まずは、お手本となるネイルアートの本を選ぶ。私は、『えり子ネイル』（黒崎《くろさき》えり子　アスコム）が一番ステキだと思ったので、それを購入。うっとりするような爪の数々を参考にしながら、自分なりにデザインを考案してみた。

マニキュアは手持ちのものを活用するとして、透明のつけ爪も、それに貼る偽ダイヤも偽パールも買ったし、準備完了！　さっそく実作に取りかかる。

つけ爪をつまんで塗るのは難しいので、使わないマニキュアの蓋に貼りつける。こうすると安定するので、落ち着いて丁寧に作業ができる（ボールペンの尻に貼りつけても可）。塗っては乾かし、光り物をくっつけては乾かし、熱中すること二時間。シンナー臭で頭がクラクラしてきたころ、ようやく完成だ。

うーん、はじめてつけ爪を作ったにしては上出来ではなかろうか、と自画自賛。調子に乗って、足用のつけ爪も作る。足の爪の形に合わせて、つけ爪をやすりでシコシコ削って小さくする。こちらは集中力が途切れ、さすがに塗りが粗くなったが、ファンキーな色に仕上がって満足じゃ。

うきうきしながら、この世にただひとつだけの「マイつけ爪」を装着する。うわあ、なんだかゴージャスな気分。

しかし、爪を長く伸ばしたことがなかったので、指の先端からゆうに一センチは飛び出ているつけ爪に慣れない。物をつかむのも一苦労。パソコンのキーボードを打とうにも、「米粒をついばむ鳥」みたいな指づかいになってしまう。この爪でトイレに行って、どうやってパンツを下ろせばいいんだ？　しびんを捧げ持った侍女がいてくれないと、用が足せないわ……。

長いつけ爪は貴族のたしなみ。どうも日常生活を送りにくいので、優雅に外出するときのために、大切に取っておくことにした。楽しいつけ爪作り、おすすめです。

#20

星の世界へ

都会で満天の星を見るって、なんだかステキだ。そう思った私は、東京・町田《まちだ》市の東急百貨店の屋上にあるプラネタリウムに行ってみた。

　小学生のときに学校行事で体験して以来のプラネタリウム。あのときは天井いっぱいに映しだされた星々に、なんだか気持ち悪くなってしまったんだよなあ（三半規管が弱い）。宇宙時代が到来しても、地球から離れられそうもない。そんな私でも、はたしてプラネタリウムを楽しむことはできるのであろうか。期待と不安を胸に、券を買って入場する。

　おおおー、平日の昼間ということもあって、観客は私も含めて六人。なんだか皆さん、「ロマンチストな無職」って感じの風体《ふうてい》だ（偏見？）。場内後方のブースに座った係の女性が、アナウンスや解説や機械の操作を一手に引き受けているらしい。明かりが徐々に落ちていき、いよいよ上映開始だ。

　真っ暗になると、頭上のドーム型スクリーンに数えきれないほどの星がきらめく。その美しさに「うわあ」と感激し、宇宙遊泳しているような気分にひたった。

　係の女性が、冬の星座について解説してくれる。一番探しやすいオリオン座には、ペテルギウスとリゲルという二つの明るい星がある。それぞれ、「腋《わき》の下」「左足」という意味だそうで、文字どおり、オリオン君の腋の下と左足の位置で光っているのだ。星の名前って、横文字で聞くとかっこいいが、翻訳すると間が抜けてるな……。

　解説があまりにもなめらかなので、真っ暗闇の中でどうやって原稿を読んでいるのかが気になった。上映後に係の女性に尋ねてみると、「原稿はありません」とのお答え。なんと、全部覚えてしゃべっているのだそうだ。すごい！

　ネオンで明るい本物の夜空でも、十分ほどジーッと眺めていれば、目が慣れてけっこう星を見ることができるらしい。私もさっそく挑戦してみようと思った。

　椅子もすごくリクライニングするし、心身ともに休まるプラネタリウム。ロケットに乗らなくても、星の世界を旅できる。

＊町田の東急百貨店は、改装して「東急ＴＷＩＮＳ」になり、現在は残念ながらプラネタリウムは併設されていない。

#21 新《しん》選《せん》組《ぐみ》フェスタに潜入！ その1

東京・調布《ちょうふ》市の深大寺《じんだいじ》と、深大寺に隣接した都立神代《じんだい》植物公園（広大！）に行ってきた。新選組フェスタで盛りあがっている、と聞いたからだ。

深大寺および植物公園には、調布・つつじヶ丘《おか》・吉祥寺《きちじょうじ》・三鷹《みたか》から、それぞれバスが出ている。植物公園はもちろんのこと、深大寺にもとても緑が多いので、これからの季節は散策にうってつけだ。

バスを降りると、深大寺の門前にはたくさんの蕎麦《そば》屋や甘味処が並ぶ。そのなかに「鬼太郎《きたろう》茶屋」を発見！　水木《みずき》しげる先生のおなじみの妖怪キャラクターたちがお出迎えしてくれる、素敵なお店だ。

古い民家をそのまま使った店内は、一階は大充実の妖怪グッズショップと喫茶コーナー。二階は妖怪ギャラリーだ。着いたばかりなのに、さっそく一服することに決める。

喫茶コーナーでは、妖怪にちなんだ甘味メニューが取りそろえられている。私は「かわうそ御用達あま酒」（三百円）を注文した。すりおろしたしょうがをちょっと入れて、いただく。うーん、ほのかで上品な甘みがとっても美味。

二階のギャラリー（百円）では、妖怪フィギュアや水木先生の原画を見ることができる。先生の原画は、もう神（いや、妖怪か？）が描いたとしか思えないほど色も線も美しい！

建物が古いせいなのか、なんだか床が傾いているのさえ、妖怪ムードを満喫するためのいい演出だ、と思えてくる。つくりも細部まで凝っていて楽しめるので、鬼太郎茶屋はおすすめのスポットだ。

さて、深大寺の境内を抜けて、裏手に広がる神代植物公園（入園料五百円）へ。園内では新選組フェスタを開催中で、六百円で「新選組からくり屋敷」と「大河ドラマ館」を見られる。

「大河ドラマ館」は、大河ドラマが好きならまあ楽しめる内容なのだが、問題は「からくり屋敷」だ。私はニヤニヤ笑いを禁じ得なかった。この愛すべきしみったれ感はなんなのか。次回のこのコーナーで、引き続き徹底検証（？）するので、お楽しみに！

#22 新選組フェスタに潜入！その2

（前回のあらすじ）新選組フェスタで盛りあがっているという、東京・調布市の都立神代植物公園（入園料五百円）へ行った。別料金六百円を払うと、園内の「新選組からくり屋敷」と「大河ドラマ館」を見られるのだ。その「新選組からくり屋敷」で私が目撃した、「愛すべきしみったれ感」とは……!?（あらすじ終わり）

　まず、「深大寺門」側から植物公園に入ったときから、いやな予感はしていたのだ。「新選組からくり屋敷」が木立の中に建っているのだが、どう見てもプレハブで、即席感と哀愁が漂っていた。

　中の展示物も、「どこがどう『からくり』なんだよ！」と、悪態の一つもつきたくなってくるようなしょぼさ。そして最後に係員が、「これから池田屋《いけだや》事件を上演します」と、暗幕の下がった部屋へ案内してくれる。からくりのはずなのに「上演」とは、これいかに？　これまでのしょぼさに腹に怒りを抱えた見物客たちは、首をひねりながらその部屋へ入る。

　そこで繰り広げられたものを、ここに書くのは控えよう。ただ一つだけ、「それ、『からくり』じゃないだろ、生身の人間だろ！」と言わせていただく。いやあ、すごかった。笑えた。怒りが溶解し、「ははは……」と虚脱しながら思わず拍手を送る見物客たち。

　この「からくり屋敷」の愛すべきしみったれ感を、どうにか有効利用できないか私は考えた。そして思いついた。デートでここへ行くのはいかがだろう。これを見て怒っちゃうような男性は、度量が狭い。相手のおおらかさを測るいい試金石《しきんせき》になるので、神代植物公園を散策しがてら、「からくり屋敷」にも立ち寄ってみていただきたい。

　神代植物公園は、これからが花盛りの季節だ。緑でいっぱいの広大な敷地内を、花を愛《め》でながら歩くのは気持ちいい。バラ園のバラは五月から七月ぐらい、温室の熱帯スイレンは九月ぐらいまで楽しめるようだ。

　この公園の温室の造形が、私はとても好きだ。無機質なガラスの建物の中に、むせかえるような生命がみなぎっている。

#23 小樽で見つけた「金融資料館」

北海道は小樽に行ってきた。

古くからの港町らしい景観。運河。おいしい寿司。ガラス細工を売る店が建ち並ぶ通り。観光客の心をガシッとつかんで離さない、こぢんまりした素敵な町だった。

小樽は貿易で発展した土地なので、かつては町のあちこちに銀行があった。銀行だった建物は、地震や火事にも耐えうるように作られているので、とても頑丈なのだそうだ。小樽にはいまでも、以前は銀行だった古い石造りの建物がたくさん残っていて、レトロ調のホテルとして活用されていたりする。

その中で、辰野《たつの》金吾《きんご》設計の日本銀行旧小樽支店は、現在「金融資料館」になっている。太っ腹にも、入場無料。

どれどれ、と入ってみてびっくり。館内はものすごく天井が高く、威厳がありつつも美しい装飾がほどこされているのだ。営業していた当時の、大理石のカウンターなども残っていた。いまの銀行の明るい窓口イメージからすると、「牢屋《ろうや》の接見場か？」と思うぐらい威圧感があるが、渋い重みがあってかっこいい。

「ほえぇ、すごい建物だなあ」と感心しつつ、はるか上方にある吹き抜けの天井を眺めていたら、「ご説明しましょうか？」と係の人が声をかけてくれた。入場無料にもかかわらず、この資料館には案内係がとてもたくさん配置されていて、頼むとすごく丁寧に展示物の解説をしてくれるのだ。

フロアはいくつかに分けられていて、小樽の歴史や、金融の仕組み、日本銀行の業務紹介などが、とても見やすく展示されている。お札の作り方とか、偽造されないための工夫など、なかなかおもしろかった。一億円分の紙幣《しへい》の重みを、実際に持ち上げて体験できるコーナーもある。もちろん、本物のお札ではない。一億円ってかなり重いんだなと思ったが、本物だったら意地でも持って逃げる。

どうやらここは、日本銀行がやっているものらしい。なるほど、それでこの充実ぶりなのか、と納得した。楽しい資料館なので、小樽観光の際には立ち寄ってみてはいかがだろうか。

#24 手ぬぐいの魅力

　最近、引っ越しをしたのだが、段取りが悪くてタオル類がちゃんとそろっていなかった。そのことに気づいたのが風呂からあがった直後というのが、我ながらマヌケである。しょうがないから、脱いだ洋服で体を拭《ふ》いた。

　なんとか無事にピンチを切り抜け、パジャマを着たあと、「さて、この事態をどうしたものか」と考える（さっさとタオルを買いにいけよ）。そして思いついた。「そうだ、手ぬぐいがあった！」と。

　文楽の楽屋に取材でお邪魔したとき、三味線を弾いておられる鶴《つる》澤燕二《ざわえんじ》郎《ろう》さん（二〇〇六年四月に六世鶴澤燕三《えんざ》を襲名）からいただいたものだ。綺麗な空のような色に、藍《あい》色で燕《つばめ》が二羽染め抜かれている。なるほど、「燕二郎」さんだから「燕が二羽」なのだな。とてもオシャレで可愛い手ぬぐいだ。

　ありがたく使わせていただいているうちに、私は手ぬぐいの素晴らしさに気づいた。吸水力がいいうえに、乾きが早い。手ぬぐいで体を洗い、よくしぼり、今度は濡れた体を拭き取る、ということが可能だ。ちょいと吊《つる》しておけば、気がつくともう乾いている。しかも、タオルよりも小さく丸められるので、収納もらくちん。

　その後、ちょうど京都に行く機会があったので、手ぬぐい屋さんにも寄ってみた。四条《しじょう》通《どおり》ほか、京都市内にいくつか店舗のある「永楽屋《えいらくや》　細辻伊兵衛《ほそつじいへえ》商店」だ。

　このお店には、ものすごい数の手ぬぐいが置いてある。しかもデザインがおもしろい。昭和初期の手ぬぐいの図案を復刻したものだそうだが、当時の人々のデザイン能力の高さと洒落っ気に乾杯だ。どれにしようか目移りしてしまい、ひとしきり甘い苦悩を味わう。迷った末に、丸窓に茶道具の影が映っている柄にした。渋くて無駄のないデザインの、美しい手ぬぐいだ。

　そんなわけで、タオルのない部屋でも、手ぬぐいを活用してなんとかしのぐことができた。私はこれからボチボチと、手ぬぐいを集めていきたいと思う。

　デザイン、機能性ともにすぐれた手ぬぐい。ちょっとしたプレゼントにも最適ではないだろうか。

#25 美しい文字の芸術

床《とこ》の間《ま》にある掛《か》け軸《じく》の、絵や書の隅っこに押してある、四角くていかめしいハンコ。私は篆刻《てんこく》を、そういうものだと思っていた。だが、垣内光《かきうちひかり》の「篆刻アートワーク　熊野《くまの》心象風景」を見て、その印象は覆《くつがえ》された。

線は、研《と》ぎ澄まされているのにとても柔らかい。床の間でふんぞりかえるのではなく、見る者の心にそっと触れ、寄り添ってくるような力とあたたかみがある。

篆刻とは、文字を石などに彫ることを指すわけだが、この文字がまたすごい。三千年ぐらい前に使われていた古代文字なのだ。つまり漢字のご先祖様。デザイン性にすぐれていて、とってもかわいらしい。たとえば「竝」（「並ぶ」の意）という漢字は、古代文字ではペンギンが二羽並んで立っているみたいな形で表される。

「ふへぇ」「うおお」と感動して作品を眺めていたら、垣内さんが門外漢の私にも、篆刻について丁寧に説明してくださった。

垣内さんは一本の印刀《いんとう》（彫刻刀みたいなもの）で、さまざまな大きさ、太さの文字を彫るのだが、その印刀は刀鍛冶《かたなかじ》さんに鍛えてもらうのだそうな。刀鍛冶!?　まさに一彫り一彫りが入魂なんだな、と感じ入る。

中国などで、土産物《みやげ》として印章（ハンコ）用の直方体の石を売ってるが、篆刻はなにも、ああいう石に彫るだけではない。竹や、陶器にも彫る。垣内さんは、陶器も自分で焼く。焼いた土の塊《かたまり》に、文字を彫るのだ。

古代文字はもともと、祭祀《さいし》のときに骨や青銅器に刻んで、神さまと交信するために発明された。大昔には、文字はとても神聖で、限られたひとしか知らないし、使えないものだったのだ。

篆刻の奥深さは、文字の力と不思議さにつながっているんだな、と思った。それはつまり、世界の不思議と、ひとの心の不思議とにつながっているということだ。

美しく、かわいらしい文字の芸術。みなさんもぜひ一度、篆刻という表現に触れてみてください。自分でもやってみたくなること請け合いなのだが、細かい作業なので、やはり手先が不器用だとダメだろうな……。

#26 お好み焼き賛歌

私がこの世で一番好きな料理は、お好み焼きだ。「なに食べたい？」と聞かれると、十回に八回は「お好み焼き！」と答える。安上がりな味覚と胃の腑。

お店で焼いてもらって食べるのもいいが、家で自分で焼くのも楽しい。私はフライパンでせっせと焼いては、冷めないうちに一人で猛然と食べている。

たまに友人が遊びにくると、張り切って大量に焼く。だがホットプレートがないので、友だちを居間で待たせて、やっぱり一人でフライパンをふるうことになる。さびしくなどない。さびしくなんかないったら。

お好み焼きは、残り物を投入し、手軽に作れて満腹になる、すぐれものの食べ物である。私は料理が壊滅的に苦手なのだが、お好み焼きに関しては、好物なので独自にいろいろ研究した。現在の段階での成果を、ここに発表する。

ボウル一杯分、お好み焼きのタネを作るとしよう（これでだいたい三〜四枚は焼ける）。

キャベツは四分の一を千切りにし、長ネギは一本、青い部分まですべて刻む。キャベツ・長ネギと、適量の豚肉、トロロを加えてよく混ぜる。トロロは冷凍パックで売られているので、それを利用すると便利だ。次に卵を一個割り入れ、細かい泡がプクプクたつぐらい、さらに混ぜる。

いよいよ粉だ。市販の「お好み焼きの素」を使うのは邪道である。薄力粉を、冷ましたダシ汁と一緒に、好みの固さのタネになるよう入れていく。私は粉っぽいものよりもトロッとしたお好み焼きが好きなので、ボウルの中でタネがタプンタプンと揺れるぐらいにする。

さあ、あとはじっくり焼くだけ。焼くときにコテで押さえると、お好み焼きが固くなってしまうので要注意だ。粉を極少にすれば、「トロロ焼き」になる。トロロ焼きは固まりにくいので、慌ててひっくり返さず、蓋をして蒸し焼きっぽくするとよい。

さあ、できあがり！「オタフクお好みソース」（お好み焼き専用ソース。美味。ほぼオタフクの独占市場っぽい）をかけて食べると、う、うまい—！ 天上界の食べ物じゃよ、こりゃ。

#27 田舎暮らしの夢

久しぶりに、祖母の住む村に行ってきた。ここは、山に囲まれ、川の水は澄んで美しく、人家のまばらな、つまりは「田舎」なのである。

昨今は「田舎暮らし」に憧れるひとも多いというが、生活を成り立たせていくのは、かなり大変だと思う。

たしかに、田舎は静かでのんびりしている。だが、本屋や服屋はないし、近所づきあいはなかなか濃密だし、若者がいないので独身のまま移住したら滅多《めった》なことでは結婚相手を探せないし、なによりも働く場がない。

しかし、「それでもチャレンジしてみたい」というひとには、「田舎」というのはいろんな良さが転がっている場所だ。

水や空気がうまいのはもちろんのこと、田舎に住む老人たちは、たいてい「若さ」に飢えている。だから若者と見ると大歓迎して、いろいろ面倒を見てくれるのだ(ちなみに「若者」の上限は、過《か》疎《そ》の村では五十代である)。村によっては、空き家(築百年の農家とか)を斡旋《あっせん》してくれ、山や畑を安く貸してくれたりもするらしい。

住みかを確保したら、あとは暮らしていくための職業が問題になるが、私は大豆を育てるのがいいんじゃないかと思う。祖母の証言によると、大豆はけっこう簡単に作れるそうである。猪《いのしし》や猿の襲撃から大豆を守るため、厳重に畑を見張ってさえいればOKらしい。

収穫した大豆で無添加の味噌《みそ》を作ってネットで売れば、安全な食品を求めるひとが増えているから、いい商売になりそうだ。

狩猟の時期には、裏山にちょっと入って猪猟をする。猪の肉は、一キロ六千円ぐらいで売れるそうだ。大豆の天敵である猪を山から減らしつつ、金も手に入るというわけだ。

さらに、山には杉やひのきがどっさり植わっている。「林業研修」とでも銘《めい》打って、町の暇な大学生たちを安価で山仕事に投入し、木の手入れをさせる。百年もたてば、立派な材木が出荷できるだろう。

たまには田舎に行って心身ともにリフレッシュしつつ、新たなビジネスチャンスを見つけてみるのもいいものだ。うしし。

#28 白鳥ボートに会いにゆく

北海道へ行って、湖を四つも見てきた。阿寒湖《あかんこ》、摩周湖《ましゅうこ》、屈斜路《くっしゃろ》湖《こ》、然別湖《しかりべつこ》である。

阿寒湖は山と湖の対比に秀で、摩周湖はまさに絵のよう、屈斜路湖は岸辺の砂を少し掘ると温泉が湧き、然別湖は紅葉する山を静かに水に映す。どこも素晴らしい景色だった。

私は湖というものが好きだ。風に揺れるほかは、ほとんど静止した水面。まわりにはたいがい豊かな自然があり、湖畔《こはん》には押しつけがましくない宿がある。訪れる人々は（修学旅行生を除き）、どこか物憂い感じでゆっくりと湖沿いの道を散策する。

しかし、私が湖を愛好する最も大きな理由は、そこに「白鳥ボート」があることなのだ。そう、その名のとおり白鳥の形をしていて、腹にあたる部分に二人で乗りこみ、ギコギコと足で漕《こ》いで推進させる、あのボートである。

白鳥ボートが湖の静謐さをぶち壊している、と感じるかたもいるだろう。現に、景観を保護するためか、私が行った北海道の四つの湖のなかで、白鳥ボートがあったのは屈斜路湖だけだった。

だが、白鳥ボート反対派には、もう一度考えてみてほしい。愛くるしい表情の白鳥ボートが、何艘《そう》も桟橋《さんばし》につながれて水に揺れる姿。「湖＝白鳥だろ」という安直さでボートに白鳥をくっつけてしまったことへの、そこはかとない哀愁と含羞が感じられるではないか。白鳥ボートは、湖にふさわしい平明さと寂寥《せきりょう》感を、同時に体現するすぐれた乗り物だと私は思うのだ。

そういうわけで、私は湖で白鳥ボートに遭遇するたびに、彼らの写真を撮ってしまう。自称「白鳥ボート写真家」なのだが、今回、屈斜路湖では、「白鳥ボートのおめかしシーン」に遭遇することができた。なんと白鳥ボートは、首がすっぽり抜け、ゴシゴシと水洗い可だったのだ！

白鳥ボートお掃除中の係のかたに頼んで、ポーズを取ってもらったことは言うまでもない。

みなさん屈斜路湖にお出かけの際にはぜひ、白鳥ボートにお乗りください。白鳥たちはちゃんと入浴（？）して、みなさんを待っているのです！

#29 バリ島の山々

バリ島には、青い海を眺めながら南国ムードを満喫できるリゾート地、というイメージがある。

最近では、ウブドゥなどの内陸部の町を拠点にして、バリ島の田園地帯でのんびりと過ごすのも人気があるようだ。美しい棚田を眺め、ホテルのプールで一泳ぎ。うーん、それもいい。

しかし、実はバリは、すごく山がちな島なのである。もう、「棚田」なんて可愛らしい代物じゃない。二千メートル級の山々が連なり、なかには富士山ぐらいの高さの山もあるのだ。私はこの秋、はじめてバリ島に行って、その事実を知った。

仕事で行ったのだが、それが「バリ島の山に登る」という企画であった。最初は、なぜ地上の楽園で山登りせねばならんのか、と思ったものだが、やってみたらなかなかおもしろかった。なにしろ、バリ島の内陸部は自然でいっぱいなのである。高原だから涼しくてすごしやすいし。

バリのひとは、山を信仰の対象にしている。当然、スポーツや行楽として山に登る、という発想はない。山に行くのは、山頂で祈りを捧げるときぐらいだ。そのため、バリの山道は麓《ふもと》から頂上まで一直線である。登山道って、ふつうは蛇行《だこう》しているものだと思うが、バリの山には、急傾斜をひたすら最短コースで這い上がる道しかない。

しかも、「五合目までは車で」なんて甘っちょろいことも言っていられない。車が入れる道なんてないからだ。麓から山頂まで、きっちりと自分の足で登らなきゃならないのである。

私はバトゥール山とアグン山に登ったのだが、ものすごくきつかった。アグン山のほうは、頂上まで行けなかったほどだ。聞くところによると、頑健なドイツ人でさえも、途中で引き返してくることがあるらしい。

だが、山が好きなひとには、バリの山は絶対におすすめだと思う。ひとも少ないし、整備されたルートを行くのとは違った魅力を味わえる。

山を聖地と考えるバリの人々の気持ちを尊重しつつ、リゾートだけではないバリ島の素顔に触れてみてはいかがだろうか。

#30 冬の豆腐料理

このごろの私は、家にこもりっきりで昔の漫画を読んだりビデオを見たりしているので、ふだんに輪をかけて「最新カルチャー」に疎い。華々しさがかけらもなくて恐縮である。

というわけで今回は、「おうちでできる、冬にピッタリの豆腐料理」を紹介しよう。私もひとから教えてもらったのだが、ヘルシーにして濃厚。とっても美味で、豆腐好きのひとには絶対におすすめの一品だ。

まず、絹豆腐を適当な大きさに切って小鍋に入れる。次に、豆腐が隠れるぐらいまで、豆乳を注ぐ。この豆乳は、甘みなどを加えていない、成分無調整のものにしてください。

あとは豆火でじっくりと、二十分ほど鍋をあたためるだけ。鍋に蓋をする必要もない。あったまってくると、豆乳の表面に湯葉《ゆば》ができるので、これを落とし蓋がわりにする。とにかく沸騰《ふっとう》させないように、トロトロと火にかけながら、ひたすら鷹揚《おうよう》に待つのがポイントだ。

これで「豆乳豆腐」のできあがり！　あつあつの豆腐を豆乳ごと器に移し、お好みで醬油《しょうゆ》を垂らして召し上がれ〜。刻みネギを散らしてもおいしいです。

もう、豆腐の神さまを食べてるのか、っていうぐらい、まったりと凝縮された味。体の芯《しん》からほかほかしてくる。

先日、うちに遊びにきたチビッコにも大好評で、ガツガツ食べてくれた。手間をかけなくてもおいしい料理ってあるのね……。味つけは食べるひと任せで、作り手はただ、切った豆腐を豆乳と一緒に鍋に入れるだけでいい、というのが我が勝因である。

メインの料理を作りながら、「あたたかい『もう一品』が欲しいわ」と思ったときにすぐ取りかかれるし（なにしろ豆火にかけたあとは、放置プレイをしておけば勝手にできあがってくれる）、お酒を飲みながら、油っこくないものを食したいと思ったときにも最適だ。

どの酒が合うか、私はいろいろ試してみたんだが、焼酎や日本酒のつまみとしてはバッチリ。白ワインのお供にしてもうまかった。

大人も子どももおいしく味わえる豆乳豆腐。ぜひお試しあれ！

#31

武相荘《ぶあいそう》を訪ねる

武相荘は、小田急線の鶴川《つるかわ》駅から、歩いて十五分ほどのところにある。白洲次郎《しらすじろう》と白洲正子《まさこ》が、亡くなるまでずっと住んでいた家だ。いまは一般公開していて、家のなかにも入れるようになっている。

養蚕《ようさん》農家だった家屋を買い取り、武相荘と名づけて二人が引っ越してきたのは、一九四三年のことだったそうだ。その当時の鶴川は、きっとな〜んにもないところだったと想像される。いまで言う「スローライフ」のさきがけではなかろうか。

武相荘は茅葺《かやぶ》きに白壁の、どっしりした古い民家だ。庭には大きな木々があり、裏山にはちょっとした散策路もある。いまはもう、まわりは新興住宅地になっているが、武相荘にだけは、静かで穏やかな時間が流れつづけている。

武相荘の内部も、白洲夫妻が家を引き取ったときから、ほぼ変わらないままのようだ。囲炉裏《いろり》があり、部屋を仕切る板戸や梁《はり》が煤けて黒光りした、昔なつかしい日本家屋だ。使っていた食器類や衣服、書斎を見ることもできる。

この家にいま住むとなったら、たぶん大変だと思うのだ。屋根の手入れもしなきゃならないし、隙間風だってあるだろう。バリアフリーからほど遠い段差もあちこちにある。「効率」を考えるなら、新しい建売住宅に住むほうがずっと楽だ。だが、白洲夫妻はそうしなかった。

私は武相荘を見て、このひとたちは、自分が好きなもの、美しいと思うものに囲まれて生きることを選んだんだなと思った。もちろん、社会的地位にも経済的にも恵まれていたからこそ、貫けたことだとも言えるかもしれない。だが、金があっても、美や善を追求しないひとはたくさんいる。武相荘のたたずまいに接すると、「ノーブレス・オブリージュ」という言葉が浮かんでくる。

白洲夫妻は、人間が生活するにあたって、なにが大切でなにが美と幸せをもたらすのか、実践を通して証明してみせたのだと思う。二人が武相荘に遺《のこ》した物や空気は、訪れる人々のことをそっと包みこむように、いまもそこにある。

#32 DVDプレイヤーがやってきた！

引っ越してもう一年弱が過ぎようというのに、未だにテレビのアンテナを繋ぐことができません。よって、テレビを全然見ていません。

これでいいのか。いやよくはなかろう。そう思うのだが、アンテナの繋ぎかたがわかんないからしょうがない。

友人から譲り受けたテレビは「テレビデオ」なので、ビデオを見ることはできる。しかし昨今、レンタルビデオ屋でもDVDが増えたし、DVDのほうが特典映像が充実していたりする。

それで、「DVDプレイヤーが欲しいなあ」と思っていた。「でも、いっぱいありすぎて、どれを買ったらいいのかわかんないなあ」と。機械に弱いので、判断しようにも自分のなかになにも基準がなく、思考停止状態に陥っていたのである。

だがしかし、そんな私の窮状《きゅうじょう》を見かねて、DVDプレイヤーをくれたかたがいたのだ！「これなら操作も簡単ですよ」と。なんとありがたい。みなさまのご好意によって今日も生きております。

そうしてやってきたのが、「プレ子ちゃん」（DVDプレイヤーなので、プレ子ちゃんと勝手に命名）だ。コンパクトで、接続もものすごく簡単（私でもできたほど）。なによりも、デザインがとってもかわいい。

電源を入れると、蓋の一点がほのかに赤く光るのだが、それがまた生き物っぽくてステキだ。ああ、ようやく我が家にも文明の灯火《ともしび》が……！

鼓動に連動してるみたいに光を明滅させるプレ子ちゃんに、私はいま、骨抜きになってるのだった。

そういうわけで、DVDを見まくっている。「仕事しなきゃダメー！」と思いつつも、かわいいプレ子ちゃんの誘惑に抗いきれず、『ロード・オブ・ザ・リング 王の帰還』のSEEバージョン（本編だけで四時間以上）も鑑賞してしまった。

大河ドラマ『新選組！』のDVDボックスも発売になるし、散財の予定は目白押し。あわわ。仕事しなきゃダメー！

プレ子ちゃんはこれからもますます大活躍の予感だ。

#33 健康ランド探訪

お風呂掃除って、面倒くさい。

そう思ってついつい、風呂に入るのを三日にいっぺんとかにしてしまう。入らなければ、風呂は汚れないもんね。体は汚れるけど。

だから機会があると、銭湯や健康ランドを求めてふらふらとさまよっている。今回見つけたのは、よみうりランドのすぐ横にある「丘《おか》の湯《ゆ》」だ。

銭湯みたいな名前だが、マッサージやアカスリコーナーもある健康ランドだ。温泉成分を分析して再現したお湯、露天風呂や漢方成分の充満した蒸し風呂など、いろんな種類の浴槽があって、六百円（週末は七百円）でのんびりと楽しめる。

遊園地の乗り物を眺めながら涼めるちょっとした庭園には、なぜか武家屋敷っぽい門まである。「なんじゃこりゃ」と思い、家に帰ってからホームページで確認してみたら、江戸時代に黒田《くろだ》藩邸にあった門なのだそうだ。それを正力松太郎《しょうりきまつたろう》が譲り受けた、とのことで、さすがよみうりランド（の横にある健康ランド）。

遊園地の近くという場所柄のせいか、家族でお風呂を楽しみにきているひとも多い。「風呂に入るチビッコを観察するって、楽しいんだな」ということを、私は今回はじめて知った。

お母さんに抱っこされているようなチビッコは、なぜだか風呂に入る前にぐずるのだ。たぶん、まんまんとたたえられた湯がこわいのだろう。しかし、いざ湯船につかると途端《とたん》に、「きもちええ〜」という顔をするのがおもしろい。お風呂がいかに人間の心をリラックスさせる効用を持っているかが、如実《にょじつ》に伝わってくる。

自分で走りまわれるような年の子どもの場合、女の子と男の子では態度が全然ちがう。女の子はたいがい、静かに体を洗って、おとなびた態度で湯に入るのだが、男の子は全裸で露天風呂にある岩によじのぼっていたりする。おいおい、すべてが見えてるよ！　大人になったころには、彼らは自分が女湯の岩の上で仁王立ちしてたことなんて、忘れてしまうんだろうなあ……。

愉快な気分で、自分で掃除しなくていい風呂を満喫したのだった。

あー、極楽極楽。

#34 スーパー歌舞伎に行ってみた

スーパー歌舞伎をはじめて見た。演目は『ヤマトタケル』だ。

衣裳が洒落ていて華やかで、目にまばゆい。演出もものすごく練られており、物語のテーマや悲劇性が伝わってくる。

しかし私がなにより驚いたのは、女形《おんながた》の声が、ホントに女性そのものって感じだったことだ。最初は、「スーパー歌舞伎って、女性の役は女性が演じるんだー」と思ってたぐらいだ。「歌舞伎」だって言ってるだろ！　全員男だよ！

歌舞伎の女形にしろ、宝塚の男役にしろ、自分の本来の性とは別の性を演じるときに、一番のネックになるのは、やはり「声」だと思う。スーパー歌舞伎の舞台における、女形さんたちの自然な発声は、驚異的としか言いようがない。

私は歌舞伎や文楽が好きで、ちょくちょく見ているほうだと思う。見るたびに感じるのが、「江戸時代のひとたちは、いったいどんなふうに芝居見物を楽しんでいたんだろうな」ということだ。歌舞伎や文楽で使われる言葉は、いまとなっては「古文」だし、ちょっと敷居《しきい》が高い感は否めない。だが江戸時代の人々は、歌舞伎や文楽を、同時代の劇として、もっと自由かつ柔軟に受け入れていたに違いないのだ。

今回スーパー歌舞伎を見て、「きっと江戸時代のひとは、こういう気持ちで歌舞伎に接していたはずだ」ということがわかった。

セリフや物語がわかりやすく、祝祭的な華やかさと仕掛けがいっぱい。かといって視覚重視にもなりすぎず、自分と同じように悩んだり笑ったりする登場人物に、ちゃんと感情移入してストーリーを楽しめる。

「うわあ、すごい！　豪華！」という非日常性と、「あるある、そういう気持ちって、だれしも体験するよね」という身近な感覚。それを併せ持ったスーパー歌舞伎は、「歌舞伎」という劇の本質に、かなり迫っているのではないか、と私は思った。

お近くでスーパー歌舞伎が上演されていたら、ぜひ一度行ってみてください。「旅先でもきらびやかな冠《かんむり》をはずさないお姫さま」とか、見どころ満載です！

#35 東京の地下の秘密

トンネル工事と聞くと私は、「みんなが必死にツルハシをふるって、ダイナマイトどかーん、出水《しゅっすい》で三人流されたー！　うわっ、こっちではカナリア死んだー！」というようなイメージが浮かぶ。いくらなんでも古すぎる。でも、最先端のトンネル工事がどんなふうなのか、なかなか想像が働かない。

そこで、東京の地下に潜《もぐ》り、「日比谷《ひびや》共同溝工事」という実際の現場を拝見してきた。共同溝というのは、ガスや水道といったライフラインを、いっしょくたに収納できる巨大なトンネルのことだ。頑丈なトンネルにまとめて収納することで、大地震が来ても安心だし、補修のときもいちいち道路を掘り返さなくてすむ、というわけだ。

東京だけで、すでに百六キロメートルもの共同溝が整備済みだそうで、現在トンネルは、官庁街の国道の地下を着々と掘り進んでいる。工事を担当する前田《まえだ》建設のかたに導かれ、縦穴から四十メートルほど地下に降りた私は、思わず「うわあ」と言ってしまった。

内径六・七メートルのトンネルが、延々とのびている。回転する巨大な円筒形の機械でトンネルを掘り進めるのだが、掘った端《はし》から、セグメントという壁を組み立てていく。これがまったく凹凸がなく、トンネルの内観はつるりとしているのだ。未来の通路としてSF映画に出てきてもおかしくないほど、美しく幻想的な光景だ。機能美に富んでいるけれど、冷たい感じはまったくない。頑丈なトンネルを安全に掘るにはどうしたらいいか、ということを、真剣に追求した結果の美と機能性だからだろう。人間の知恵と発想って、時々ホントにすごい、と圧倒された。

コンピューター制御で掘っているので、トンネル内で作業するのは七、八人。だれもツルハシは持ってませんでした。いまは、女性がトンネル内の工事現場で働くことは禁じられているそうだが（それも驚き！）、近々法改正されて、現場監督として采配《さいはい》をふるうことも可能になるだろう、とのこと。かっこいい（その後、二〇〇六年に法改正）。

私たちの足もと深くに、美しいトンネルがひっそりと、網《あみ》の目のように広がっている。

#36

大阪のお気に入り

ここ一年ほど、二カ月に一回は大阪へ行く。大阪の日本橋《にっぽんばし》にある国立文楽劇場で、文楽を鑑賞するためだ。

至福の一時なのだが、文楽の公演を本腰入れて堪能しようとすると、丸一日かかる。朝から夜まで、ずーっと演目がつづくのだ。しかも幕間《まくあい》は、長くても三十分ぐらいしかない。

そのあいだに弁当をかきこんでもいいのだが、ずっと座りっぱなしだとかえって疲れる。そこで私は、劇場周辺を散策することにした。その結果、おいしいケーキ屋さんとイタリア料理屋さんに行き当たったので、紹介したい。

ケーキ屋さんは「プルミエール」といって、国立文楽劇場前の交差点を渡って直進、最初の角を右折してすぐ左手にある。ここのケーキはもう、丁寧に作られているのがよくわかる、見た目も味も大満足の逸品だ。

私は毎回一個ずつ買っては劇場に戻り、ロビーで「おいしいよー」と泣きながらいただいている（行儀悪く手づかみ）。三十分の幕間は、ケーキのためだけにあると言って過言ではない。

ケーキを食べて幸せな気持ちで観劇し、終演を迎える。夜もとっぷり更《ふ》けたので、そろそろ夕飯を食べたい。劇場から日本橋駅に戻り、堺筋《さかいすじ》を左折。「スーパーホテルなんば・日本橋」の裏手の路地にあるのが、「イタリア食堂ガフーリオ」だ。

カウンター席も少しあるので、一人でも気軽に入れる。しかし数人で行ったほうが、いろんな料理を取り分けられるからなおいしいだろう。私はいつも、「あれもこれも食べたいのにー」と涙を飲みつつ、行くたびに一品ずつ試している。

おいしく楽しく料理を食べるという、人間の幸福の根本を追求した味と雰囲気のお店で、このごろ私は、文楽と夕飯とどっちが楽しみで大阪に行ってるのか、自分でもわからなくなってきた。どっちもだ。

うまいものが食べたい！　と嗅覚《きゅうかく》のみを頼りに見つけたこの二店。劇場周辺をちょっと歩いただけで、おいしいお店にたどりつけるとは、さすが食い倒れの町！　我が文楽鑑賞コースに、しっかりと組みこまれた。

＊プルミエールは閉店してしまったようで、残念だ。

#37 こどもの国？

椹木野衣の『戦争と万博』（美術出版社）という本を読んで、横《よこ》浜《はま》市青葉《あおば》区にある「こどもの国」に興味を持った。

「こどもの国」は、戦争中は陸軍の軍需施設だったのだそうだ。戦後になって、その広大な敷地は、子どもたちのための憩いの公園として生まれ変わった。しかしいまでも、敷地のあちこちに弾薬庫の跡などが残っているらしい。

早速、行ってみる。平日ということもあってか、人影もまばらである。敷地は想像以上にだだっ広い。ゲートをくぐってすぐに、あまりの広大さに衝撃を受け、「どっちへ行ったらいいものか」と心もとない気分になったほどだ。こんもりした丘や芝生《しばふ》の広場がいくつもあり、地形は起伏に富んでいる。

しかし緑がたくさんあるので、ぶらぶらと散策するのにはちょうどいい。ぐいぐいと奥のほうへ歩いていったら、さびれた感じのミニ遊園地の向こうに、牧場が広がっていた。

牛！　羊！　ポニー！

住宅地のただなかに、ひっそりと存在する広大な緑の楽園、といったところか。私は夢中になって、乳牛の鼻面をなでたり、羊の背中を揉んでみたりした。生えてるときの羊毛は、汚れでごわごわしていることを知った。

ちなみに、おとなしく私に触られてくれた羊は、名前を「たけぴー」というらしい。立て札に、「ぼくの名前はたけぴーです。機嫌が悪いときは人間に突進しちゃいます。ごめんね」というようなことが書いてあったので判明した。いや、謝られてもな……。

敷地内では、牧場で採れた新鮮な牛乳を使ったソフトクリームが販売されている。これがまた、非常に美味だ。なんだかのどかな気分になって、木陰でソフトクリーム片手に休憩する。

だが、そのすぐ後ろの斜面に、草に覆われた格納庫の跡がぱっくりと口を開けていたりして、子どもと動物たちのための平和な「こどもの国」には、たしかに過去の影がいまも射している。そのギャップが非常に刺激的だ。

緑で覆い隠された戦争の痕跡を、敷地内を散歩しながら探してみてください。

#38 探検！ 鍾乳洞《しょうにゅうどう》

あまりの暑さに自室でへばっていた私は、「そうだ、鍾乳洞に行こう！」と思い立ち、奥多摩《おくたま》にある日原《にっぱら》鍾乳洞へ向かった。

車はどんどん、東京都内とは思えないほど山深い道を走っていく。道のすぐ脇は深い渓谷《けいこく》になっていて、流れる水は青く澄み渡っている。標高が上がって、飛行機に乗ったときみたいに耳がツンとし、空気が心なしかひんやりと感じられるころ、ようやく鍾乳洞の入り口に到着した。

そのあたりの山は、崩れやすい石灰岩でできているらしく、緑の山肌のあちこちから奇岩が露出している。なんだか中国みたいな景色である（印象でものを言ってるが）。いま地震が来たら、確実に崩落に巻きこまれるなと思いつつ、入場券を買う。大人六百円。

洞内の気温は、年間を通して十一度前後なのだそうだ。つまり、なかに入れば、夏は涼しく冬はほんのりあたたかい、天然のエアコンが効いてる状態だ。こりゃいいや、と勇んで足を踏み入れる。ぶるぶるぶる。涼しいというより、寒い。冷蔵庫のなかを歩いてるみたいだ。

洞内はかなり広く、一周するのに三十分ぐらいはかかる。岩の迫った細い通路があったり、すごく高い天井近くまで上っていけて、鍾乳石を間近で眺められたりと、なかなか変化に富んだ行程。妙なBGMやライトアップがないのも好ましく、ちょっとした探検気分が味わえる。

予想以上に多くの若いひとが、鍾乳洞を訪れていた。地学に興味があるらしく、真剣に石筍《せきじゅん》（鍾乳洞の地面からタケノコのように突出した石灰質の物体）を眺める男子学生たち。「なんか怖いものが撮れそうー」と言いながら、写真を撮りあうかわいい女の子たち。みんな楽しそうだ。

たしかに、鍾乳洞のなかで喧嘩する気にはならないな、と私は思った。洞窟内だと、ひとはなんとなく素直な心になって、外界とはまったく異なる気温とムードを満喫してしまうようだ（例外もいる。横溝正史《よこみぞせいし》の小説の登場人物だ）。

鍾乳洞探検を終えて外に出ると、眼鏡《めがね》が曇った。ああ、夏だったんだっけ、と思い出した。

五章

本を読むだけが人生じゃない

本を読むだけが人生であるかのような生活を送る私のもとにも、たまには本以外についてのエッセイのご依頼が来る。この章には、雑多な単発エッセイを集めてみた。

「家族について」や「旅について」などのお題なら、まだなんとかなる。しかし、「恋愛について」となると、途端に筆致に殺気がみなぎるのはどういうことなのか。「あの葡萄《ぶどう》はすっぱい！」と、楊枝《ようじ》をくわえた武士が絶叫しているがごとき悲壮さが文章から感じられる。「恋愛が人生のすべてですよ」などと、いつか嘯《うそぶ》いてみたいものである。

夜の湯治客

阿蘇《あそ》山中の温泉旅館に、友人と宿泊したときのことだ。

そこは暗い廊下の両側にふすまが並ぶ、木造の古い湯治《とうじ》宿だった。ふすまを開けると六畳間だ。隣室のおじいさんの寝言まで筒抜《つつぬ》けだが、時代を経た建物特有のあたたかい雰囲気があり、なんとなく楽しい気分になってくる。晩に出た猪鍋も大変美味で、私たちは食べ過ぎてふくれた腹を持て余しながら、湯治客の老人たちが寝静まるのを待った。

宿にはいくつか露天風呂があるのだが、そのうちの一番人気は、混浴の泥風呂だ。「お年寄りは早寝だから、夜中に行けばだれもいない」という宿の人のアドバイスに従い、心ゆくまで泥にまみれようと、私たちは深夜にいそいそと部屋を出た。

山の合間に、木枠で囲まれた小さな風呂がいくつか並ぶさまは、ほのかな明かりに照らしだされて風情があった。私たちはとっとと素っ裸になり、湯につかった。たしかに底のほうに灰色の泥がたまっているが、想像よりもさらりとした感触だ。出っ張った腹に泥を塗りつけ、揉みながら痩《や》せるように念じる。

私たちはしばらくのんびりと湯を堪能していたが、ふと脱衣所のほうに人の気配を感じて振り返った。こんな夜中に、老人が足場の悪い道をたどってここまで湯に入りにきたのだろうか？　目をこらして様子をうかがっていると、二十代後半ぐらいの全裸の男女が六、七人ばかり、楽しげに私たちの風呂の隣の木枠の中に入ってきた。

こんな深夜に、ひとけのない（というか、私たちはすぐ隣にいるが）露天風呂で、この裸の男女はなにをはじめる気なのか。好奇心満々で湯から伸び上がって成り行きを見守る。

するとその人たちは、持参したらしき温度計で、まず湯の温度を測った。その値《あたい》を、これまた風呂場まで持ちこんだ紙に書きこむ。友人と私は驚いて、囁《ささや》きをかわした。

「なにしてんの、あの人たちは」

「さあ……。保健所の人かしら」

「なんで保健所の職員が男女混成チームを作って、わざわざ真っ裸で深夜に温泉の検査に来るのよ」

私たちの混乱をよそに、その人たちは笑いさんざめきながら、いよいよ足を湯につけた。アチチ、若干《じゃっかん》の刺激あり。あ、でもつかっちゃうとマイルドですよ。うん、なかなかいいな、こりゃ。昼に入った○○温泉よりも僕は好みです。

などなど言いあいながら、全員が湯に体を沈める。そして次の瞬間、その人たちははかったかのように一斉に掌で湯をすくうと、それをずるずると飲み干し、あるいは口に含んで味わいだしたのだった。

「げっ。飲んでるよ、この泥まじりの湯を！」

「しかもソムリエのように口の中で転がしてる！」

噂には聞いていたが、これが温泉マニアか……。呆然《ぼうぜん》としつつも目が離せない私たちをよそに、マニアの男女たちは口々に、「酸味が」とか「やや塩分も含んでるな」とか「××温泉の湯は口が曲がりそうだった」とか品評しだした。そしてなんと風呂場にカメラまで持ちこんでいたらしく、効能書きの札をぬかりなく写真に収める。

眼前で繰り広げられる濃い行動に圧倒され、友人と私はそそくさと湯から出た。「あ、こんばんは」「いい温泉ですね」などと気さくに声をかけてくるマニアたちに、「お先に上がらせていただきます」と丁寧に挨拶し、脱衣所に飛びこむ。

「すごい世界があるんだね」

「うん、いいもん見させてもらったよ……」

異性の裸体などそっちのけで湯とたわむれるマニアたち。露天風呂に響く討論の声（もちろん議題は温泉について）を背に、私たちは再び山道を宿まで戻ったのだった。

あの熱意からすると、絶対にリトマス試験紙も携帯していたはずだよ、とうなずきあいながら。

春のひとりごと

1

三月上旬のある日、近所を歩いていたら、ちょうどアパートから道に出てきた、大学生ぐらいのカップルに遭遇した。男のほうは、冬用布団を抱えていた。うぬぬ、なんだか生々しい。「使いこんだ布団を持った男女」というのが、あんなに目のやり場に困るものだとは、それまで知らなかった。

たじろぐ私をよそに、二人は楽しそうになにやら語らいながら、駅前のクリーニング店に入っていく。

いくらなんでも、まだ冬用布団は必要だろう！　春めいてきたとはいえ、いつ寒さがぶり返すかわからぬ時期なのに。それともあれか？　のっぴきならないほど布団を汚すようなことをしちゃったのか？　そうだとしても、わざわざ二人で運ばなくていいじゃないか。

どうかいますぐ寒波が襲来しますように。私は渾身の力をこめて、天候の神さまに祈った。あのカップルが部屋でぶるぶる震えながら、「寝るなー！　寝たら死ぬぞー！」「あなたがこんなに早く、布団をクリーニングに出しちゃったのがいけないのよ！」と大喧嘩しますように。

道ばたに布団が捨てられているのを見ると、なんだかドキッとすることがある。体に非常に密着するものだからなのか、寝具というのは、「肉体」を感じさせる。そういうものを無造作に不法投棄したり、恋人と一緒に堂々と運んだりするのは、往来を全裸で歩くのと同じぐらい勇気の必要な、恥ずかしい行為のように私には思えるのだ。

私の怨念のなせるわざか、翌日には見事、雪がちらついた。ふっふっふっ。天は我に味方せり！　布団の持つ隠微《いんび》な肉体性に思い至らぬほど、恋に夢中なカップルよ。布団によって逆襲され、風邪をひくがいい。

ちなみに私のベッドの足もとには、去年の夏に使っていたタオルケットが、いまだに丸まっている。押入にしまいそびれたまま、いつのまにか足枕と化していたのだ。そんないいかげんなベッドの状況からもわかるように、私の部屋を訪れる男性はいない。はたして私は、仲のいいカップルに嫉妬して降雪の呪法を行い、負け惜しみ的に布団の肉体性を云々してる場合なのであろうか。

まあいいや。これが、崇高なる精神的生活というものなのだ。

私はタオルケットに足をのせ、冬用布団にもぐりこんだ。そのとき、「あー、もしかして、二人でいれば布団なんてなくてもあったかいのかな」と思ったが、その考えには蓋をした。

2

肩と背中が激しく凝り、ロボットよりもぎこちない動きしかできなくなってしまった。ベッドに横たわろうにも、冷凍した魚みたいに、背筋を硬直させたまま転がるしかない。とうとう観念し、マッサージをしてもらいに行く。

最近は、町にたくさんのマッサージ屋さんが並んでいる。どの店がいいのかわからなかったが、野性の嗅覚に任せ、「ここだ!」と一軒を選ぶ。

当たりだった。私を揉んでくれたマッサージ師さんは、技術が確かで話もおもしろく、「もしや天国に来てしまったのかのう……」と、至福の一時を味わった。マッサージ師さんの黄金の指先が、強《こわ》ばった体を解凍していくのがわかる。一時間コースが終わるころには血流が戻り、「脂《あぶら》ののったいいトロですなあ」という感じになった。

それにしても気になるのが、マッサージ師さんが揉みはじめに必ず、

「凝ってますねえ」

と言うことだ。これはどこまで本気にしていい言葉なのか。

自分の体が凝っていると思うからマッサージに行くわけだが、凝りは目に見えない。マッサージ屋さんには、実は私の凝りなど足もとにも及ばぬ、コリッコリのお客さんたちが、連日押しかけているのかもしれない。

つまり、マッサージ師さんの言う「凝ってますねえ」は、ただのマニュアル言葉なのではないか、という疑念をぬぐえないのだ。「ホントはおまえの凝りなど、まだまだ赤子の柔肌《やわはだ》のようなもの。しかしまあ、来店してもかまわんよ」と、客を安心させるための常套句《じょうとうく》。

そこで今回は、

「どのぐらい凝ってますか。レベルでいうと『岩』ですか『鉄』ですか」

と食い下がってみた。マニュアルにのっとって、「凝ってますねえ」と言っていただけなのなら、この質問に動揺するはずだ。

しかし敵（？）もさるもの、指先に乱れを生じさせないまま、

「素手で揉みほぐせるんだから、鉄ではないですね。岩です。岩を砕いて、さらさらの砂にしてるところです。はい、仰向けになって」

と平然と言ったのだった。

フツーは、素手で岩は砕けないだろ！

マッサージ師さんの発言の本気度、および自分の体の凝り度は、やっぱり不明なままである。

自分の身体感覚を相対化することは、かくも難しい。岩と鉄を例に挙げたのがいけなかったのか。次は、「豆腐と餅《もち》と岩塩」とかで食い下がってみるべきか？

3

目に見えず、触れられず、聞こえないものは、「ない」のと同じだ。

「そんなことはない」という意見もあろう。「たとえば『心』はどうだ。心を見たひとはいないけれど、だからといって、『心は存在しない』と言うひともいるまい」と。

たしかにそうだ。多くのひとが、形のない「心」を信じ、それを表現するために躍起になっている。好ましく思う相手に愛の言葉を囁くのも、世話になってる上司に中元歳《せい》暮《ぼ》を贈るのも、すべて心を形にするためだ。

実体のない曖昧なものは、私たちを不安にする。誤解と疑心暗鬼と不和を生じさせる。それは、幽霊を見るひとと見ないひとのあいだで、「霊はいる」「いや、いない」と激しい論争が繰り広げられていることからしても、明らかである。しかし、曖昧なものを、なんでも形にして示せばいいというもんじゃないだろ、と私は思うのだ。

なんの話かというと、花粉だ。

先日、母が私の住む部屋へやってきて、「あら、いい天気なのに、なんで閉め切ってるの」と、窓を全開にした。その直後から私は、くしゃみとかゆみの発作に襲われ、壊れた蛇口みたいに鼻水を垂れ流す羽目に陥った。もちろん、母に猛然と抗議した。「目に見えないからといって愛を感じ取ろうとしない冷血人間だ」という勢いで、窓を開ける行為が、花粉症の者にとっていかにつらい仕打ちかを訴えた。

だが、花粉症じゃない母の反応は、「ふうん」と、極めてにぶいものでしかなかった。目に見えないツブツブが、母と私のあいだに不和と断絶を生じせしめたのだ。

うららかな春の空の下、このような悲劇があちこちで起こっていることと思う。それに胸を痛めたのかなんなのか、花粉量を数値で表そうとするひとがいる。「今年の飛散量は去年の三十倍」とか。あまつさえ、「コップを置いておいたら、ほおら、一時間でこんなにたまりました」などと、花粉を可視化する輩までいる。

やめてくれ！　なぜ曖昧なものを曖昧なままにしておいてくれないのだ。愛は視線だけで語ってくれ。霊は写真の片隅にちょっとだけ写っていてくれ。中元歳暮は、どうせ部下本人じゃなく奥さんが選んでるんだろ。錯乱のあまり、関係ないことを口走ってしまったが、とにかく、花粉を確固たる形にして見せるのはやめてくれ！

黄色いツブツブなど、飛んでいない。だって、目に見えないし、触れられないし、聞こえないもん。私は自分にそう言い聞かせる。

それでもなお、くしゃみを連発する体と、春を美しいと感受する心を失えないのが、やりきれなくも喜ばしいところだ。

生きているかぎり、黄色いツブツブとともに、春は訪れる。

4

高校時代の友人Aと、卒業以来はじめて会った。実に数年ぶりのことである。いや、嘘だ。卒業以来ということは、数年どころか、十年ぶりぐらいである。

ここで一つ、疑問が生じる。十年ぐらい一度も会わなかったひとを「友人」と称するのは、いささかずうずうしいのではないか、ということだ。

高校生のころ、私はたしかに、Aとあまり話さなかった。ただ、仲のいい共通の友人Bがいること、現在の仕事で微妙に重なる部分があることから、「じゃあ、ひさしぶりに三人で会おうか」という次第となった。

高校生なんて、獣みたいなものだ。少なくとも私はそうだった。警戒心が強く、人見知りで、「仲良くなりたいな」と思っても、どうしたらいいんだか全然わからなかった。

でも、いまはちがう。「冷蔵庫はいつもからっぽ！」とか、「お酒大好き！」とか、共通項を見つけて楽しくしゃべることができる。大人になるって素晴らしいなあ。単に、お互いに「ダメな大人」になっていて親近感が湧いた、というだけのことかもしれないが。

飲みながらの話題が、同窓生の近況におよんだ。「Cは金持ちと結婚して、バカンスのような毎日を、南の島で送っているらしい」というような話だ。住む世界があまりにもちがいすぎて、都市伝説の一種か？　と思うほど実感がない。

Aは言った。「Cと会った子によると、『南の島暮らしで、ココナツ色になってたよ』ってことなんだけど、私、よくわかんなくてさ」。私は、そんな優雅な暮らしがなぜ許されるのか、という意味の「よくわかんない」かと思ったのだが、そうではなかった。

Aは、「だって、ココナツって白いでしょ？」と言葉をつづけたのだ。

友人Bと私が、ブッと酒を噴いたのは言うまでもない。「たぶん、ココナツの中身じゃなくて、殻《から》のことだよ！『小麦色』と同じように、『いい色に日焼けしてる』ということを表現したかったんだよ！」

Aは、「なんだ、そうか」と残念そうだった。「南の島の紫外線にも打ち勝つ、超高級日焼け止めがあるのかな、とか、いろいろ考えたのに」

珍妙な発想と思考の展開を見せるひとだなと、私は愉快な気持ちになった。獣から大人になれて、本当によかった。自分の心を開く余裕ができたからこそ、これまで知らなかったAの楽しい一面に出会えたのだから。

Bと同じ電車に乗って帰った。Bと私は、その路線を使って、毎日一緒に高校に通っていたのだ。車窓を流れる景色は、そのころとはずいぶんちがってしまったけれど、十年経っても、Bと私は友だちだ。

私はその夜、変わるものと変わらないもののことを、電車に揺られながら考えていた。

母への手紙

母は「ごっこ遊び」の天才であった。母にかかると、ただの椅子が白馬に、丸めた新聞紙が剣に変わった。幼かった私は夢中になって、「姫ー！　いま助けにまいりますぞー！」と騎士になりきったものだ。母は、時に救出される姫君に、時に同輩の騎士に、時に姫を監禁する悪い奴になり、私と一緒に椅子にまたがって役に没入《ぼつにゅう》した。

いま考えると、そのころ母はすでに三十代半ばだったはずで、なのに丸めた新聞紙で幼児と真剣にちゃんばらしていたのだから、正気の沙汰とは思えない。現在も、母はたまに迫真のなりきりぶりを見せることがあり、唐突に市原悦子《いちはらえつこ》や渡部篤郎《わたべあつろう》の物まねをしてみせては、私をたじろがせる。

「母親」という字を見ると、脳内で自動的に「理不尽」と変換してしまう人も多いと思うのだが、我が母もとにかく理不尽の権化《ごんげ》である。

風呂に入った後には湿気を逃がすために風呂場の窓を開けておけ、と言われたのでそのとおりにしていたら、ある日突然、「あんたはどうして、風呂場の換気扇を回さないのか」と怒られた。こちらになんの断りもなく、入浴後の決まり事が変更されたのである。納得いかない思いを抱きつつも、窓を開け、なおかつ換気扇を回しておくようにしたら、これまたある日突然、「窓は閉めて、換気扇だけ回せ、と何度言ったらわかるのか」と怒られた。もちろん、初耳だ。また母が勝手に自分で決まり事を変えたのだ。さすがに腹が立ったので、母に見立てた分厚い雑誌を、夜中に鉄アレイでバシバシ殴っておいた。

恋愛を題材にした小説を書いたとき、それを読んだ母が泣きながら私の部屋にやってきた。「そんなに感動するような内容だったかしら」と、こそばゆい気持ちでいると、母は私の肩にぽんと手を置き、「あんた、こうやって自分で書くもんの中で恋愛するしかないのねえ。ちょっと不憫《ふびん》」と言った。あ、哀れまれてる⁉　非常な屈辱であった。「よけいなお世話だっつうの！」と叫びながら、また夜中に鉄アレイで鬱憤《うっぷん》を晴らす羽目になった。

母には基本的に、言葉や論理は通用しない。地球外生命体かなと思うほどに遠い存在に感じられるときがある。それなのに自分が彼女の腹の中に入っていたこともあるなんて、とても不思議でたまらない。

私は自分の小説の中から、「母親」という存在をなるべく排除する。母親ってなんなのか、未だによくわからないからだ。

ただ、もし私が子どもを生むことがあったとしても、我が母ほどにスリリングでミステリアスな母親にはなれないだろうなと、それだけはよくわかる。

耐えがたく替えがたいもの

多くの人は子どものころに、自分が将来なにになりたいか、あれこれ夢を膨らませたことだろう。私もたくさんのものになりたかったし、なれると信じていた。嗚呼《ああ》、可能性が地平線の彼方まで続き、「限界」という言葉をまだ知らなかった輝かしき日々よ！と、思い返してみて気づいたのだが、私はご幼少のころからいっぺんたりとも、これは誇張ではなく正真正銘ただの一度も、「将来の夢」が「お嫁さん」だったことがない。

幼稚園ぐらいの女の子たちはたいがい、「将来の夢」を口々に表明する。「お花屋さん」「パン屋さん」、そしてダントツの一番人気が「お嫁さん」であった。私は子ども心に、「ここはまわりに合わせて、私も『お嫁さん』と言っといたほうがいいのか？」と、すごくたじろいだことを覚えている。迷った末に、その場は黙っておくことに決めた。「お嫁さん」なんかどうでもいい。私がなりたかったものは、「魔法使い」だったのだ。

そして現在、私は未だに「お嫁さん」になっていない。お嫁さんなんかどうでもいい、という部分においては、見事、夢を現実にしたと言えるだろう。あとは「魔法使いになる」という最終目標に向かって、ひたすら努力あるのみだ。

しかし当然のことながら、いい年こいてつっかえ棒を魔法使いの杖に見立て、「ゲド戦記ごっこ」や「指輪物語ごっこ」に一人いそしむ私に注がれる家族の目はなまぬるい。

今日も玄関先で棒をかざしながら、「そなたの真の名を言い当ててみせよう」と庭木に向かって語りかけていたら、父が家から出てきて、「コーヒーでも飲みにいくか」と、しんみり誘ってくれた。こいつよっぽど仕事が切羽詰《せつぱつ》まって、脳みその調子がおかしくなっちゃったんだな、と憐《あわ》れまれたらしい。父上、心配ご無用。わたくしは至って正気にございます。

いつまでも家に居座る私のことを、両親はもう諦めているみたいだ。しかし学生の弟は、鮮烈なまでの怒りをぶつけてくる。

「ブタさん(と、弟は私を呼ぶ)さあ、そんな人生でいいと思ってるわけ？　きったない綿《わた》入れ半纏《ばんてん》羽織って、一日中ブーブーゴロゴロ。はあぁ(↑大仰《おおぎょう》なため息)、俺はおまえのような人間にだけはなりたくないよ」

さて先日、そんな弟と、サッカー日本代表対ウルグアイ戦をテレビで眺めていたときのことだ。

弟は男惚れの域に達する勢いで中田《なかた》英寿《ひでとし》を崇拝しているので、真剣に画面に見入って

いた。だから、私がそのかたわらで、

「ねえねえ、あの選手の髪の毛の色、なんか変じゃない？『まぜるな危険』って書いてある塩素系カビ取り剤と酸性洗剤を、風呂掃除の際にうかつにも混ぜてしまって、発生した毒素によって髪の毛の色が抜けてしまいました、みたいな色してると思わない？」

などと、のべつまくなしにしゃべっていたら、

「ブタさんうるさい！　俺はいま中田を見てるんだから、少し黙ってろ！」

と聞き分けのない犬に対するように、きつく申し渡された。なんだいなんだい、ちょびっと感想を述べるぐらいいいじゃないか。私はむっつりして、しばらくギコギコと椅子を揺らしていたが、ふと思いついたことがあって、再び口を開いた。

「あんたはそうやって、いつも私のことを『ブタさん』呼ばわりで馬鹿になさいますけどさ。もし私が中田と結婚することになったら、どうするつもり？」

「絶対ありえねえ」

弟は画面から目を離さず、あっさりと切って捨てる。

「あら、どうして。中田も私も未婚なのよ？　可能性はゼロとは言えないじゃない。私が、『今度、英寿さんと結婚することになったから』と中田を家に連れてきたときの、

あんたの吠《ほ》え面《づら》を想像すると……オホホホ、今から笑いが止まらないわ」

「はいはい、せいぜい笑ってろよ」

「そう言わずに、想像してみてったら！」

「俺の想像力にも限界ってもんがある」

私はイマジネーションが不足気味の弟にかわって、勝手に想像してあげた。

「中田が自分の義兄になるとわかったとき、あんたはどんな気持ちになるのかしら？悔しがる？　それとも、『あの中田に選ばれるなんて、姉さんは素晴らしい女性だったんだね！　その真価に気づかず、ブタさんなどと呼んでいた自分が恥ずかしいよ』と涙ながらに私に謝罪する？　ふふ。ま、彼に頼んで、サインぐらいはもらってあげてもいいわよ」

「あのな」

弟はようやく、私にチラッと視線を投げかけた。「中田がおまえと結婚することがあるとしたら、それはおまえが、どえらい秘密を握ったときだけだ」

「どういう意味？」

「『これだけは死んでもばらされたくない』と中田が思うような秘密をおまえが握り、それを盾《たて》に結婚を迫りでもしないかぎり、彼はおまえになど見向きもしない、と言ってるんだ！」

「んまあ、どこまで失敬なのあんたって人は！　まるで私が恐喝犯みたいな言いぐさじゃないの！」

「みたい、じゃなくて恐喝犯そのものの手口で、おまえは中田と無理やり結婚するのさ。その事実を知った俺は、中田の自由を取り戻すために……おまえを殺す！」

弟は断固たる口調で言った。「俺は涙ながらに中田に謝罪することだろうよ。『あなたの秘密を握る人間は、もう地上から抹殺しましたのでご安心ください。うちのバカ姉がご迷惑かけて、本当に申し訳ありませんでした』と」

「醜い。醜いわ、男の嫉妬って。そんなこと言いながらあんた、私を殺して自分が中田の後妻に入ろうと画策してるんでしょ」

「俺が中田の妻になれるわけないだろ！　なんでおまえはすぐ、そういう突拍子もない発想をするんだ！」

めでたい結婚話に、突拍子もない陰謀物語を絡めてきたのは弟のほうである。私は歌った。

「吠え面かいてる、あい～つ～。うぉう、うぉう」

「おふくろさあ、どう思うよ、こいつのこと」

弟は、最前からそばで茶をすすっていた母に話を振った。「いい加減、この家から出ていくように、よく言いきかせてやってくれ」

「辛抱してちょうだい。家に憑《つ》く妖怪みたいなもんだと思って、たわごとは聞き流していればいいんだから」

と、母は言った。

まったく、よってたかって人のことを邪魔者扱いしおって……。

私だって、自分がこの年まで家族とともに生活を送るようになるとは、予想もしていなかった。私の計画によれば、「お嫁さん」にはならずとも、今ごろはもうとっくに家を出てバリバリ働き、週末は素敵な恋人と過ごしているはずだったのに。生きるというのは、いろいろままならないものだ。

だが逆に、「それなりの年齢になったら結婚し、新しい家庭を作る（それが適《かな》わずとも、家を出て独立した生計を立てる）」という考え自体が、型にはまったつまらん思いこみなんじゃないか、と考えるようにもなった。

だって、両親と弟と私は二十年以上かけてようやく最近、お互いを認めあって（言葉をかえれば、お互いに諦めがついて）、割合穏やかに暮らせるようになったのだ。

この穏やかさに至るまでは、

「てめえみたいなアンポンタンは見たことねえ！」

「それはこっちのセリフだ、このスットコドッコイが！」

という感じで、個人と個人の壮絶なるぶつかりあいの日々が繰り広げられてきた。私は、「『家族』というのは、なんと努力と忍耐を要するつながりなのであろうか」とめまいを起こすことたびたびだった。

いま、やっとお互いの性格やら思考回路やらにそれなりに慣れ、細かい喧嘩は絶えないものの、同居人としてそれぞれがうまく一つ屋根の下におさまるようになってきたわけだ。これからまた、新しく自分の家庭を持って、苦悩と葛藤《かっとう》の日々を一からやり直して……、などと考えるだけで、私はゲッソリする。

だが二十年以上かけて、徐々にうまく機能しだしたかに見える家族との人間関係も、あと数年で終わりだ。弟はさっさと家を出ていくだろうし、親もいつまでも元気ではない。

いつかはバラバラになってしまうものだからこそ、私はこの家族を愛したいと思う。耐えがたく、替えがたい、私の家族を。

きらいな動物

猿への憎悪が高まりつつある。なんであんな動物が、干支《えと》に入っているんだろう。できることならリコールしてやりたい、とまで思う。私は、猿との相性が非常に悪いのだ。

初めて猿を見たのは、忘れもしない、京都の動物園においてだった。そこは猿山を見下ろす形になっており、四歳ぐらいだった私は、眼下で繰り広げられる猿どもの宴《うたげ》を、夢中で眺めていた。

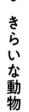

猿たちは、取っ組み合ったり、イモの切れっ端を転がしたりして遊んでいる。とても楽しそうだ。うらやましがっていたら、私の存在に気づいた彼らが、テレパシーを送ってきた。「きみも参加しないかい?」

私はいそいそと、履いていた靴を猿に向かって蹴り落とした。すごく気に入っていた紺色の靴だったが、私の靴で遊ぶ猿たちを眺める喜びを思えば、惜しくないと考えたのである。

当然、「なんであんたはそう鈍《どん》くさいの!」と、親に怒られた。私は非常に不満だった。私は靴を落としたわけじゃない。猿にあげたのだ。親に担《かつ》ぎ上げられ（靴がなくて歩けないため）、猿山から強制退去させられる私が目にしたのは、大きな猿が、拾い上げた私の靴をペイッと堀に投げる姿だった。

こいつらから送られてくるテレパシーなど、金輪際《こんりんざい》、真《ま》に受けてやるものか……！

傷ついた幼心を抱え、私は米俵のように運ばれながら涙した。

その後も、高尾山《たかおさん》で猿の群れに突然のしかかられたり（私は雌ザルじゃない！）、屋久島《やくしま》の山道でボス猿の嘘泣きにだまされたり（ついほだされて、貴重な食料を持っていかれる）、とにかく行く先々で、やつらには煮え湯を飲まされ続けている。

あんまり悔しいので、「猿が私を認めないなら、私だって猿なんか認めない」作戦を発動した。つまり、「さる」と聞いても、意地でも動物の猿を思い浮かべないよう、自分を鍛えたのだ。その甲斐あって、「さるといえば秀吉《ひでよし》」と、反射的にすり替えがきくようになった。「都内に秀吉出没」「イモを洗うかしこい秀吉」「秀吉の群れに荒らされる農作物」といった具合である。人間の知恵の勝利。我が脳内から、ついに動物の猿を駆逐《くちく》せり……！

……むなしい。私がいくら勝利宣言しようとも、現実の秀吉（猿）たちはおかまいなしに、檻《おり》の隙間から糞を投げつけてくる。そこが、この作戦の非常にむなしい点である。

犬幻想

何年かに一度、我が心の内に「犬の山」がむくむくと隆起してくる。
「犬の山」とはなにかというと、「やっぱり犬しかない」「犬っていいよなあ」と、四六時中考えてしまう現象のことだ。つまり、犬ブームが到来するのだ。マグマの抑えがたいパワーによって昭和新山《しょうわしんざん》が形成されたごとく、犬へのやみがたい熱情が体内に蓄積され、周期的に爆発してしまうのである。
とは言っても、私は犬を飼ったことがないし、子犬の愛らしい写真集を眺めてほんわかするような感性も持ちあわせていない。道ですれちがう散歩中の犬とか、よその家の玄関先で寝ている犬などを、触るだけの勇気もない。なんか噛まれそうでこわいからだ。
それなのになんで、昼も夜も、いもしない犬のことはあれこれ考えてしまうんだ！　ちょっとアホ面で、茶色っぽくてやわらかい毛並みをしていて、名前は「あじさい」なんてどうかしら。もちろんペットショップで買うんじゃなくて、捨てられてキュンキュン鳴いてるところを通りかかるような、運命の出会いがあるのがいいわ。などと、大まじめに細部まで想像してはうっとりしてしまうんだ！　自分がこわい。

これで「猫の山」や「牛の山」なども隆起するなら、「動物好きの心優しいひとなのね」という好意的な眼差しがそそがれる可能性も残されるが、残念ながら犬一本槍。幻想の犬のことを考えては、ひたすらニヤニヤするばかりなのである。

これってちょっと病的ではないか。だいたい、なんで犬なんだ。

不安になり、じっくりと自分の内部を検証してみた。それでわかったのだが、どうやら、なんとなくさみしい気分のときに、「犬の山」は隆起するようなのだ。

犬というのは、愛嬌《あいきょう》があって裏切らない生き物だ、と私は心のどこかで真剣に信じている。中学生男子が、好きなアイドルにはすね毛もわき毛も生えてこない、と本気で思ってるのと同じようなものだ。それで、「犬の山」に分け入り、犬まみれになっては、さみしい気分を紛らわせているのだろう。

「勝手な幻想を抱くなよな」と、世の犬たちははなはだ迷惑がることだろうと思うのだが、私は今日も脳内で楽しく「あじさい」と遊ぶ。けっこう幸せだ。

なんだかこれって、かえってさみしい行為なんじゃ……。いやいや、幸せだ。

黄金の羅針盤

「二十歳になった。さあ飲もう」と言って、いきなりスコッチを傾けるひとは少数派だろう。気軽に飲める、一番身近なお酒というと、やはりビールだ。

先日、友人の新居に何人かで押しかけ、昼間から宴をした。「お疲れさま！」と、まずはビールで乾杯だ。休日の昼間なのに、いったいなにがどう「お疲れ」なのかわからないが、とにかく乾杯だ。

私は最初の一杯を、だいたいビールにする。私にとってビールは、使い慣れた羅針盤《らしんばん》のようなものだ。飲みつけているお酒だからこそ、それを最初に口にすることで、そのあとにたどる道を誤差なく見極められる。ビールがおいしく感じられれば、その日の自分の体調は万全。アルコール分解速度は新幹線なみ。なんの緊張もなく、なごやかにお酒を楽しめる状態にある、ということだ。

友人たちとの宴の日、我が羅針盤は「快調！」と答えを出した。今日も元気だビールがうまい！　そこからあとはもう、「進撃あるのみ！」とばかりに、乱痴気《らんちき》騒ぎが繰り広げられた。床はまたたくまに、空いたビール缶で埋まっていった。みんな手酌《てじやく》で、がんがん飲みまくる。

普段だったら、缶から直接飲むところだが、ちゃんとコップに注いだのには理由がある。友人の娘（三歳）が、ビールの泡を眺めるのが大好きなのだ。コップに黄金色の液体が注がれ、白い泡がモコモコと立つと、すごく喜ぶ。そして一杯ごとに、「かんぱーい！」とジュースの入ったコップを律儀にぶつけてきては、私がビールを飲むさまを興味深そうに観察する。きっと、すごくおいしい甘い飲み物だと思ってるんだろうな、と私はほくそ笑んだ。

私も小さいころ、父がおいしそうにビールを飲むのを見て、「どうして私にくれないんだ」と不満だった。「これは苦いから」と言われても、信じなかった。そんな嘘を言って、おいしいものを独り占めするのが大人のやりかたなのである。と、憤懣《ふんまん》やるかたない思いがしたことだ。

友人の娘はあいかわらず、コップの中身を蒸発させてしまいそうな眼差しを寄越してくる。私はついに根負けし、「あのね、これは苦くてまずいから」と言った。友人の娘は「うん」とうなずき、おとなしくジュースを飲んだが、目はやっぱり私のビールを見ている。ぜんっぜん納得してないな、きみ！

ビールは真実、甘くはない液体なんだってば。おいしいけれどね。大人は嘘つきなものなのだ。「ほらほら、唐揚げを食べなよ」などと、私はチビッコの気をそらすことに腐心《ふしん》したのだった。

一晩じゅう飲み明かし、翌日の昼近くに帰宅して冷蔵庫を開けたら、水分と言えるものはビールしか入っていなかった。ぷはー。迎え酒で飲むビールがまたうまい。やっぱり命の水だね、こりゃ。

懲りもせず缶を傾けながら、私はふと思った。友人の娘も大人になったら、きっとビールを飲むだろう。仕事のあとにみんなで。ちょっとさびしい気分のときに部屋で一人で。なめらかな白い泡に覆われた、冷たい苦さを味わうだろう。「子どものころ、周囲の大人もこうしてビールを飲んでいたっけ」と思い出しながら。

どんなときでもそばにある、美しくておいしいお酒。やっぱり私はビールが好きだ。

憧れの遠い星

近ごろ、「走る」ということに興味がある。

もしも走るのが（すごく）得意だったら、一時間に十五キロぐらいは楽に進むことができる。バスにも電車にも乗らずに十五キロ。交通渋滞も通勤ラッシュもどこ吹く風、自分の脚力だけで広範囲を自由に動き回れるのだ。なんて素敵なことだろう！

しかし残念ながら私は、子どものころから走るのが異様に遅い。自分ではカモシカのごとく走っているつもりなのだが、足は一歩ごとに地面にめりこみ、重い地響きがあたりに轟《とどろ》く。学校に通っていたころ、運動会で私が走る姿を目撃した友人たちは、みな一様に口をそろえて言った。「え、いま、走ってたの⁉　ペンギンの形態模写かと思った」と。

それ以来、恥ずかしいので人前ではなるべく走らないように心がけてきた。待ち合わせの時間に遅れそうでも、駆け込み乗車は滅多にしない。絶対に電車のドアに挟まれるからだ。極端な話、私が引ったくりや強盗をしようと思わないのは、倫理観からではなく、「足が遅い＝簡単に捕まる」という容易に予測される展開が、抑止力になっているからではないかとさえ思える。

だが、自分が走ることが苦手だと判明すればするほど、「走る」という行為への興味は増大していった。だれかがものすごいスピードで走っている姿や、苦しみながらも何十キロも力走する姿を見ると、私の心は高揚してくる。二本の足を交互に動かすという単純な動作が、人間の肉体をあんなに速く、あんなに遠くまで運んでいくなんて……！「走る」ことへの憧れをどうしても捨てきれず、私は最近、自身の持久力とスピードを鍛えるため、毎朝のジョギングを己れに課した。

まだ薄暗い朝の道を走っていると、早くも会社へ向かう人や、ゴミ出しをするおばさんやらとすれ違う。私はそのたびに、ストイックに走りを追求しているふりをするため、見栄を張る。ゼーハー言ってる呼吸をなんとかおさめ、滅茶苦茶に乱れたフォームを必死に整えるのだ。そして五分間かけて、八百メートルを走る。このペースだと、一時間後には九・六キロ進んでいる計算になる。しかし問題は、一時間も走りつづける体力が私にはないということだ。息も絶え絶えになって家の周囲八百メートルを走り、私のジョギングは五分のみで終わるのであった。

走った経験は、多くの人にあるはずだ。だが、スピードの面でも持久力の面でも、見る者を感動させるような走りができる人は、ごくわずかだ。「走る」という行為の中には、才能と努力にまつわる根源的なドラマがひそんでいるに違いないと、私は直感する。

苦手なのに、だからこそ心惹かれてしまう。非常に原始的でいて美しい「走る」という行為は、初恋の相手のように、いつまでも輝く遠い憧れの星だ。私はこれからも、自身の適性を省みず、走ることについて考え、実践していくことだろう。

きょうだい仁義

きょうだいについてのエッセイを書くときには、慎重になる必要がある。

私には六歳離れた弟が一人いるのだが、こいつがこのごろ、私が「弟ネタ」をエッセイに書いていることに勘づいたのだ。

ある日、私が実家に行くと、「ブタ、ちょっと」とめずらしく弟のほうから声をかけてきた。ブタというのは、私のあだなだ。弟はここ十年ほど、私のことを「ブタさん」

と呼んでいる。昨年ぐらいから、ついに敬称もなくなって「ブタ」呼ばわりになった。

「しをんちゃん、しをんちゃん」と、肉まんのようにコロコロした体型で後を追ってきて、いじめるとコアラのように鼻をぺちゃんこにして泣いていた日もあったというのに。

生意気な弟は、私を睥睨《へいげい》して言った。

「おまえ、俺のことを好き勝手に書いてるらしいじゃないか。そろそろ訴えるぞ」

私は動揺した。弟はほとんど漫画しか読まないので、ネタにしていることがばれるわけない、とたかをくくっていたのだ。

私は姉としてのプライドを、即座に捨て去った。

「いやいや、ちょっと待って。あの、なにか欲しいものはないかな?」

「そうだな。じゃあ、iPod」

「ええー。そんな大層な機械じゃなくて、新刊漫画とかでは駄目?」

「もうiPodの代金分ぐらいは、俺をネタにしただろ」

「あらやだ、せいぜい焼き肉一回分ぐらいですわよ」

「俺が焼き肉をあまり好まず、店でキャベツばかり食うのを知っていて、そんな姑息《こそく》な言い逃れを……!」

iPodか、さもなくば訴訟か、と二者択一で迫ってくる弟に、私はiPodを貢ぐことになったのだった。

そういうわけなので、弟のことを書くにあたっては細心の注意を払わねばならないのだが、『婦人公論』(中央公論新社)ならば大丈夫だろう。たぶん、漫画しか読まず婦人でもない弟の目には触れないはずだ。思う存分、書くことにする。

弟はフリーターで、両親と同居しており、やや引きこもりだ。書いていて早くもいやになってきた。「いい弟なんですよ」とおすすめできる要素が、なにもない。

弟が家を出ていかないのには、まあ理由もある。母がちょっと体調を崩していて、その面倒を見てるからだ。

しかしそれだけで、「なんて孝行息子なんだ」と感心するのは早計なのである。弟の夢は、「仙人になってチン×が隠れるぐらいヒゲをのばすこと」、弟の好きなものは、「ペンギンとシロクマ」なのだから。どうですか、この明らかにダメ人間っぽいプロフィールは。つまり弟は、主に「いまさら家を出るのも面倒くせえ」という動機から、定職にも就かずフラフラしてるだけなのだ。

南極の生き物を紹介するテレビ番組などがあると、弟は深く静かに画面に見入る。そして感に堪《た》えない様子で、「ブタ、見てみろよ、この愛くるしい動物たちを。同じように皮下脂肪を蓄えていても、おまえと彼らとでは、その意味が全然ちがうんだぞ」と言う。

弟は引きこもり気味のくせに（それゆえにこそ、か？）、肉体鍛錬に余念がない。趣味という範囲を超えたバスケ好きで、試合や練習のときだけは、鍛錬の成果を試すために意気揚々と出かけていく。

無駄な贅肉や機能的でない筋肉を身にまとうのは罪悪だ、と弟は考えているので、鈍重な私のことを、「自制心の欠如が体に表れている」と責めるのだ。たまに、「昨夜はやばかった。部屋で貧血になるまで筋トレしちゃったぜ」などと、誇らしげに報告してくる。あんたこそ、このへんでやめておこう、と途中で自制しろよな！　と思うが、「ほどほどにね」と言うにとどめる。アホな子ほどかわいい、というのは本当だ。

そんな弟の部屋で、私はナマズのぬいぐるみを発見した。革製で、全長三十センチぐらいで、なかなかかわいい顔をしている。大切そうに枕元に置いてあるところからして、もしやこれは、彼女からのプレゼントか？

私はさっそく弟に、

「ねえねえ、部屋にあるナマズのぬいぐるみ、どうしたの？」

と尋ねた。

「勝手に部屋に入るな！」

と、速攻で怒られる。「それにあれは、ナマズじゃない。クジラだ。ジロウがくれた」

出た、ジロウ！　ジロウというのは弟の友人で、近所に住んでいる。弟とジロウは、非常に（というか、異常に）仲がいいのだ。彼女ではなく、ジロウからのプレゼントだったのか。うーん……。

「どうしてジロウくんが、クジラのぬいぐるみをくれたわけ？」

「ん？」

弟はちょっとうれしそうに笑う。「俺の誕生日だったから。あのクジラは、ＣＤケースになってるんだぞ。口の部分がチャックになっていて、なかに何枚もＣＤを入れられるんだ」

「あー、そーなのー」

私は目がうつろになってきた。

弟とジロウは、深夜にしょっちゅうドライブに行く。ＣＤをガンガンかけながら、夜の田舎道を疾走しているらしいのだが、「そのときに、これにＣＤを入れてこいよ、みっくん（弟のあだな）」という、ジロウのアピールであろう。しかも、弟の好きな「南極の生き物」という点でも、クジラは合格だ。

もしかしてうちの弟は、本当にジロウとつきあってるんじゃないか。かねてよりの疑問が再燃する。

「なぜジロウくんは、あんたの誕生日に、あんたの好みを熟知しつくした贈り物をしてくれるの？」

私が一歩踏みこんだ質問を発すると、

「俺がジロウに金を貸してるからだろ」

と弟は平然と答えた。

「はい？」

「金を返せてなくて悪いなあ、と思って、クジラをくれたんだろ」

「クジラを買う金を、借金返済にあててくれればよかったんじゃ……」

「そうなんだけど、そうは考えずに使ってしまうところが、ジロウのよさだ」

弟は、貸した金がクジラになって戻ってきたことに、特に不満もなさそうだ。理解不能な篤き友情ぶりである。

「あんたとジロウくんって、どういう関係なの？」

「おまえはすぐ、下世話な勘繰りをする！　……そうだな、強いて言えば、骨を入れてやる間柄だな」

「はい？」

「あいつ、肩の関節がすごくはずれやすいんだよ。一緒にバスケしてても、ちょっとのことですぐはずれる。日常の動作をしていても、些細な拍子にすぐはずれる。試合が中断したり、救急車で運ばれてったりしたことが、何度もある」

「大変じゃない！」

「まあ、ジロウもこっちも、慣れっこだから。『いたた、いたた』って言ってるジロウを、『またはずれてやがる』って、みんな笑って見てる」

「笑ってないで、なんとかしてあげなよ！」

「うん、そこで俺の出番だ。どうしても自分で関節をはめられないとき、ジロウは哀れっぽく、『みっくん、頼む！』って呼ぶわけ。『しょうがねえなあ』っつって、はめてやる」

「そんなに簡単に、はめられるもんなの？」

「ジロウの肩の関節に関しては、俺はもうプロだよ。角度も知りつくしてるから、目を閉じててもはめられるね」

なんなのその、「二十年つれそった夫婦」みたいな発言は。呆然とする私をよそに、弟は目の前の空間をジロウに見立て、「このへんをこう押さえて、ぐいっと」「それで駄目なら、足でここを固定して、こう！」と、その場で実演してみせる。

いえ、私がジロウくんの脱臼《だっきゅう》を手当てする日は、たぶん永遠に来ないから……。「はめ方」を熱心にレクチャーする弟をとどめ、

「あんたに関節をもとどおりにしてもらってるあいだ、ジロウくんはどうしてるの」

と聞く。

「ジロウ？　ジロウは出産する勢いでフーフー言ってるよ。あれはちょっと気色悪い」

「痛みに喘《あえ》ぐ友人に対して、ひどい言いぐさねえ。生まれてくるのは、あんたの子なのに」

「おまえはまた！　肩の骨をはめただけで子どもができるか！」

と弟は怒ったが、それ以前に、男同士ではなにをどうはめても子どもはできない、ということに気づいているのかどうなのか。弟とジロウは、いつもラブラブぶりを見せつけてくれるのだった。

私は子どものころ、弟とそんなに仲がよくはなかった。いまも別段、仲良しではない。特に弟は私のことを、「いてもいなくても同じ。どっちかというと、いないほうがいい。いるとうるさいし、幅を取るから」と考えてる節がうかがわれる。

しかし私は、弟がいてよかったと思うのだ。大人になってから、強くそう思うようになった。

私が心底落ちこんでいると、弟はそれを敏感に察する。察して、なにも言わない。「あ、またブタがへこんでやがる」という視線をチラッと寄越し、そばに座って黙ってバスケ番組を眺めていたりする。

親だと心配させてしまうし、友だちに愚痴をこぼすのもしのびない。だれになにを言われても慰めにならないほど、つらいとき。弟の無関心と、「まあ、ちょっと一緒にいてやるか。いまならへこんでるから、うるさくしゃべりかけてこないだろうしな」という理解が、私にはとても居心地いいのだ。

弟は引きこもり気味だが、わりと柔軟性と協調性に富んだ性格である。そのくせ、世間の目とか常識とかをあまり気にしない（だから、いい年こいてプラプラしている）。まわりからどう見られているのか常に気になり、そのくせ協調性は皆無な私とは、正反対なのだ。弟はそんな私に、「体重を減らせ」以外の口出しはしてこない。生まれたときから私とつきあってきただけあって、諦めと許容の精神が培われているのだと思う。

もし弟がいなかったら、私はもっとさびしい人生だっただろう。高齢にもかかわらず第二子作成に励んだ両親に、グッ《good》ジョブ《job》という言葉を進呈したい。

この世界に一人だけ、同じ釜の飯を食い、同じ親の理不尽に苦しめられつつ大人になった人間がいる。それが弟だ。弟のことを思うと、私は自分がどこかにつながっているような気がするし、いままで生きてきた時間が幻ではないと証明されるような気がする。「ダメ人間は私だけじゃない」と安心した直後に、「ダメ姉弟ってことか」と思い当たってがっかりしたりもする。

きょうだいというのは、「まあ、すでに存在するんだから仕方がない」と受け入れるしかない相手なのだ。だったら、お互いに邪魔にならない距離で、せいぜい認めあっていきたいと願っている。

しかし恋人が同性なのはいいとして（「だから恋人じゃねえっつってんだろ！」という怒声が聞こえる……）、息子が定職に就いていないことを、親はどう思っているのか。私は母に、その点を聞いてみることにした。

「お母さんさあ、息子のこと心配じゃない？　あんなんでいいわけ？」

「そうねえ、心配よ」

と母は嘆息した。「あの子、どうしてだか部屋で暖房器具を使わないのよ。『寒くない！』の一点張りで……。風邪引かないかしら」

それはもしかしなくとも、仙人になるための修行中だから？　だから暖房を入れずに、寒さに耐えているわけ？

「大丈夫、バカは風邪引かない」

と母に請けあっておく。「そうじゃなくて、ほかにもっと心配するべきことがあるでしょ。無職とか無職とか無職とか」

「そんな、いまさら」

と母は笑った。「あんただって、無職みたいなもんだし。いいわよ、元気ならそれで」

うわー、親の愛が身に染みるなあ。って、ちっとも染みないよ！　なんでそんなに、子どもへの期待値が低く設定されてんの！

この家は、やはりダメ人間養成所なのか？

健康になるために

出かける前の身繕《みづくろ》いの最後の仕上げに、うんしょ、うんしょ、とストッキングを穿《は》いていたら、それを見た母が、

「あんた、中年のおばさん体型になってるわよ！　少しは痩せないと！」

と、持っていた洗濯物を放りだして詰め寄ってきた。その迫力のすさまじさに、自分の体型がただごとならぬ状況に陥っていることを痛感した。

たしかに最近、私はボタンを外してジーンズを着用している。去年のスカートは、ことごとく腰回りがきつい。穿こうとしていたストッキングだって、大根を引っこ抜く要領で気合いを入れて引き上げないと、腿《もも》のあたりがパツンパツンだ。しかし……しかし……。

「おばさん体型だなんてひどい！　そりゃ、事実かもしれないけど、言っていいことと悪いことがあると思う。いいかね、もしラブラブの彼氏でもいたら、私だって体を引き締めようと（少しは）努力するさ。だけど、だれに見せるあてもない肉体なのに、美しく維持しておけ、おいしいものを食べるのを減らせと、ただ要求するのは酷というものだよ。それはたとえるなら、サービス残業を月に百二十時間しろと言ってるようなもんで、やる気が出るわけもない、ストレスが溜まるばかりのつらい仕打ちだ。というわけで、痩せろという要求断固拒否！　ニンジンがなけりゃ馬も走らないという事実を知れ！」

まさに機関銃のように、私は母に反論した。明らかな開き直りである。母は、やれやれといった感じで、

「おばさん体型のままでは彼もできないわけで、あんたは悪循環の泥沼に沈んでると思うけど……。ま、勝手になさい」

と首を振りながら行ってしまった。私は残された洗濯物を畳みながら考えた（ストッキングを穿いていたのは、なにか待ち合わせがあって外出しようとしていたからではない。漫画を買いに行こうと思っていただけだ〔ちなみにその日はクリスマスだった〕。考える時間ならいくらでもあるのだ）。

自分がおばさん体型化しつつあることに、私だってもちろん気づいていた。秋ごろにはちょっと発奮《はっぷん》して、近所の体育館に通ってトレーニングしてみたりもした。だが、体を動かすのって、ものすごくつらかった。自慢じゃないが、私はこれまで運動というものをほとんどしたことがないのである。運動会の前夜には必ず、てるてる坊主を逆さに吊して雨乞いをしていたほどだ。

そんな調子だから、当然、体育館通いもすぐにやめてしまった。寄る年波に勝てず、無情にも脂肪はどんどん蓄積されていく。ただでさえ魔法使いサリーちゃんのようにくびれのない肉体だったのが、ハクション大魔王みたいな樽《たる》体型になって今に至るわけだ。

ううむ、思い返せば私、「体にいい」とされることを、近ごろ一つもしていないぞ。運動はもちろんのこと、薄皮を一枚ずつ剝ぐように女の子を美しくするという「恋」とも、とんと無縁だ。反対に、体に悪いことは率先してやっている。徹夜で飲み会に参戦し、原稿は常に締め切りぎりぎりまで取りかからず、そのストレスで煙草《たばこ》の本数が増え、気分転換に漫画喫茶へ行ったら友人に遭遇し、飲み会に参戦……（以下エンドレス）。

体型はおばさんだけど、やってることはパチンコや競馬にうつつを抜かすダメなおじさんと変わらない。だが、この生活でそれなりに元気に楽しく毎日を送れているのだから、まあいいだろう。不摂生な生活でもこれだけ頑健な私の肉体。下手にトレーニングなんかして、重量挙げでオリンピックへの出場要請が来るほど逞《たくま》しくなっちゃったら大変だもんネ。究極のポジティブシンキングぶりをいかんなく発揮し、洗濯物を畳み終えた私は漫画を買うべく、嬉々としてクリスマスの街へ出かけた。

漫画があれば、私は幸せなのである。いやなことがあっても、漫画を読んでから眠りに就くと、ストレスが解消される。欲しい漫画を探すために何軒も本屋をはしごしたり、買った大量の漫画をぶらさげて歩いたりすると、適度な運動になる。漫画は、私の心身の健康に一役買ってくれているのだ。

漫画に限らず、好きなものが一つでもあるというのはいいことだ。「彼のことがとっても好き」でもいいし、「特に好きなものってなくて、部屋でボーッとしてるのが一番」でもいい。自分にとって大切なものがあれば、それを失わずにすむように心にも体にも張り合いが生まれる。「ここで私が早死にしたら、彼をほかの女に取られるかもしれない」とか、「死んだらもうボーッとすることもできない」といった具合に。「健康」へのこだわりって、その程度で充分なんじゃないか？

たぶん、「ストレスを感じないように心がけなければならない」とか、「健康であるために運動をしなければならない」とか、自分に過度に制約を課すことが、心身にとって最もよくないのだ。仕事においても人間関係においても、「しなければならないこと」は、いつのまにか山積みになってしまうものだ。自分自身のために使える時間ぐらいは、「○○のためにこれをしなければならない」という思考から自由になって、ボーッとしていたいではないか。

心身を解きほぐすために、眠いのを我慢して毎晩ストレッチしたり、体にいいからといって、肉を食べたい気分のときにもあえて野菜の煮付けを作ったり、そういうことに気を回すのを、私はもう極力やめることにした。やめたら、太ってしまったわけだが……。

小心者なので、そのうち「こんなに不摂生していたら早死にしてしまって、もう漫画を読めなくなる！」と不安になり、またトレーニングに取りかかったりするはずだ。摂生と不摂生の波に我が身をゆだね、だらだらと行けるところまで行ってみよう。このごろの「健康」に対する私のスタンスは、こういう感じである。

漫画を買って帰宅すると、弟がすごく怪訝そうに、「ブタさん、毛嫌いしていたクリスマスに街に出るなんて、まさか男ができたのか？」と聞いてきた。

「そんなわけないじゃん。意地悪！」

と言ったら、うむうむとうなずいた弟に、

「そうだよなあ。その体型では男はできないよな。いっそのこと、もっと太って、『ブタの道』を極めたらどうだ？」

と勧められた。くくく、悔しいー！　私の家族はどうしてこう、傷口に塩をなすりつけるような残酷な発言をかますのだろう。のどかに牧歌的生活を送ろうと決めた途端に、無礼な言葉を投げつけられるとは。やっぱり摂生して痩せようかしら。そのほうが結局は心身にいいのでは、と気持ちが揺らいだ。

真の「健康」へ通じる道はどこにあるのか。模索は続くのである。

男に愛される女、女に愛される女

いったいどういう女性が男に愛されるのか。なんでそんなことを、カップルのあふれる夜景スポットで一人さびしく夜鳴きラーメンをすすってるような私に聞くんだよ！と、泣きながら走り出したい気分だ。危ない、と制止する警備員を振りきって、高層ビルから落下傘降下してやる。

私だってなにも、「おかしい。私はどうも男にモテないわ」と、ただ手をこまねいていたわけではない。ちゃんと、どういう女性が男にモテるのかを、独自に研究してはきたのだ（研究の成果を惜しくも実用化できていないだけで）。ここに研究結果を発表したいと思う。

最初に、「男に愛される女、女に愛される女」という題目を定義づけしておくと、たぶん、「いつでも男にチヤホヤされる女、女友だちと仲良く楽しくすごす女」ってことだろう。もっと深く本質的な意味での「愛される」ことについては、お互いの性格やらなんやらの一致や、タイミングが重要な要素になってきて、各人の裁量に任せるしかないので除外する。

さて、男にいつもチヤホヤされる女は確実に存在する。そしてそういう人は、たいがい親しい女友だちが少ない。これはなぜかといえば、ずばり、「色気」が多いからだ。

色気——それは男を誘う隙とも言えようか。彼女たちは男をゲットすべく張りめぐらせた網に、夜露のごとき濃厚な色気を噴霧する。かぐわしき色気臭にだまされて、男は網の存在に気づかない。うっとりと搦《から》め捕られるばかりである。

しかし当然、色気のある女を嫉妬と羨望《せんぼう》の目で隣で眺めるしかない女もいる。あんなチャチな目くらましに引っかかるような男などお呼びじゃないわ、と思いながらも、やはり男がいっぱい集まって重そうなぐらいの隣の網が少しうらやましい。隣の女と同じく、私だって「愛の狩人」であるはずなのに、この能力の差はなんだろう。あんな女の近くにいたら、獲物は全部彼女のほうに行ってしまうではないか。

そこで、狩りの能力が低い（色気が少ない）女は、同じく色気のにおいがしない安全な女と仲良くする。最初は、「どうしたら狩りが上達するのかしらね」などと情報交換をしたりもするのだが、だんだんそれも面倒になってきて、「ねえねえ、男よりもおいしいご飯を見つけたわよ」と別の楽しみを見つけ、すっかり狩りから足を洗ってしまうことも多々ある。

色気のある女は、周囲の女にとっては天敵だ。男が浮気したとき、女性の怒りは男性本人ではなく浮気相手の女に向かう、とよく言われるように、たいがいの女は、一度自分のテリトリー内に入った獲物にちょっかいを出す女を許さない。だから、自分の獲物を惑わす可能性のある女とは仲良くできないのだ。たとえ狩りからすでに足を洗っていたとしても、これは絶対の法則として作用しつづける。

天敵には腹を見せたが最後、食いつくされるのみなのだ。色気のある女は、いざとなったら自分以外の同性をすべて殲滅する覚悟で戦いに臨んでいるから、どこでどんな嘘を男に吹きこむともしれない。「○○ちゃんって、ああ見えてけっこう遊んでるのよ〜」(←そりゃおまえのことだろ!)ぐらいは陰で平気で言う。ゆめゆめご油断めさるな。

しかし、あなたはこう思うかもしれない。「そんなギスギスした気持ちで人と接するのはよくないわ。私は男の人を獲物だなんて思わないし、モテる女の子も友だちにたくさんいるし」と。わかります。その気持ちはよくわかります。だが、そういう夢見がちな部分が、すでに敗北を決定的にしているのだ。あなたは色気を噴霧する以前に、網を張る能力に問題ありだ。男にチヤホヤされたかったら、中途半端なフェアプレー精神は捨て去るべし!

網を張るために必要な素質。それは二種類ある。一つは、「私のためになる男をなにがなんでも捕まえる」という飢餓感。もう一つは、「私はいまこの人に、世界中の誰よりも恋してる」という思いこみ（これは言い換えれば、幻覚剤の使用が疑われるほどに度の強い色眼鏡を着用できるか、だ）。これぐらいの割り切りが必要である。

「モテる女の子とも仲良くしつつ、本当に私を愛してくれる男性が現れるのを気長に待つわ」などと甘い幻想を抱いているうちは、男を捕獲するための網は張れず、男をおびき寄せるための色気も決して噴霧されない。

ま、わかっていても実践できるかどうかは別問題で、私は獲物がいっぱいかかった網を横目にグーグーと腹を鳴らしながら、女の子とばかり仲良く遊ぶ毎日なのだけれど。

片思いのすすめ

恋は楽しく、精神面にも外見面にも多大な効用があるものらしいが、それにしても面倒くさいな、と私は思うのだ。

たいした用もないのに、「おはよう、いい天気だね。起きたら電話ください」などとマメにメールを打たなきゃならないし、電話がかかってきたら、「最近忙しいの？　会えなくてさびしい」とか言わなきゃならない。

なぁにが「さびしい」だ、三日前の日曜に会ったばかりだろ！　と自分で自分にツッコミを入れながらも、三日会わないとさびしくなるのが恋というものらしいから、しかたがない。最低でも週末ごとには会って、お互いの愛が燃焼中なことを確認する必要がある。

はっきり言って、大変じゃないか？

仕事が忙しいときだってあるし、一人で部屋にこもってダラダラしていたいときだってあるのだ。

「恋人に会うのは、せいぜい一、二カ月に一度ぐらいがちょうどいいわ」

「いまは忙しくて、恋にうつつを抜かしていられない。でも、『恋愛もできない女』と思われて、周囲から取り残されるのもイヤ」

そんな貴女に私がおすすめするのは、ズバリ「片思い」である。

片思いに元手はいらない。ひたすら脳内で恋愛感情を高めていればいいのだ。逢瀬のために自分の時間を削る必要もないし、「もうすぐ彼の誕生日だわ。プレゼントはなににしようかしら」とあれこれ悩む必要もない。

片思いも恋の形態の一つであるわけだから、ちゃんとアドレナリンが噴出する。心はウキウキし、生活に張り合いが出て、なんだかお肌もツルツルである。

自分の時間を大切にしつつ、恋愛の高揚感もちゃんと味わえて、心身共に活性化できる。片思いって、なんてお得なのだろう！　まさに、恋の「いいとこ取り」だ。

さて、重要なのは「だれに片思いするか」だろう。

会社の同僚や学校の同級生など、あまり身近すぎる存在はいけない。そういう人を片思いの対象に選ぶと、結局、ヤキモキと気を揉むことになる。

「林田さんたら、今日のネクタイ、昨日と同じだった。どういうことかしら」とか、「太郎君が後輩の女子と仲良く下校してるところを目撃しちゃった。あの二人、つきあってたんだ。ショックだわ」とか、見たくもない現実と直面しなきゃならなくなる。

こっちは一人、脳内で勝手に恋愛感情を高めているわけだから、希望と違う展開が実際に繰り広げられると、とたんに心の針が振り切れて、ストーカー行為に走ってしまうかもしれない。

そういう危険を避けるためにも、片思いの相手は、適度に遠い存在であることが望ましい。「片思い」とはあくまで、己れの妄想力のみを頼りにした遊戯なので、嫉妬やストーカー行為といった俗情《ぞくじょう》に振り回されず、高潔なる精神で進めねばならないのだ。では、「適度に遠い存在」とは、どんな相手を言うのだろうか。アニメや漫画のヒーローに本気で惚れこむことは難しいし、ロシアの亡命貴族に脳内アタックをかけろと言われても、彼らの実態をよく知らないから困ってしまう。

その点、たとえばハリウッドスターは、距離の遠さがピッタリなんじゃないかと思う。そうそう会える存在ではないが、情報だけはたくさん入ってくる。片思いにはうってつけの相手だ。

私はここ何年か、俳優のヴィゴ・モーテンセンに身も心も（脳内で）捧げてきた。ヴィゴとの貧乏暮らしにも耐えたし、ささいなことで痴話喧嘩もしたし、牧場で一緒に馬にも乗った（すべて我が脳内での出来事ですよ）。

先日、ヴィゴが映画のプロモーションで来日した。私は試写会に行った。遠くから十五分ほど、舞台挨拶する生身のヴィゴを眺めた。三年間、ほとんど毎日脳内でヴィゴに恋心を捧げつづけてようやく、たった十五分の逢瀬（ていうか、遠くから観察する機会）をもぎ取ったのである。

「むくわれない恋」「むなしい疑似恋愛」と、人は言うかもしれない。

だが、むくわれないのが恋だ！　自分の脳内で勝手に相手のイメージを作りあげて、それにお熱を上げるのが恋だ！　遠い存在への片思いも、現実の身近な恋愛も、根本はあまり変わらないではないか。

私はいま、非常に幸せな気分でいる。生ヴィゴは、とってもステキだった。三年間、脳内で片思いに徹してきた甲斐があったと思えるステキぶりだった。十五分の逢瀬（？）を糧に、これからまた三年は、片思いを続けられる。

恋のうまみだけを抽出できる、お得な「片思い」をして、今後も楽しく張りのある毎日を送りたい。

最後に、片思いを成功させる秘訣だが、「我に返っちゃダメ」ってことだ。その点も、通常の恋愛と同じである。

『レディホーク』

私がはじめて好きになったハリウッド俳優は、ルトガー・ハウアーである。

ルトガーの一番有名な出演作は、『ブレードランナー』だろう。鳩を胸に抱きながら、スパッツ一丁でハリソン・フォードを追いかけたレプリカント役、といえば、ご覧になったかたはすぐに、「ああ」とわかると思う。

ルトガーを愛するということは、「苦難の道を行く」ということと、ほとんど同義語であった。このオランダ出身の俳優は、それなりに端整な顔立ちをしてるくせに、ファンの愛の深さを試すような真似ばかりする。つまり、「いったいあんたはなにを基準に出演依頼を引き受けてるんだ」というような、ろくでもない映画にばかり出るのだ。

ルトガーの出演作を見て、私は何度涙を流しただろうか。感動したのではない。若い男に吐きかけられた唾を嬉しそうに拭って舐めたり、女を背後から嬉々として犯したり、血まみれになって鼻の穴をひくひくさせたり。愛しいひとのそんな姿を見て、泣かずにいられるわけがない。

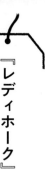

それでも、ルトガーへの愛は冷めなかった。ルトガーはどんな作品のどんな役でも、いつでも全力投球で演じていた。繊細に、熱情をこめて。それが画面から伝わってくるから、私は彼を愛する。

ファン泣かせのルトガー・ハウアー。だが、今回取りあげる『レディホーク』だけは例外だ。この映画は、ルトガーの素敵なヒーロー姿を拝むことができるという、奇跡的な作品なのだ。私にとって、永久保存的価値のある「ルトガー布教映画」だ。

『レディホーク』は、中世を舞台にしたロマンティックな作品だ。ルトガーは、黒衣の騎士姿がとてもお似合い。恋人はミシェル・ファイファー。実はこの二人、悪い司教によって呪いをかけられている。そのせいで、昼はミシェルが鷹《たか》の姿に、夜はルトガーが狼《おおかみ》の姿になってしまうのだ。二人はいつも一緒に旅をしているのだが、人間の姿で会えるのは日没と日の出の一瞬だけ。手も触れあえないほどの、わずかな時間だけなのだ。

ひとの姿では会うことのできない恋人を思い、いつも持ち歩いているミシェルのドレスに頬を寄せるルトガー。私はそのとき真剣に、「どうか次のシーンで女装とかしてませんように」と祈った。胸キュンなシーンのはずなのだが、ほかの出演作ではたいていヘン〇イじみた役なので、またルトガーがなにかやらかすんじゃないかと、どうしてもハラハラしてしまう。

忌まわしい呪いを解くため、ルトガーは強引に、コソ泥の青年に協力を要請する。コソ泥役はマシュー・ブロデリック。嘘つきで軽薄だけれど、根は純情で明るいマシュー君のおかげで、希望を失いかけていたルトガーは勇気を取り戻す。彼らは司教の呪いを打ち砕くべく、苦しい旅を続けるのだった……。

鷹と狼に変身しちゃうところと、ルトガーが、ミシェル・ファイファーといるときよりマシュー・ブロデリックといるときのほうが楽しそうなところを除けば、うっとりしながら安心して眺めていられる良質の恋愛映画だ。物語もちゃんと大団円を迎え、後味も非常にいい。

ただ、この映画にも、ルトガー・ハウアーという俳優の特異さは表れている。ラストシーンで、晴れて恋人と共に暮らせる身になったというのに、ルトガーはどこか居心地が悪そうなのだ。

つまりルトガー・ハウアーとは、この世のどこへ行っても幸せにはなれない人間、常に過剰（または欠落）を抱えてさまようしかない人間の、悲哀と孤独を的確に体現する俳優なのである。彼は、安住よりも流浪、秩序よりも混沌のなかで、息をする。

ルトガーの薄闇のようなオーラは、正統派恋愛映画のなかでもさびしく輝く。私にとって彼は、まさに比類なき「スター」なのだ。

サスミカさんのバリ

サスミカさんは、インドネシアのバリ島に住んでいる。

サスミカさんは三十代半ばで、きれいな奥さんと、むちゃくちゃかわいい小さな娘さん二人とともに、幸せそうに暮らしている。

しかしサスミカさんは、

「私、二人目の奥さん募集中でぇす」

と言う。

サスミカさんの住む村では、奥さんは二人までならいてもいいのだそうだ。

「まあ、サスミカさん。あんなにいい奥さんがいるんだから、二人目なんて募集しなくていいじゃないですか」

と私がたしなめると、サスミカさんは「冗談でぇす」と笑った。しかし私は、サスミカさんは本気で、ひそかに二人目の奥さんを探していると見た。サスミカさんが、「冗談でぇす」と笑ってふかしたサンポルナ（煙草）の煙が、不自然に揺らいでいたからだ。

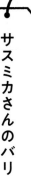

あれは絶対、もう二人目の奥さん候補に当たりをつけてるにちがいない。

私はサスミカさんと、二週間ほど一緒にバリ島を旅した。「トレッキングエッセイ紀行」というテレビ番組の収録のためだ。バリの山に二つ登り、田んぼとジャングルを歩いた。そのあいだ、生まれ育ったバリの山に詳しく、日本語もしゃべれるサスミカさんは、私にとって心強い案内人であり相棒だった。

サスミカさんと私は、テレビカメラがまわっているときもいないときも、ほとんどずっとおしゃべりしていた。サスミカさんはとても優しく穏やかなひとで、私は仕事でバリに来たということを忘れ、彼のことをすっかり好きになっていたのだ。あ、二人目の奥さんになりたい、という意味ではなく、信頼のおける友だちとして、だ。サスミカさんも、たぶん同じように打ち解けてくれていたと思う。つまり私たちは、非常にウマが合ったのだ。

バリに行ったことがあるかたは、町のなかをブラブラ歩いている犬を目撃したことだろう。どの町に行っても必ず、首輪もしていない犬がいっぱいいるのだ。

「あの野良犬たちは、ひとに嚙みついたりしないいんですか?」

と私はサスミカさんに尋ねた。

「ノライヌ?　わからないでぇす。しかし、嚙みませぇん」

「野良犬とは、飼い主のいない犬のことです」

「あー、あの犬たち、飼い主います」

とサスミカさんは言った。えっ、と驚く。

「だれが飼ってるんですか？」

「だれか、わからないでぇす。しかし、いまぁす」

サスミカさんの説明を総合して考えるに、どうやらバリでは、犬は放し飼いだということらしい。そう言われてみればたまに、犬の頭を足でぐいぐい撫でているおじさんなどを見かけた。おじさんがその犬の正当なる飼い主なのかどうかわからないが、犬が特定の人物になついていること、なつかれた人物が犬をかわいがっていることは、たしかだ。

それでもまだ謎は残る。なぜ、かがんで手で犬を撫でるひとが皆無なのか、だ。私はそれを、またサスミカさんに質問した。サスミカさんの答えは、

「バリの犬、おなかに赤ちゃんいると嚙みまぁす」

だった。やっぱり嚙むんじゃん！　立ったまま足で犬を撫でるのは、犬の気が立っていたときのための予防線らしい。

犬と同じぐらい町なかでブラブラしているのが、バリの男性である。昼間っから数人

で道ばたにたむろし、子守りをしたり煙草を吸ったりしている。

「あのー。バリでは、男のひとはあまり働かないんですか?」

「働きまぁす」

と、ただいま鋭意ガイド中のサスミカさんは胸を張る。「しかし、ニワトリゲンカもしまぁす」

闘鶏《とうけい》のことらしい。

「サスミカさん、賭事するんですか」

「いえ、子どもも生まれましたし、いまはしませぇん」

嘘だ、いまも絶対してる。正直者のサスミカさんは、「ニワトリゲンカ大好き!」オーラを隠しきることができないのだった。

「それから、お生理のときは、女のひとは神さまへのお供えができませぇん。男がしまぁす。三浦さんも、お生理のときは、山に登ったりお寺に行ったりできませぇん」

と、サスミカさんは申し訳なさそうに言った。いや、サスミカさん。生理に「お」はつけてくれなくていいから。

バリの人々はたいがい、非常に信心深いようだ。生活に信仰が密着している。山や寺院は聖なる場所だから、「血の穢《けが》れ」があるときは踏み入ってはならないのだ。女性が

「物忌《ものい》み」のときは、かわりに男性もちょっとは働く、とサスミカさんは主張する。

「ほかに、どういうタブーがありますか？」

「そうですねぇ。高いところに洗濯物を干すのはいけませぇん。神さまに失礼だからでぇす」

「どうしよう、やっちゃってましたよ！」

ホテルのベランダに、パンツを干してしまっていた。バリでは物干し竿や洗濯紐といったものをまったく見かけず、変だなとは思っていたのだ。洗濯物はだいたい、低い植え込みなどのうえに、無造作に広げて干してある。

「いいんでぇす」

とサスミカさんは鷹揚に首を振った。「三浦さんはタブーを知らないのですから、高いところに干して大丈夫でぇす」

信心深いけれど、それを外部のものには押しつけない。観光客をたくさん迎える、バリ島の住民ならではの寛容さかもしれないし、外の人間がなにをしようと、自分たちの生活習慣や信仰が変わるものではない、という自信かもしれない。

「日本にも、タブーはあるでしょう」

とサスミカさんが聞く。

「はい。たとえば、敷居は踏んじゃいけないと言われますね。部屋と部屋のあいだや、お寺の門の地面にある、境目の出っ張った部分です。敷居を踏むのは、親の頭を踏むのと同じだ、と」

ふむふむ、とサスミカさんはうなずく。

「そういうことと同じでぇす。知ってるひとはやってはいけませんが、知らないひとがやるのを見て、責めることはできませぇん」

言い伝えや習俗に多大なる関心がある、という点でも、私たちは気が合った。ことあるごとに、バリと日本の似た部分とちがう部分について、あれこれとしゃべりあう。

サスミカさんは写真を撮るときに、真ん中に立つのをいやがる。寿命が短くなるからだそうだ。

「それ、日本にもある迷信、いや失敬、言い伝えですよ！」

「そうですか。だれが言いだしたことなんでしょうねぇ」

もしや、写真のあるところならどこでも、世界規模で忌避《きひ》されていることなんだろうか。そういうことを調べたひとはいないんでしょうかねえ、などと言いながら、サスミカさんと私はジャングルを歩いたのだった。

当然だが、生活習慣がまったく異なり、驚くことも多かった。バリでは、家族そろって食卓につく、ということがないのだそうだ。一日分のご飯を作り置いておき、食べたいときに、食べたいものが、好きなところ（自分の部屋とか庭とか）で食べる。

しかしよく聞いてみると、納得の理由がある。バリでは箸などの道具は使わず、直接手でつかんで食べる。だから基本的に、熱い料理というものがない。気温が高い土地なので、きっちりと食事の時間を決めても、そのときに食欲があるとは限らない。それで、香辛料の利いた腐りにくい料理を作り置いておき、好きなときに食べるのが合理的なのだ。

暮らしのなかから生まれた独自のルールは、どこにでも少なからず存在する。驚くこともあったけれど、いやだとか理不尽だとは感じなかった。それはサスミカさんが、異邦人である私を理解し、受け入れようとする姿勢を、常に示してくれたからだ。

私たちはお互いに、笑ったりびっくりしたりしながら、相手を知るために言葉を尽くした。とても楽しい経験だった。

飛行機が苦手なので、私は自分から進んで外国に行くことはない。その数少ない海外体験のなかで、私が一番驚いたのは、近づきたいという願いさえあれば、国や育った環境のちがいなど関係なく、ひとはホントに仲良しになれるものなんだなあということだったのかもしれない。

蛇足ながら、バリからの帰りの飛行機で、私は生まれてはじめて、アップグレードによってファーストクラス体験をした。

飛行機嫌いなうえに分不相応な席で、緊張のあまり死後硬直って感じである。シートの倒しかたがわからず、しかし客室乗務員はファーストクラスの横柄《おうへい》な客の対応に追われて忙しそうだったので、聞くに聞けない。結局、一晩じゅう九十度の角度で座っていた。

そう、そのとき乗り合わせたファーストクラスの客が、そろいもそろって横柄だったのだ。機内で売ってるものから、出された食事まで、ありとあらゆるものにケチをつけ、客室乗務員に独創的な無理難題をふっかける。

「いますぐファーストクラス部分のみ墜落すりゃいいのに。あ、私だけは生きのびたいけど」と思った。バリという異国の地よりも、さらに遠い異空間が、飛行機のファーストクラスだ。これもまた、驚きの経験ではあった。しかし、バリにはまた行きたいが、あんなヘンテコリンな人々のいるファーストクラスにまた乗りたいとは、どうも思えない。

思い出の町

生まれてから十年間、私は東京都世田谷区に住んでいた。世田谷というと、高級住宅地「成城《せいじょう》」のイメージがある（かもしれない）。しかし私の世田谷に対するイメージは、「堆肥《たいひ》くさい」である。

京王線千歳烏山《ちとせからすやま》駅と小田急線祖師ヶ谷大蔵《そしがやおおくら》駅との、ちょうど中間ぐらいに位置するその一帯には、古くからそこに住む人々の家と、点在する畑や雑木林と、広大な空き地と、細い川と、くねくねと入りくんだ道があった。

春は畑にまかれた堆肥のにおいが充満し、秋は銀杏《いちょう》の巨木から、これまたかぐわしきにおいのする実がふりそそいだ。小学校の登下校の道すがら、友だちと私は年中、「くさいー、くさいー」と言っていた気がする。

どの駅からも微妙に遠かったので、住民たちは自転車をよく使った。たぶん、北京《ペキン》の次ぐらいに人口あたりの自転車保有台数が多い地域だと思う。老いも若きもみんな自転車。

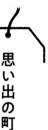

小学校の学区内に、主な自転車屋さんだけでも五軒はあった（ちなみにそのうちの一軒は、とんねるずの木梨憲武《きなしのりたけ》さんの実家、「木梨サイクル」だ）。自転車に貼ってある購入店のステッカーから、住んでる場所がだいたい判別できる。小学生というのは、縄張り意識の強い生き物だ。「む、〇〇地区のやつが、なぜこの公園に」などと、わけのわからぬ対抗意識を燃やしていたものだ。

さて、小学生に自転車を与えると、どうなるか。当然、隊列を組んで、どこまでも走っていくのである。

私は毎日毎日、友だちと自転車で小さな冒険にでかけた。今日はこっちの公園で『北斗の拳』ごっこをし、明日はあっちの空き地でバッタをつかまえと、よく連日遊びのネタがあったものだというぐらい、ぶらぶらぶらぶらぶら遊び惚《ほう》けていた。なかでも特別な冒険は、川沿いの道を自転車でずーっと走っていく、というものだった。

もちろん、目的地は海！　そしてもちろん、海までたどりつけたことは一回たりともなし！

途中の廃屋《はいおく》などを探検してるうちに夕闇が迫り、「なんでこんな遠くまで来ちゃったんだろ」と半泣きになりながら、川沿いの道をまた戻ってくることになる。それでも懲りもせず、「海まで行こう！」とだれかが言いだしては、年に数回、まだ見ぬ海への道のりに挑戦するのだった。

その細い川が、本当に海まで通じていたのか、私は未だに地図などで確認したことがない。ただ、夕方の川沿いの道のにおい、疲労感と高揚感に包まれて、友だちと一緒にぐんぐんペダルを漕いでいたときの幸せな気持ちを、とても大切なものとして覚えているばかりだ。

私たちが走りまわっていたのは、ふつうの道だけではない。家と家とのあいだのブロック塀や、半地下水路など、たくさんの秘密通路があったのだ。

半地下水路というのは、いまにして思えば、たぶん単なる用水路だったのだろう。大人の背丈よりも深く掘り下げられた、二メートル幅ぐらいの水路だ。

コンクリートの蓋に覆われて、トンネルのようになっている箇所もあれば、むきだしになっている箇所もある。どちらにせよ、大人はそんなところを覗きこんだり歩いたりしない。家の裏や雑木林の斜面の下を流れる半地下水路を、もっぱら子どもだけが活用していた。

半地下水路の一端は、「つりがね池」という昼なお暗い小さな池につながっている。ここにはザリガニが大量に住んでおり、釣っても釣ってもまだ釣れる魔法の池だった。さらに、カエルの卵も大量に浮遊していて、黒い点々のあるゼリー状のヒモをすくってもすくっても、夏になるとまだまだカエルがそこらで跳ねているのだった。

子どもたちの天衣無縫《てんいむほう》なふるまいにもめげず、次々にザリガニとカエルを生みだす「つりがね池」は、子どもを飲みこむ恐怖の池でもあった。池の一角は泥地になってい て、みんなは本気で底なし沼だと信じていた。

「昨日、俺、もう少しで沼にはまって死ぬとこだったぜ。靴をかたっぽなくした！」

「ひえー、あぶない！」

他愛ないものよのう、といまなら思えるが、そのころは心から恐怖していたのだ。

半地下水路のもう一端は、川に通じていて、その川の向こうには空き地があった。なにかの施設の跡地だったようで、これがとにかく広い。大半は草っぱらだが、鉄筋コンクリートの建物の基礎部分が遺跡のように残っていたり、大きな木がそこここに生えていたりする。

私たちはそこで、ドングリを拾って食べ、木登りをし、正月には凧《たこ》をあげた。空き地はその時々で、宝物の眠る宮殿の廃墟に、サバイバル生活に適した南の島に、原始人が暮らす崖の洞窟にと、いくらでも姿を変えて私たちを迎え入れてくれる場所だった。

数年前、用事があってひさしぶりに、その一帯を訪れた。空き地も雑木林も、すべてマンションや新しい一戸建てに変わっていた。道すらも、以前とはまるで違ってしまっていて、迷子になった。

いまでも私は、眠ろうと目を閉じているときなどに、もう地上のどこにもない町の風景を思い浮かべてみることがある。あの道は「つりがね池」に通じていた、その角を折れると友だちの家へ行けた、この坂を下りるときに正面に空き地が見えた、と。記憶のなかでどんどん道がのび、つながっていく。住んでいたのは二十年近くも前のことなので、曖昧になってしまった部分も多いけれど、懐かしい空気は鮮明によみがえる。

もう一度、あの景色のなかで遊べたらどんなに幸せだろうかと考えることがある。永遠に行くことのできない、思い出の町だ。

六章　愛の唄

最後の章には、個別の作品についての書評をまとめた。
もう、なにも説明はいらないだろう。
愛がほとばしるさまをご覧いただきたい。

わたしの本棚

『双調《そうじょう》 平家物語』 橋本治《はしもとおさむ》 中央公論新社〈一〜十三巻〉 一九九八年十月〜二〇〇六年一月
『歌舞伎町《かぶきちょう》の黒幕』 ミリオンムック 二〇〇六年二月
『春になったら苺《いちご》を摘みに』 梨木香歩 新潮文庫 二〇〇六年三月
『散歩もの』 久住昌之《くすみまさゆき》・谷口《たにぐち》ジロー フリースタイル 二〇〇六年三月
『Instant Light』 アンドレイ・タルコフスキー Thames & Hudson 二〇〇六年三月
『もろとも』 西田東《にしだひがし》 新書館 二〇〇六年三月

三月〇日

このところ文楽に夢中なのだが、舞台を見るたびに、自分に古典の素養が欠けていることを痛感させられる。やはり『平家物語』ぐらいは、きちんと押さえておくべきか？そう思い、橋本治の『双調平家物語』を購入。現在、十三巻まで刊行中。ベッドに積みあげ、早速読みはじめる。至福。しかし「平家」物語のはずなのに、中国の皇帝や蘇《そ》我馬子《がのうまこ》の話から語り起こされるのはなぜなんだ？

三月△日

『双調平家物語』は、持統《じとう》天皇からつづく女帝の時代に突入。あいかわらず平家の「へ」の字も出てこないが、おもしろくてページをめくる手が止まらない。男性の視点から語られることの多い歴史を、「女と、女が生んだ子ども」の視点から読み直す試みなのかもしれない、とようやく気づく。それはつまり、歴史の陰に隠された人間関係を明らかにする作業だ。

『歌舞伎町の黒幕』を、就寝前にちょっと眺めるつもりが、結局隅々まで熟読。朝の光がまぶしい。気分はすっかり裏社会の住人だ。

三月□日

電車内で、梨木香歩の『春になったら苺を摘みに』を読了。静謐で、強く、美しい。感極まり、あわてて窓の外を眺めて誤魔化す。いままで読んだエッセイのなかで、ベスト5に入る。

つづいて、久住昌之・谷口ジロー著『散歩もの』を読む。主人公の男が、いろいろな町をひたすら散歩する漫画だ。

同じ作者の『孤独のグルメ』（扶桑社。主人公の男が、いろいろな町でひたすら食べまくる漫画）も傑作だったが、『散歩もの』のほうが、人と人とのほのかな結びつきが描かれている気がする。
食は、己れの胃袋ひとつと向きあう個人的な行為だが、町という目に映る景色には、だれかと共有できそうな、希望の余地があるからか。

四月〇日
いつのまに桜が満開に？
『Instant Light』がネット書店から届く。映画監督のタルコフスキーが、ポラロイドカメラで撮ったロシアとイタリアの風景。この光、この質感！「視覚の共有」に対する期待と幻想と切なさを、またもや思わずにいられない。

四月△日
外は大風、桜も終わり。
『双調平家物語』は、院政時代に。平家の「へ」の字も、いよいよ出てきた。驚くべきは、「女、子ども」の視点に、さらに「男寵《だんちょう》」の視点まで加わったことだ。複雑にして刺激的な人間関係。歴史の教科書には出てこない繋がりが、ひそかに政治を動かす。

西田東の『もろとも』を読む。乾いたユーモアと切実な感情の表出がたまらぬ味わい。このひとの作品を読むと、自分が漫画になにを求めているのか、再確認できる。愛だ。恥ずかしいが、愛なのだ。ずるくて滑稽で純粋な愛情の形が、西田東の作品にはたしかに息づく。

さて、今日も漫画の発売日。本屋が私を呼んでいる。春の嵐に吹かれていくか。

*『双調平家物語』は二〇〇七年十月に十五巻で完結。中公文庫からも全十六巻が刊行され、二〇一〇年七月に完結。

*『散歩もの』は二〇〇九年十月に扶桑社文庫からも刊行された。

*西田東は二〇一六年に西田ヒガシに改名。

すべて「乙女」たちのために

『ミシン』嶽本野《たけもとの》ばら　小学館　二〇〇〇年十月／小学館文庫　二〇〇七年十二月

少女と乙女の違いはなんだろうか。『ミシン』という本に収められた二つの作品を読みながら、ずっと考えていた。ここでずうずうしくもわたくしの到達した結論を発表させていただくならば、「乙女」とは「自己申告制度によって成り立つ概念」である。

少女とは、年齢・性別・容姿・言葉遣いと声色・思考回路、などの付加価値を、周囲の人間が評価することによって初めて、「少女」として認められる生き物だ。

しかし、乙女はそうではない。年齢性別にかかわらず、自分を乙女であると認識し、乙女たらんと心がけるのなら、「乙女」への道は誰にでも開かれる。自己申告に始まる克己の日々のみが人を「乙女」たらしめるのだ。

感受性の強い冷たい粘膜が自分にあることを、「乙女」ならば忘れることなどできぬはずだ。「私は貴方《あなた》を恐ろしく愛して」（「ミシン」）いると恍惚《こうこつ》と思い、「君に伝えたい」（「世界の終わりという名の雑貨店」）と痛いほどの切実さを持って思うその瞬間、気持ちが湧き出てきた源であるはずの心が、伝達の手段であるはずの言葉が、どこかでわたくしたちを裏切っていることに、気づかぬわけにはいかないはずだ。

いったいいつから、甘ったるく愛しあい高めあう男女の恋愛を至上のものとするかのような風潮が、世の中を侵し出したのか。「好きだよ」と言い「私も」と言い当たり前にセックスをするのが恋愛であると信じる人々。朗らかな彼らをよそに、作為に満ちた己れの心を恥じ、心の作為などにいちいちつまずいては恥じる己れを恥じ、と永遠の

「含羞地獄」へと一人堕ちていかねばならぬさだめの「乙女」たち。そんな「乙女」たちのために書かれたのがこの本だ。

世の中で一番目ぐらいに傷つきやすい心を持っているのは誰だろうか。それは少女である、とわたくしは思う。少女は自身の刃《やいば》によってのみではなく、周囲からも傷つけられること、少年の比ではないことは、誰しも想像に難くないはずだ。それなのに、この本に収められた物語が声を上げた以外には、その少女たちのために（あるいは、「少女」ではないが、自分の中にある冷たく透き通った感じやすい粘膜に気づいているすべての「乙女」たちのために）書かれた小説の割合が、近年あまりにも少なくはなかったか。

「チビでデブでブス」の「私」（「ミシン」）、それはすべての「乙女」たちの姿でもあるわけだが、その冷たい粘膜を満たせるのは、男女の恋にともなう諸々の事象や幸福感ではない、とわたくしは深く確信する。

生まれて初めて吸った煙草のけむりが、気管を降りて今まさに肺に到達しようとしている。白い汚染物質にまだ一度も触れたことのない薄桃色の肺胞は、あとコンマ数秒後に確実に流れ込んでくる煙の存在をはっきりと予感している。この本はそんな、どこか諦めにも似た潔い静けさに満ちている。

青春の一冊

丸山健二《まるやまけんじ》『水の家族』　文藝春秋　一九八九年一月／求龍堂　二〇〇六年六月

めくるめく恋もなく、きらびやかな栄光もないかわりに、二度と浮上できぬ深海のごとき挫折もない。そんななまぬるい日常を過ごしている私には、青春時代があったのかなかったのか、今も継続中なのか気づかぬうちに終わってしまったのか、いまいち定かではない。だが、「あの本を読んでいる間に私の思春期は終わり、次の段階（たぶん青春）がはじまったのだ」と、断言できる作品はある。

十四歳の私は毎日、巨岩をも砕く勢いで、小さなことに一喜一憂していた。今読むと赤面した熱で紙がメラメラ燃えだしそうな言葉を日記に綴ったり、昼間いやというほど学校でおしゃべりした友だちに、明朝手渡すための手紙を書いたりした。

現在の私が、そのころの私に「なかなかのものだった」と褒めてやりたいことといったら、食欲だけである。私は弁当箱を買いに行き、丸っこく可愛らしいものをさんざん物色したあげく、結局、下敷きほどの面積のあるベージュ色の巨大タッパーを購入した。それにぎゅうぎゅうに詰められた弁当を食べたくせに、下校時には禁止されている寄り道をして揚げた芋をたいらげ、恐るべきことにその一時間後には夕飯に三杯飯をかき込んだ。運動部員でもないくせに、まことに天晴《あっぱ》れな食欲だった。その食物摂取にかけるエネルギーの万分の一でも美容に傾けたら、また違った人生が開けるかもしれないよ、とあのころの自分に忠告してやりたい気もするが、すべては後の祭りだ。

英単語を覚えるかわりに乙女チックな手紙を書き、クラシック・カーなみの燃費の悪さで無駄に飯を食べていた私には、当然のことながら異性との接触がなかった。というよりも、女子校に通っていた私は、ほとんど男性という存在のあることを忘れた。その一年ほどの間に私が会話を交わした男性は、父と弟と教師と、改札を通ろうとした私に、「それ、バスの定期券だよ」と言った駅員ぐらいのものだったのだ。

この異常事態は、やはりそれなりに一少女に抑圧を感じさせたのか、私は日々の憂さを晴らすがごとく、漫画や小説を読みあさった（そしてその行為は皮肉なことに、ますます私を夢見がちにしていき、事態を悪化させる結果となった）。物語の中で古今の恋愛を味わった私は、とりあえず現実生活における異性の不在という問題は棚上げすることに成功した。しかしそれでも、モヤモヤ感は完全には払拭《ふっしょく》されなかった。自分のように変化に乏しい毎日を送っている人間は、物語の中にはあまり見あたらなかったからだ。「やっぱり私の生活は地味すぎやしないか」と、私は絶望を感じた。「このなんの特徴もない毎日に、はたして意味はあるのだろうか」

そんなある日、丸山健二の『水の家族』を何気なく手に取った。その作者の名は私には初めて見るものだったが、黒地に青く発光する何ものかが描かれた表紙が気に入ったのだ（熱帯に潜む凶悪なウィルスを写した写真のような、まがまがしさと静謐さとをそれは備えていた）。

その小説は、それまで読んだどんなものとも違う、美しく強い文章と広大な物語空間を持っていた。舞台は小さな田舎町で、登場人物はだれもがそのへんにいそうな人々だったが、その中に確かに無限の沃野《よくや》があった。

語り手の男が、愛した女が川を泳いで渡ってくる気配を感じる冒頭から、私はこの小説のただごとではない力を感じた。濃密なエロスの物語になるのかと思いきや、語り手の男はあっけなく死んでしまう。その死せる男は、町に流れる清らかな川の水や、降る雨の一滴や、鶴の糞（！）などに自在に変幻しながら、生まれ故郷の町とそこに住む自分の家族の生活をつぶさに見、感じていく。そこには私の毎日と同じような世界が、しかし小説にしかできない方法によって、強靱で美しい真実として綿密に描かれていたのだ。

読み進むにつれて、男が過去に犯した禁忌とその後の転落が明らかになる。その町でかつて起こった殺人は誰の手によるものだったのか、平凡な日々を送っているように見えて、それぞれが実は転機を迎えている男の家族がこれからどうなるのか、物語はサスペンスをはらんで展開する。だが実際に明確に語られるのは、人々のごく小さな変化だけだ。

研磨された文章は、物語の終幕近くにおいて、いよいよ奇跡としか言いようのない高揚を見せる。そして、

「生がそうであったように、死もまた永遠ではない。そんな気がする」

と語り手の男が思い至ったとき、私は、愚直なまでに生き物を見据えた、透徹した眼差しがもたらす冴《さ》え冴《ざ》えとした真理に打たれた。それが死後の平安や転生を説くものではなく、ましてや朗らかな人間賛歌などではないのは明白であった。どんな宗教をもってしても対抗できない、みなぎる文学の力が私を圧倒した。

「これでいいのだ」と、バカボンのパパのように私はつぶやいた。生まれてくることに意味はない。しかし、友だちとおしゃべりしたり大飯を喰らったりまわりの世界を体感したりすることは、決して無意味ではないのだ。どこへ向かえばいいのかわからないほど靄《もや》の立ちこめていた胸の内が、わずかに見通せるようになった気がした。

『水の家族』を読まなかったら、私は未だに、意味の反対は無意味であり、無意味の反

対は意味であると思っていただろう。その二つの言葉がそれぞれまったく違う次元にあるものだということに気づけずに、自分自身を含めた生き物や世界を、「退屈でちっぽけだ」と冷笑して終わっていたかもしれない。

それからも私はやはり、代わり映えのしない毎日を送った。だがその日々を受け止める心は、一冊の本によって確実に変わっていたのだった。

「長生きするぞ」と誓うとき

ハヤカワ文庫五千点突破によせて

このたびハヤカワ文庫がめでたくも五千点を超えたと聞き、元・古本屋勤務の私の脳裏によぎったのは、「ローダン・シリーズってどこまで続くんだろう」ということであった。

この三百冊に達しようかという物語は、まことに古本屋泣かせのシリーズで、とにかく置き場所に困る。しかも、「ちょっと君たちは隅にいてくれ」と倉庫にしまうと必ず、手元にない巻を探す熱心なファンや、新たに読みはじめようという人が現れるのだ。それで、「こんなにたくさんの人を熱狂させるなんて、いったいどんなお話なのかしら」と各巻のあらすじを読んでみても、「セツ星系のフンデルト叛乱《はんらん》はサマーンの陰謀とわかった。ペスタルトを手に乗りこんだクイーネ一行はパランギスを作動させるが……」（↑創作です）といった感じで、ほとんど助詞しか意味が明確に理解できない。だいたい「ローダン・シリーズ」というからにはローダンが主人公のはずだが、あらすじにローダン氏が登場しない巻がいっぱいある。壮大すぎる物語に呆然としつつ、棚にうまく収まるようにあれこれと他の本を移動させるぐらいしか、私にできることはなかった。いつか既刊本を読破してみたい（そして最終回を生きてこの目で見たい）、夢のシリーズである。

ローダン氏にはまだお目にかかれていないが、私はこれまでハヤカワ文庫に、めくるめくファンタジーの世界を堪能させてもらってきた。残暑の沖縄の海辺で、白い砂浜からの反射光に目を灼《や》かれながら『闇の公子』をむさぼり読んだのも懐かしい思い出……。読みはじめてすぐに、夏の沖縄にタニス・リーは似合わないと察しはしたが、もう後には引けぬぐらいに魅了されていた。おかげで白目が茶色く濁り（眼球も日焼けすることを初めて知った）、しばらくは目に映るものがすべて緑色に見えてしまったが、我が読書人生に一片の悔いなし、だ。しかしP・A・マキリップの『妖女サイベルの呼び声』を読んだ晩に、いっちょ私もとばかりに、「来て……どこかにいると思われる私の王子様（できればコーレンみたいに勇気と知性のある人希望）……」と心《マインド》のかぎり呼んだなんてことは、恥ずかしいのでここだけの秘密にしておきたい。

最近では漫画もラインナップに加わっているが、これがまた、「くうぅ、粋な真似をしおって」と早川書房の太もものあたりをつねりあげたくなるような、なんともポイントを押さえた作品選定である。通り抜けてきた炉《ろ》の記憶をひっそりと宿したままの、薄く美しい金属のような官能に満ちた佐藤史生《さとうしお》の『天界の城』。骨太なストーリーに乗せて、丹念な絵柄で神と人、人の孤独について描いた水樹和佳子《みずきわかこ》の『イティハーサ』。

やがてハヤカワ文庫が一万点を越えるころには、ローダン・シリーズは確実に五百巻以上になっているはずだ。相当長生きしないと、銀河を股にかける宇宙英雄に追いつけない。

＊ローダン・シリーズは二〇一九年三月現在、五八九巻まで刊行されている。

邪気を武器に世を渡れ

「ホラー・ドラコニア少女小説集成」シリーズ　澁澤龍彥　平凡社　二〇〇三年九月〜

私は基本的にチビッコが嫌いである。チビッコが、スーパーマーケットで親に手を引かれながら、「あのお菓子、おいしそうだねえ」と無邪気に言ったり、バスの中で老人に「いくちゅでしゅか?」と聞かれて、おずおずと指を三本立てたりするのを見るたびに、「ケッ、かわいこぶりやがって」と思う。

チビッコだったことのある人なら、誰でも思い当たる節があるはずだが、子どもというのは決して無垢《むく》でも無邪気でもない存在だ。「お菓子がおいしそう」と彼（彼女）が表明するとき、それはつまり無邪気さを装って、「お菓子を買え」と、かなりあからさまに親に要求しているのだ。老人から年を聞かれるたびに、「なんでそんなことを聞くんだよ。知らない人に話しかけられて、俺はすごく恥ずかしいよ」と内心で葛藤しつつ、しぶしぶと指を立てて答えてやっているのだ。

しかしチビッコは浅はかだから、大人たちもかつてはチビッコだったことがある、ということには気づいていない。それで臆面もなく、「子どもにふさわしい無邪気な素振り」を演技するのである。大人たちはもちろん、チビッコのそんな演技などお見通しなのだが、無邪気で素直な子どものほうが扱いやすいから、「まあかわいい」などとおだてる。まったくもって陳腐《ちんぷ》な、赤面ものの演技合戦だ。

私は子どものころ、無邪気さを装う自分が歯がゆく、恥ずかしくてならなかった。しかし要求を通しやすくするための処世術として、なるべく演技を怠らないようにした。本当は、怪獣に叩きつけられるときのウルトラマンのうめき声や、悪と闘う戦隊物ヒーローの隠微な団結ぶりが好きだったくせに、「うわあ、かっこいいなあ。来週も見たい！」と天真爛漫《てんしんらんまん》さをアピールしたものである。親はやっぱり気づいてたんだろうか、私が「なんかエッチだから見たい！」と思っていたことを……。

周囲の大人たちをも巻きこんだ、チビッコ時代の涙ぐましい三文芝居を思い返すたび、私はつくづく、「大人になってよかった」と感じる。

「こんなことを言ったら、まわりの人間からどう思われるだろう」なんて気にせずに、欲望を率直に表明するのは、このうえなく自由で素晴らしい体験だ。そして、脳内においてでも、実行に移すとしても、欲望を実現するべく物事に果敢に挑戦できるのは、常識の範疇を知ったうえで責任をとることもできる、大人だけの特権なのだ。

私は、チビッコたちに無邪気さを求めるような大人にはなりたくない。「無邪気」とは決して美徳ではないと、もうわかっているからだ。むしろ、「邪気でむんむん」なほうが、賞賛されるべき人間の在り方じゃなかろうか。

「邪気がある」とは言いかえれば、「自分はなにが好きでなにが嫌いか」をちゃんと知っている、ということだ。「邪気」とは「選択」にほかならない。自分の欲望の方向性を選択せずに、与えられるものをただ無邪気に享受しているだけでは、あらゆる物事の快楽の深みには到達できないだろう。

現在、「ホラー・ドラコニア少女小説集成」というシリーズが刊行中だ。澁澤龍彦の小説と、彼が翻訳したサドの小説が、美しくも刺激的な現代美術と一体化して、各巻ごとに華麗に繰り広げられる。笑っちゃうほど欲望まみれで、残酷で、だが切ないほどに、魂の自由を希求する精神に満ちている。

これまで私は、「サドってどうも身勝手な感じがして、とっつきにくいなあ」と思っていたのだが、たしかな表現力と想像力に裏打ちされた「邪気あふれる」絵を眺めながら読むと、色あせることのないサド・パワーが、改めてぐいぐい迫ってくるようだ。

私はこのシリーズを読むたびに、「邪気（選択された欲望）」こそがひとを自由にするのだ、という確信を深める。澁澤龍彦が訳書や著書を通して表現し、発信しつづけたのは、きっとそういうことなのだと思う。

＊「ホラー・ドラコニア少女小説集成」は二〇〇四年五月に全五巻で完結した。シリーズ五作のうち『ジェローム神父』『菊燈台』『狐媚記』は二〇一二年一～三月に平凡社ライブラリーとして刊行された。

暮らしを彩る楽しい祭り

『とんまつりＪＡＰＡＮ』みうらじゅん　集英社文庫　二〇〇四年七月

「みうらじゅん」と「みうらしをん」。名前が〇・五文字ぐらいしか違わない。「それがどうした！」と、いずこからともなく怒声が聞こえてくる気がするが、これは私のささやかな自慢である。私はみうらじゅん氏と、名前が似ているのだ。げっへっへ。

「おまえの一人勝手な自慢なんか聞きたくないんだよ。ていうか、それって自慢か？　単なる偶然だろ」と、いずこからともなく罵声《ばせい》が聞こえてくる気がするので、自慢はこれぐらいにして、さっそく本の紹介に移りたいと思う。みうらじゅんの『とんまつりＪＡＰＡＮ』が、ついに文庫化されたのだ！

この本の内容は、みうらじゅんが全国のヘンテコリンな祭りを見物し、レポートする、というもの。読んだら笑い死にしそうになること必至だ。

巨大なカエルの着ぐるみが御輿《みこし》に乗って登場する「蛙飛《かえるとび》行事」。荒縄でぐるぐる巻きにされた男たちが、道路に転がされてはホラ貝を吹き鳴らす「水止舞《みずどめのま》い」（どうでもいいが、ちっとも「舞い」じゃない）。お多福と天狗が衆人の面前で突如まぐわいあう「おんだ祭り」。

もうホントに意味不明。臨界点らくらく突破って感じの、「奇祭」としか言いようのない祭りの数々が、たくさん紹介されているのだ。「トンマなまつり」だから、「とんまつり」。サイコー！　みうらじゅんの的確なツッコミとイラストが、祭りの楽しさとトンチンカンぶりを倍増させる。

「大のおとなが、真剣にやるようなもんか、これ？」と、めまいがするような祭りばかりなのだが、その土地のひとは、もちろんすごく真剣なのだ。みうらじゅんは適度な距離感を保ちつつ、笑ったり脱力したりしながら祭りを楽しむ。

ひとは、自分の理解を超えるものと直面するとたいがいは、「どうしてこういうものが生まれたのだろう」と、背後関係を類推したり、由来を知りたくなったりするだろう。しかしみうらじゅんは、祭りの由来や由縁なんて、ほとんどまったく気にしない。

たしかにヘンテコリンな祭りだが、それは現にこうして「ある」のだから、他のことはどうでもいいではないか。そういう潔い態度で、眼前に繰り広げられる妙ちくりんな世界をガッシリと受け止めていく。読者もいつのまにか、「そうだよね、細かいことは気にせずに楽しめばいいよね」と気楽な気分で、すべてを満喫してしまう。

冷静に考えると、「ちょっとは細かいことを気にしたほうがいいよ！」というぐらい、ヘンな祭りばかりなんだが。すごくファンキーな化粧をした老人が、見物客にひたすら笑うように強要する祭りとか。尋常じゃない。

この本を読めば祭りのエキスパートになれるとか、失われゆく日本の伝統とやらに詳しくなれるとか、そういうことはまったくない。じゃあなんで読むのかというと、ただただ面白いからだ。わけのわからないパワーに満ちているからだ。知識とか善行とかとはまったく無縁。私には、それこそがこの本のすばらしいところなんじゃないかと思える。

そりゃあ、ガリガリ勉強していい成績を取ったほうが、お小遣いはアップする。家の庭で種から育てた大根を売るよりは、車を作ってバンバン売ったほうがもうかる。だけど、勉強したり車を売ったりすれば生活が楽しくなるかといったら、当然のことながら、そうではないのだ。私たちは、なにかを得るために本を読むわけではないし、すべてにきちんと意味づけして行動するわけでもない。

『とんまつりJAPAN』に出てくるのは、徹底した無意味と、非生産である。意味づけや効率は、ここではまったく価値を持たない。あるのはただ、その土地で暮らしてきたひとたちが、「昔からやってることだから」という理由で真面目に行う、おかしさと熱狂に満ちた「祭り」という行為だけだ。

私はそれこそが、祭りの本質であり、生活を楽しむことの本質だと思う。

すべては混沌として馬鹿らしく、「意味」なんてアッというまに変質し、消失してしまう。残るのは人々の、「たとえ無意味だとしても、親しいひとたちと今年も楽しく暮らしたい」という願いと、「自分が死んでいなくなったあとも、自分がまだ生まれていなかったときと同じように、この祭りはずっと続いていく」という確信だけだ。

暮らしを彩るトンマなまつり。たとえ成績が悪くても、車が売れなくても、人間は楽しく生きていくことができる。ちょっとした着眼点さえあれば。

その着眼点とはつまり、自分も含めた人間という生き物を、「好きだなあ」と思うことだ。アホだなあ、だけど好きだ、と。

『とんまつりJAPAN』には、みうらじゅんの、そして、祭りにかかわるひとたちの、そういう思いがあふれている。

愛の戦い

『ファイブスター物語』永野《ながの》護《まもる》　角川書店　一九八七年五月〜


『ファイブスター物語』のおもしろさは、「ファティマ」という人工生命体の存在と、その描かれかたにあると思う。

ファティマは美しい女性の姿で、老いることなく、自らが主人と決めた騎士のために尽くす。一緒に戦場へ行くだけでなく、日常生活でも、騎士のことだけを考え、行動する。


つまりファティマは騎士にとって、顔よし、気だてよしの、「理想の恋人」なのだ。

しかし、ファティマは決して「都合のいい女」ではない、ということが、次第に明らかになってくる。「人形」と呼ばれるファティマたちにも、実はそれぞれ明確な個性がある。さらに物語が進むにつれて、生身の女たちの、ファティマ（と、ファティマに夢中な男たち）に対する辛辣《しんらつ》な批判も、ちゃんと描かれるのだ。

愛情とは、時とともに移ろい、変化していくものではないのか？「いついかなるときも主人に尽くす」というファティマの行動原則は、ファティマにとっても、忠誠を捧げられる騎士にとっても、本当はむなしいものなのではないか？

また、ファティマ自身の口からも、きっぱりと語られる。「献身を愛と間違えてはならない」と。

『ファイブスター物語』は、ファティマと騎士の「究極の愛の物語」（言葉を換えると、「最高に都合のいいロマンティックラブストーリー」）になりそうでいて、ならない。「都合のいい愛」を歓迎しがちなひとの心に、「それでいいのか？」と常に疑問を投げかけてくる。

そのクールさが、キャラクターを魅力的にし、性別を問わず読者を熱狂させるのだろう。

都合のいい愛などいらないのだ。

『ファイブスター物語』は、そう叫ぶファティマたちの決意が動かしていく、壮大で刺激的な作品である。

＊『ファイブスター物語』は現在十四巻まで刊行中。

音と心を目で楽しむ

『のだめカンタービレ』〈一～十五巻〉二ノ宮知子　講談社　二〇〇二年一月～二〇〇六年六月

風呂にはめったに入らない。何日でも同じ服を着つづける。部屋は壮絶にちらかっている。好きなものに異様に夢中になる。

私の生活ってもしや、のだめちゃんとほとんど変わらないのでは？　これで私に音楽の才能があって、千秋《ちあき》先輩みたいな素敵な恋人がいれば、もうのだめそのものって感じの毎日じゃないの！

のだめちゃんになるための、一番大事な要素が二つばかり欠けている気はするが、私は『のだめカンタービレ』を読むたびに、勝手に親近感を抱いて、のだめちゃんを渾身の力で応援するのだった。

『のだめカンタービレ』はしかし、のだめちゃんと千秋先輩の、単純な「恋物語」ではない。のだめちゃんはたしかに、千秋先輩にいつも真っ正面から恋心を表明している。千秋先輩も、のだめの変人ぶりにたじろぎつつ、彼女の気持ちを心の底では受け止めている。しかしその前提として、二人のあいだには常に「音楽」がある。のだめちゃんと千秋先輩は、「音楽」という目には見えない空気の振動を通して、だれよりも深く互いを理解し、結びついているのだ。

「音楽に魂を捧げた一個人」同士の、あたたかくスリリングな関係性が描かれているのが、『のだめカンタービレ』の一番の魅力だと私は思う。

「絵から音楽が聞こえてくるようだ」と言うことがある。しかし『のだめカンタービレ』は、そのレベルを超えている。Ｓオケが演奏する曲を実際にはまったく聴いたことがない読者の胸にも、響いてくるもの。それはもはや音ではない。その作曲家の精神、音楽の真髄そのものが、絵を通して感じられるのだ。千秋先輩の振る指揮棒から。無心に楽器を弾くメンバーの表情から。客席で涙をあふれさせるのだめちゃんの全身から。『のだめカンタービレ』を読むものはみな、そこに描かれた音楽に対する情熱を、登場人物と一緒にわかちあっている。

『のだめカンタービレ』は、笑いと感動のうちに、私たちの魂を震わせる力に満ちた作品だ。音楽が、ひとの心をつなぐ力を持つのと同じように。

*『のだめカンタービレ』は二〇〇九年十一月に二十三巻で完結した。

そのぬくもりを知っている

『ドラえもん』藤子・F・不二雄　小学館

親しいひとたちと飲んでいたとき、『ドラえもん』の話題になった。そのうちの一人が、ふと思い立ったように、「のび太に似てますよね」と言った。

「なにが」似てるとも、「だれが」似てるとも言わなかったのに、居合わせた全員が、「自分が」のび太に似てると指摘されたのだと勝手に了解し、いっせいにうなずきかけた。そしてすぐにハッと気がつき、

「ちょっと待って。いまのはだれに向けての発言？　私じゃないよね？」

「いや、きみのことだろ」

と必死になって、「のび太のそっくりさん」の称号を、互いになすりつけはじめたのだった。

言いだしっぺの子は、

「漠然と発した言葉だったんですが……。でもみんなうなずいたってことは、やっぱりのび太に似てるって自覚はあるわけですね」

と笑った。みんな居心地悪そうに、もぞもぞと料理をつつきながら、
「たしかにいつでも秒速で昼寝できるけど、いくらなんでも、のび太ほどグータラじゃないよ」
と、むなしい最後の悪あがきをしたものである。

日本に居住するほとんどのひとが、たぶん『ドラえもん』を知っているだろう。『ドラえもん』についてほぼ共通の認識を有し、飲み屋で楽しくドラ話に花を咲かせる。しかし、ドラえもんの肌触りに関しては、人々の意見が大きく分かれるのではないか。私はかねてより、「はたしてドラちゃんはどんな感触をしているのか」ということが、気になって気になってたまらなかった。柔らかいのか、硬いのか。あたたかいのか、冷たいのか。

その謎を解明するために、単行本を全部読んでみた。だが、明確な答えは得られなかった。ドラえもんは、すごく柔らかそうにぐんにゃりしているときもあれば、犬にガリガリ嚙まれてもへっちゃらな頑健さを発揮しているときもあるのだ。

私はまた、折に触れて周囲のひとに、「ドラちゃんの肌触りってどんなだと思う?」と聞いてきた。「ツルッとしてるけど、羊羹《ようかん》みたいな弾力があるはずだ」、「近くで見ると、猫そのものの短毛が生えてるんだよ。なでると気持ちいいんだ」、「ロボットなんだ

から、硬いに決まってる。鋼鉄のボディーだ」などなど、さまざまな「ドラえもん観」が提示された。

みんなそれぞれの想像のなかで、自分だけの肌触りを持つドラえもんを抱きしめているのである。おもしろいのは、みんななんとなく、「ドラえもんはほのかにあたたかいはずだ」と思ってるらしいことだ。「鋼鉄のボディー」説を強調したひとですら、ドラえもんがひんやりと冷たい感触のロボットだとは、露ほども考えていないようだった。

私自身は、ドラえもんはマシュマロみたいにすべすべして柔らかいんじゃないかな、と想像している。そしてもちろん、触れるとその体内からは、たしかなぬくもりが伝わってくる。

『ドラえもん』は、文句なしに楽しくて明るい作品だ。だが、どこかさびしさが漂っている物語でもある。

そのさびしさは、「時間」に起因するものだと私は思う。『ドラえもん』は、時間の持つ不思議な二面性、つまり、「『永遠』と『一瞬』」についてを描いた物語なのだ。

のび太はグータラしながらも、両親とドラえもんと一緒に楽しく暮らしている。友だちがいて、空き地のある平和な町。そこには、永遠につづく幸せな生活が輝いている。

同時に、のび太はしばしば未来の世界にいく。そこでは大人になったのび太が、自分の家族とやはり幸福な暮らしを営んでいる。しかし、ドラえもんの姿はない。のび太はどこかでドラえもんとの別れを経験したのだ、ということを、読者は知る。のび太の少年時代。永遠につづくと錯覚してしまいそうな美しいその世界が、実は一瞬のものでもあったのだということが、『ドラえもん』のなかには、しっかりと描かれているのである。

大人になったのび太は、嬉しいときも悲しいときも、ドラえもんと過ごした日々を思い起こすのだろう。私たちが、ふとした機会に『ドラえもん』の話をしては笑いあい、自分だけの手触りを持ったドラえもんに思いを馳せるのと同じように。

のび太も、私たちも、心のなかで何度も何度もドラえもんを抱きしめる。いつでもそばにいてくれる、ユーモラスで優しい猫型ロボットのことを。そのときに掌に伝わるほのかなぬくもりは、ロボットの体内で起こった機械の摩擦熱なんかじゃない。決して。

それはドラえもんの心が生みだした熱なのだということを、みんなが知っている。

力のみなもとは地上にある

『百鼠《ひゃくねずみ》』吉田篤弘　筑摩書房　二〇〇五年一月／ちくま文庫　二〇〇九年十月

ひとは神を信じるのではない。神について語る、ひとの言葉を信じるのである。『百鼠』を読んで感じたのは、そういうことだ。とはいえ、『百鼠』はもちろん宗教書ではない。このうつくしい小説が穏やかに描きだすのは、世界のまばゆさと残酷さ、人々のほのかな結びつきと深い断絶についてだ。

『百鼠』に登場するのは、ふつうに日常を送っているはずだったのに、気づいたらいつのまにか、静かでさみしい場所にたどり着いてしまっていた人々だ。大切なひとはすぐ隣にいるのに、その体温はわずかにしか伝わってこない。人智を超えた存在によって、自分だけが、不思議に凪《な》いだ時空に押し流されてしまったかのように。

毎日の生活のなかで、だれもが感じる孤独や、ひととの齟齬が、ユーモアと叙情をたたえた文章で描かれる。

ここに収められた三つの物語は、ゆるやかな化学変化で互いに影響を及ぼしあいながら、ある一点を目指しているように思える。ある一点——つまり、力のみなもとを。

「小説の神さま」というのは、本当にいるのだろうか。あるいは、「農業の神さま」でも「料理の神さま」でもいい。

なにかに一生懸命に取り組んでいると、ふとした瞬間に、なにやら「神」らしき存在の気配を感じ、思いがけないほどすばらしい成果を得ることがある。「うおー、シビれるような文章書けたー！」とか、「真珠のごとき米が実った！　農業にたずさわって今年で三十年だが、これほどの米を収穫したのははじめてだ！」とか、「なにこの料理、おいしすぎ！　神の食べ物を作ってしまったのではあるまいか」とか。

たしかに、人智を超えているように思えるほどの、インスピレーションや巡りあわせが、自分の身に降りかかってくることはある。それを「『○○の神さま』が降臨した！」などと称するわけだが、まあ多くの場合、単なる錯覚である。神がそう簡単に降りてくるわけがないのである。

「小説の神さま」（あるいは農業や料理の神さま）がいる、と解釈することはたやすい。しかしそれでは、いつまでたっても思考停止状態のままだ。

『百鼠』は、人智を超える存在に「下駄を預ける」ことに、はっきりとNOと言っている小説だ。たとえばこの小説には、なんと「小説の神さま」が登場する。しかし、天上の世界でせっせと仕事に励む「小説の神さま」も、やがて自分自身の問題を解決するために奔走するはめになるのだ。

これは、「物語」についての小説である。

だれもが、うつくしく残酷な世界で、小さな行き違いや困難に見舞われながら生きていくしかない。自分の物語を。その際に、もし力を、美を、求めるのならば、ひとに必要なのは人智を超える存在ではない。自分自身の内部に深く潜って、探すべきなのだ。輝けるもの、あたたかいものを。

力と美は、そこからしか生まれない。日々の暮らしのなか。もどかしいほどほのかな熱を発して求めあう、ひととのつながりのなかから。

『百鼠』は、その一点に向けて、静かに進んでいく小説だ。

降りてくるものなどない。ただ湧きあがってくるものだけがある。

だれかの物語と、自分の物語が遭遇し、すれちがっていくときの、小さな火花と摩擦熱。暗闇のなかで一瞬だけ浮かびあがる相手の顔。それに刺激され、身の内から湧きでた思いを頼りに、また自分の物語を紡ぎつづける。その繰り返しを生きるのだ。

私は神を信じない。親しいひとが紡ぐ言葉と、うつくしく誠実な小説の力を信じる。それを信じて生きていく。

『百鼠』を読んで心に湧きあがるのは、そういう思いなのである。

意味の虚無を超えて

『少年トレチア』津原泰水　集英社文庫　二〇〇五年二月

『少年トレチア』を読んでいるあいだ、私は異常なほど食欲旺盛で、かつ、異様に睡眠を欲した。この作品を読むほかは、ほとんど食べるか寝るかしかしていなかった。

私は『少年トレチア』をゆっくりと読んだ。切りのいいところまでくると本を閉じ、その日に読んだ部分を反芻《はんすう》しながら、眠りの世界に旅立った。眠ると私は、必ず「緋沼《ひぬま》サテライト」にいた。夢のなかでも、その場所で繰り広げられる物語を見つめつづけていたかったのだ。とても残酷で恐ろしいのに、美しく魅力的でもあり、どうしても目を離せない。

そうするうちに、夜と昼は境界を曖昧にしていき、私の胃袋は無限大に広がってしまったのである。ひとの体内バランスを狂わすほどの、圧倒的な濃密さと迫力を宿した物語。それが、『少年トレチア』だ。

『少年トレチア』の舞台は、東京にある新興団地「緋沼サテライト」だ。整備された街並み、ショッピングモール、公園。機能的で清潔なその小都市には、しかし不穏な暴力の影がうごめいている。人々の隠された欲望とひずみが明らかになるのを、夜の緋沼サテライトは、異界への入り口を開けて待っている。

登場するのは、緋沼サテライトにとらわれた人々だ。そこで生まれた子どもたち。そこで育った、かつては子どもだったひとたち。そこではじめた新しい生活に破れ、けれどそこから離れることもできずにいる男女。そこの景色に呼ばれるように、引っ越してきた若い女。みんな、緋沼サテライトの強い引力の影響下にいる。

緋沼サテライトは銀河のように回転し、ばらばらに見えた人々のあいだの、暗いつながりを浮かびあがらせる。それは、暴力を契機として、表に噴出したつながりだ。ぶちまけられた星を結び、夜空に奇怪な星座を描くように。だが星座は、宇宙の一点へ向けて押し流されていく星々の、瞬間がもたらす形にすぎない。あとは崩れて、また散らばるだけ。

暴力と死の体感が、研ぎに研がれた文章で具体的に描写される。比喩は冴えわたり、登場人物の行動と感情は読者自身のそれであるかのように錯覚されてくる。活字を追うのではなく、喚起されるイメージが風景そのままとなって眼前にまざまざと出現する。ぷつん、ぷつんと、だれかの命が摘《つ》み取られ、恐怖と混乱が緋沼サテライトを、そして読者を、静かに覆っていく。

『少年トレチア』で描かれる死と暴力と恐怖と混乱は、決して「小説としての趣向」などというレベルのものではない。それは厳然として「ある」のだ。かつてもあったし、これからも存在しつづけるであろうものなのだ。ただ、日常のなかで多くのひとが、見て見ぬふりをしているだけで。

生々しい感触と、不吉な予感と、きらめく一瞬の感情を生み、飲みこみながら、物語は決定的な破壊のときに向かって突き進む。

『少年トレチア』は、ひとの愚かさと残酷さを描いた物語だ。しかしそこに、糾弾や哀れみの視線はまったく感じられない。肯定も否定もない。なぜなら、愚かさと残酷さもまた、たしかに「ある」ものだからだ。いかに目を背けようとも、良識の枠外に追いだして蓋をしようと試みても、それは常に私たちのなかにあり、破壊と暴力を欲している。

一番大きな暴力、冷徹にすべてを断ち切る「死」が待ち受ける時間のなかを、私たちは生きるしかないからだ。

『少年トレチア』は、破壊と暴力を徹底的に描くことで、ひとの心を根底で支配する、虚無の存在をも明確にした。

悪意は確実にある。死は確実に訪れる。無意味に、無慈悲に。

意味を求めつづけるかぎり、むなしさが私たちをとらえ、虚無が暴力を呼ぶ。もしも私たちが、破壊のささやきから逃れたいのならば、虚無の影に覆いつくされぬうちに、世界を意味と無意味で分類するのとは別の回路を、見いださねばならない。

大きな破壊と多くの死が進行する最中《さなか》に、小さな光がいくつもまたたく。流れゆく夜空にではなく、だれかの脳裏に消えることなく焼きつけられた、美しい星座の記憶のように。それを読者は目撃するはずだ。

意味と無意味は、本当は表裏をなす言葉ではない。なんのかかわりもなく、それらは別々に「ある」だけなのだ。絶望から逃れるための唯一の光が射すとしたら、その狭間の彼方からでしかないだろう。

数々の暴力を経て、『少年トレチア』の物語はそう告げながら、虚無の向こうがわへ飛翔していく。

これは、残酷な真実を描きながら、安易な冷酷さに堕することのない物語だ。

強く孤独な魂が輝くのが見える。またたく星のように、かそけき一瞬の光を、たしかに闇に投げかけるのが。

絵本のたのしみ

『クリストルのこねこ』ヘルマン・ハスリンガー文、マルタ・コチ絵、
くすだえりこ訳　ほるぷ出版　一九八〇年一月
『そんなときなんていう？』セシル・ジョスリン文、モーリス・センダック絵、
たにかわしゅんたろう訳　岩波書店　一九七九年十一月
『多毛留《たける》』米倉斉加年《よねくらまさかね》　偕成社　一九七六年十一月／偕成社文庫　一九八九年三月

ひさしぶりに絵本を本棚の奥から引っぱりだし、あれこれ眺めるのはとても楽しい時間だった。

『クリストルのこねこ』は、雪のなかの一軒家で、動物たちと暮らしている女の子・クリストルのお話。暗い森と、あたたかな室内の様子が、やわらかく美しい絵で描かれる。クリストルには、どうやら親がいないらしい。楽しそうな生活なのに、ぬぐいきれない静けさとさびしさが絵から滲むようで、そういう質感も私は大好きだった。

それにしても驚いたのが、「くすだ　えりこ　やく」だってことで、え、楠田枝里《くすだえり》子《こ》⁉　そうだったのか……！　読み返すたびに、絵本にはいろんな面で新たな発見がある。

『そんなときなんていう?』は、言葉のリズムがおもしろくて、しまいには暗誦《あんしょう》できるほど読んだ絵本だ。

「どたまに　かざあな　あけてやろうか?」というセリフが、特にお気に入りで、意味もなくしょっちゅう言っていた。そうすると母が、絵本に書かれたセリフどおりに、「いいえ、けっこうです」と答えてくれて、それがまた楽しくてたまらなかったのを覚えている。子どもは反復を喜ぶものだが、あれはいったいどういう心性なのか、つくづく不思議だ。

『多毛留』は、ひたすら絵が怖い。話の内容も、よくわからない。それなのになぜか、取り憑かれたように何度も何度も読んでしまった絵本だ。細い描線がたまらなくエロティックで、渋い色遣いを美しいと感じた。

もちろん子どものころは、「エロティックだ」ということもわからずに、なんだか後ろ暗いドキドキを抱えながら、ページをめくっていたのである。一番ドキドキが激しくなるのが、裸の男二人が浜辺に打ちあげられたシーンだった、というのが、我ながら病が深いなと思う。

『多毛留』が非常にシリアスな話だということを、ちゃんと理解できたのは、ずいぶん後になってからだった。でも子どもにだって、感じ取ることはできる。この物語に秘められた、哀しみと情熱を。だからこそ、子どものころの私は、『多毛留』を好んだのだ。そう、決してエロスだけが理由ではなく。

絵本を開くと、幼かったころの自分が感じた、においや手触りが瞬時によみがえる。懐かしい気もするし、それはずっと、心のなかにあったもののような気もする。

永遠に美しい夏

『SEX』〈全七巻〉上條《かみじょう》 淳士《あつし》　小学館　二〇〇四年十一月〜二〇〇五年五月

一番スゴイ漫画を選べるぐらいなら、こんなに漫画を愛することはなかっただろう。二十年以上にわたって、おおげさでなく寝食を忘れ、家族からの冷たい視線に耐え、持てる情熱と時間と金の大半をつぎこんで、漫画を読むことなどしなかっただろう。

「一番スゴイ漫画はなんですか」と私に尋ねるのは、「あなたはなぜ生きるんですか」と尋ねるのと同じだ。そんな質問に、答えられる人間がいるものかコンチクショウ！

しかしどんなに無茶な質問であろうと、それが漫画に関することであるかぎり、なんとか答えを見いだそうとしてしまうのが、漫画オタクというものである。ウンウン考えた末に、「自分の好きなテーマが詰まっている」作品を挙げることにする。

上條淳士の『SEX』である。

この作品は、私が中・高校生だったころにA5判で二巻まで刊行され、それから十二年経った先年、B6判の新装版となって、ついに全七巻で完結した。「待てば海路の日和《ひより》あり！」と、私は泣きながら五体投地した。

『SEX』は、基地のある町を舞台に繰り広げられる、境界にまつわる物語だ。金網の向こう側とこちら側。日常と非日常。男と女。暴力と愛。エッジのきいた端整な絵で、衝突と融和が鮮烈に描きだされる。

話は、綺麗でちょっと変わった女の子・カホが、幼なじみだった男の子・ナツを、沖縄に探しにいくところからはじまる。ナツは、謎の男ユキとともに、なにやらあやしげな仕事をしていた。友情とほのかな愛で結ばれたカホ・ナツ・ユキは、沖縄のヤクザ抗争に巻きこまれていく。福生《ふっさ》で奇妙な共同生活をつづけていた三人だが、とうとうヤクザ相手に大暴れするときが来る。はたして、カホ・ナツ・ユキの運命やいかに……!?

とにかくすべての登場人物が魅力的で、ユーモアと叙情のバランスが素晴らしい。この作品に漂う、鋭く研ぎ澄まされたテンションと、切なく壊れやすい一瞬を切り取る感覚は、ほかに類を見ない。漫画表現の到達した、最高峰のひとつである。

　Ａ５判のほうは、本文ページに差し色が入っていた。一巻は赤、二巻は青だ。「ここぞ」というところで、白黒の画面に一部分だけ色がつくのだ。

　ユキは、色彩を判別できない。暴力によって流れた血も、車のオイルも、彼には同じようにどろりとした黒い液体としか見えないのだ。ところが、たとえばＡ５判第一巻においては、カホとナツのしているピアスが赤い。幼いころ、安全ピンで互いの耳に穴を開け、分けあったピアスだ。

　ユキは抜けるような沖縄の空を見上げてつぶやき、ナツは答える。


「なあ空って何色に見える？　……やっぱ青か／……青って何色だ？」

「空ってのは空色　海は海色なんじゃねえの」


　ユキにとって大切な相手。ナツとカホにかかわるものだけが、鮮やかな色彩をともなって彼の目に映る。実際にはユキの目には、世界はあいかわらず影の濃淡としてしか識別できないわけだが、読者にだけはわかるのだ。ユキの心に、ナツとカホがどれほどかけがえのない美しいものとして映っているか、が。

このニクい演出に、中学生だった私はうちのめされた。『SEX』には、タイトルに反して性描写はいっさいない。しかし、濃密なエロスの気配がある。男同士の愛に似た信頼関係と、男と女の篤い友情がある。

かっこいい。そして、このうえもなく美しい、と私は思った。その思いは、大人になって新装版を読んでも、なにも変わるところはない。『SEX』は時間が経っても色あせることなく、激しく切ない夏の瞬間を、永遠に刻印しつづけている。

この作品には、私の好きなものがてんこ盛りだ。かっこいい男たちの連帯、素っ頓狂でかわいい女の子、ヤクザ、暴力、笑い、乾いた空気感、肉体とはちがう手段でつながろうと模索する人々。

新装版を読んだとき、「そうだ、私もこういう話を書きたいと願っているんだ」と感じた。中学生のときに読み、衝撃を受けたこの作品が、いかに深く自分に影響を与えていたかに、改めて気づかされた。

それにしてもどうして、『SEX』というタイトルなのか。買いにくくてしりごみしてるかたもいると思うが、ぜひ、新装版でラストシーンまでお読みになり、考えをめぐらせてみていただきたい。

私はこの作品を、激しい祈りにも似た物語だと思う。自分以外の異物、自分の生きる世界を、体感したい。理解し、愛したい。そういう、境界にまつわるヒリヒリした切実さを宿す物語。その試み、その希求こそが「ＳＥＸ」なのだ、と。

＊『ＳＥＸ』は二〇一七年三月～八月にＳＥＸ誕生三十周年記念完全版（全四巻）が小学館から刊行された。

三四郎は門を出てどこへ行ったのか――あとがきにかえて

こうして一冊にまとめてみると、趣味が明確に出てしまうなあと思う。好きな作品や事物について、好きなように書かせてくださった初出時の担当編集者のみなさまに感謝している。掲載時の見出しを、けっこうそのまま使わせていただきました。

本書の構成やエッセイの取捨選択は、編集の矢内裕子さんにお任せした。いつもありがとうございます！

エッセイは仕事で書くものだが、私にとって読書とは、当然ながら仕事ではない。本や漫画について書く行為は、「仕事なんだけど、仕事じゃない」という微妙なバランスのうえに成り立っている。

たまに、「好きな作品について書いて、原稿料をもらうなんて、『友人の結婚披露宴に行って、祝儀以上のお車代をもらってしまう』ようなものじゃないか？」と苦悩する。汗顔《かんがん》の至りとはこのことだ。

「仕事なんだけど、仕事じゃない」。このバランスをどう取ればいいのか。好きな本や漫画について書くうちに、私はひとつの真理を見いだした。それは、「書評とは愛の表明でなければならない」ということだ。うまくいくときもあるし、愛はあるんだけど表明が失敗に終わるときもある。それは作品がまずいのではなく、私の文章がまずいのである。書評ってむずかしい。だがこれからも、「愛がないなら、黙して語らずにおけ」を信条にしていきたい。

それが、読書という個人的な行為をする、すべてのひとに対する礼儀だと思うからだ。

最近読んだなかでは、『シグルイ』（山口貴由《やまぐちたかゆき》　秋田書店）がおもしろかった。南條範夫《なんじようのりお》の小説（『駿河《するが》城御前試合』　徳間文庫）を漫画化した作品だそうだが、暗黒の熱気と高揚が画面からムンムンと香り立つようだ。原作も読んでみたら、これがまたすごすぎる。一粒で二度おいしいとは、こういうことか……！

『シグルイ』は、知人から薦められたのだ。「三浦さん、絶対に好きだと思いますよ。うっしっし」と。それで早速、既刊分（六巻まで）を買って読んでみたら、好きだった。その知人とは、年に二回ぐらいしか会わない。にもかかわらず、好みを正確に見抜かれている……！　ちょっと恥ずかしいが、おもしろい作品と出会えたので満足だ。知人と顔を合わせるたびに、「そのときに自分がはまっているもの」について吹聴《ふいちょう》しまくっておいてよかった。

「子どもに絵本を読み聞かせる」とかでもないかぎり、たいていの場合、読書とは一人でするものだろう。だけど不思議なことに、本当に一人きりにはならない。登場人物と一緒になって世界を体感できることもあるし、作者の言葉が胸に迫ってくることもある。たとえ、実在しない人物であろうとも、作者がとうの昔に死んでしまっていようとも。

そしてまた、読みながら、読み終わってから、「この作品は、あのひとの好みにずばり直球ストライクだろうな」とか、「この作品について、ぜひだれかと語りあいたい！」などと、思いを馳せることもできる。

一人きりでする行為のように見えて、常にだれかとつながっている。時空も、虚実の狭間も超えて。だから私は、読書が好きだ。

ここまで読んでくださって、どうもありがとうございました。

三四郎が旅立ったさきはわからないが、私はあいかわらず、家で本や漫画を読んでいる。

二〇〇六年六月

三浦しをん

*『シグルイ』は十五巻で完結。

三四郎は雨ニモ負ケズ檸檬《れもん》をかじる――文庫版あとがき

風の噂によると、三四郎はその後も書店がよいに勤しみ、部屋が本や漫画であふれかえって、いよいよのっぴきならないことになっているそうだ。〇善の棚に檸檬を置いたりはしない三四郎だが、書店の袋を提げ、足の踏み場もない我が家に帰るたび、酸っぱい気分になるとのこと。それでもまったく悔いはないと、朗らかに笑う三四郎なのであった。

という三四郎の近況は、もちろんフィクションだ。椿三十郎《つばきさんじゅうろう》方式でいくと、当年とって三十四歳の私はまさに三四郎なのだが、あくまでもフィクションだ。

本書に収められた文章を書いたのは二十代のころで、そのときはまだ、少しは希望を抱いてもいた気がする。「いまは顔を洗う暇も掃除をする手間も惜しんで本やら漫画やらを読んでいるけれど、そのうち状況が変わって（結婚とか結婚とか結婚とか）、オシャレな自分とオシャレな部屋とを維持するのに余念がなくなるかもしれない」と。

人間はなかなか改心できるものではない、と薄々察せられるようになっただけ、私も成長したということだろう。しょうがないから、オシャレの追求に励むのは来世にまわし、今生では思うぞんぶん読書しようと思う。「しょうがないから」などと言ったが、本当はうれしくてたまらないんですけどね。世の中にこんなに本があるのに、顔なんか洗ってる場合じゃない。たまに洗う。

本書の一章や二章のような書評の連載は、楽しいけれどむずかしい。特に、新聞は字数が少ないので、手際よくまとめるのには、ある種の慣れが必要なようだ。とはいえ、二章の連載が終わったあと、べつの新聞で書評欄を担当させていただいたのだが、めざましい上達は見られなかった。……あれ？　必要なのは慣れではなく、才能とか脳内要約能力といったものなのかしら？　しょんぼりだ。

書評に対する好みはひとそれぞれだろうけれど、私は、「あらすじ紹介に終始しない」「最後の一、二行で、『しかし、ここはいただけない』といったどんでん返しをしない」ことを心がけたつもりだ。

三章は、わりと気楽に書いた。思い出深いのは、「ピッピのクッキー」の回を読んだ友人ぜんちゃん（仮名）が、ショウガ入りクッキーを焼いてくれたことだ。おいしかった……。友の厚意に涙するとともに、「俺が作った物体は、マジでなんだったんだ？」と疑問が深まった。

四章はさらに気楽な内容で、原稿をほっぽらかしていろんなところへ出かける口実となった。連載時は、たまに自分で撮った写真も掲載されており、それがことごとく手ブレしてたり見切れてたりで、「こ、こんな代物が印刷物に……！」と恐縮かぎりなしであった。カメラマン三浦へのご用命は、こちらまで。おや？　テロップ出ませんね。

五章はますますたががはずれ、好きなように書いてしまった文章の一群。

「ただの一度も、『将来の夢』が『お嫁さん』だったことがない」とか書いたくせに、おまえこの文庫版あとがきで、結婚への希望を抱いてたことを表明してるじゃないか。そう思われるかたもいることだろう。

ちっちっちっ。旦那、そのあたりのビミョーな乙女心を汲《く》んでくださいやしよ。あっしはあいかわらず、「お嫁さんになりたい」と積極的に思いはしねえんですが、「ぜひともきみと結婚したい。そうでなければ僕は死んでしまう」と言われたら、ま、人助けだと思って、結婚という可能性について考慮してみてもいいかなと、そういうスタンスなんでげすよ。

ぬぁにがスタンスだ！「死ぬよりはましかもしれない、という程度にいやだけど、きみと結婚しようかと思わなくもない」と渋々申しでてくれるひとすら皆無なくせに！結婚相手としての三浦をご用命のかたは、こちらまで。おやおや？またテロップ出ませんね。放送事故かな。

六章の一部のように、「この作品について書いてください」とご指定があった場合、やる気と緊張が高まって、野良犬みたいに目がぎらつきだす。そういうとき迂闊に近づくと、おいらの牙が血に濡れるぜ。歯槽膿漏《しそうのうろう》ですか？

……どうしてこういうアホなやりとりを書かないと話をさきに進められないのか、いま小一時間ばかり自分を問いつめてきた。よくよく反省させたので、もう大丈夫なはずだ。

そう、やる気と緊張が高まるのだ。なぜかというに、作者の意図した「読み筋」を、大幅に逸脱してはいけないと思うからだ。

もちろん、読書はひたすら読み手に委ねられた、自由な行為だ。どう読んだってかまわないし、どう読まれても、作者は基本的に異議を唱えることはしちゃいけないだろう。

だからこそ、作品はときに作者の予想を超えた奥行きや広がりを宿す。

しかし、作者が描こうとした世界を、まずは虚心坦懐《きょしんたんかい》に受容し、咀嚼し、味わったさきにこそ、自由な逸脱も生じるのではないか、とも思える。とりわけ、作品を指定されたうえでの書評のご依頼は、その本の刊行直後が多い。そこで非常にトンチンカンな読みちがいをしてしまったり、作者が作品にこめた意図を汲みとりきれていなかったりする書評を書いてしまったら？　比較する情報があまりないタイミングで、たまたまその書評を目にしたひとに、作品に対するとんでもない先入観を植えつけてしまう可能性がある。それだけは、なんとしても避けなければならない。そう考えると、野良犬化してしまうのだ。がるるるる。

そうは言っても結局、自分の感じたままに書くほかないのですが。「俺も脱ぐ！　だから、きさまのすべてを見せてくれ！」と真っ裸になって作品の世界に没入し、その作品の裸の魂に触れようと試みるとき、私はなんだか恍惚とする。読書の醍醐味って、やっぱりこれだよなあと感じる。

社会生活において、初対面の相手をまえにいきなり真っ裸になることはそうそうない。でも、本が相手の場合は裸になれる。本のなかにはいつも、むきだしの魂が、ひりつくような叫びが、なにも飾るところのない歓喜が、あふれている。そんな相手と向きあうときに、服など無用！　全裸で飛びこんでいくのみだ！

パイーンとはじき返されるときもありますがね。そういうときは、しおしおと服を着て、相手が受け入れてくれる気になるまで待つ。そのあたりは、対人関係におけるマナーとまったく同じだ。

こんなにマナーに通暁《つうぎょう》しているのに、どうして結婚相手の一人や二人、引っかけることができないのかしら。脳内マナーに基づくシミュレーションばかり達者だからか。

やっぱり、本や漫画を読むのもほどほどがいいのかもしれない。え、それが結論⁉

いちおう、本や漫画に関するエッセイを集めた本なのに⁉

顔を洗って出直してきます。

三日ぶりの洗顔でさっぱりしたら、三四郎（当年とって三十四歳）は、また旅に出る。読書道という、楽しくはてしなき旅に。同じ道をゆくみなさまに、いつかまた旅の途中でお会いできますように。

お読みいただき、どうもありがとうございました。

二〇一〇年二月

三浦しをん

解説

藤田香織

自分の好きな物事について語る人の話を聞くのが好きだ。

たとえば気心が知れている、とは言い難い人々との集いなどで、天気の話が終わり仕事の話も落ち着き、出てきた料理についてゴニョゴニョ感想を交わしつつ健康や家族やペットの自虐や自慢の応酬に励み、そろそろ無難な話題が尽きてきましたな、という気配を感じながらも社交モードをキープし続けねばならないようなとき。様子を見つつ「ところで、好きなものはなんですか?」と切り出してみる。趣味を質《ただ》しているのではない。「食べ物でも、状態でも、景色でも、芸能人でもなんでもいいんですけど、あぁ好きだー!と思えるものって、なにかありますか?」という意味で。

すると、今まで思いもよらなかった話を聞けることがままある。多くの人は、自分の関心がない物事について深く考えていない＝よく見ていないけれど、「好き」という感情を抱いた対象については、いくらでも考察できるし穴が開くほど見つめもする。なにがきっかけで、どこがそんなに好きなのか。なかでもイチオシは？　初心者へのおススメは？　質問を挟みながら聞いているうちに、その熱量や門外漢への配慮（分かりやすくかみ砕いたり喩《たと》えたり要約したり）から、語り手の人となりも見えてくるし、うまくすれば場も盛り上がる。ちなみに私が今までインパクトを受けた話ベストスリーは「もやし」「シリコン靴ひも」「高尾《たかお》山《さん》」で、それまでまったく無関心だったのに、「へえへえ！」と「そうだったのか！」濃度が高い偏愛話に大いに興味をそそられ、うっかり話している人物（三人とも女子）にも惚《ほ》れそうになってしまった（別に惚れてもよかったのかもしれないけど踏みとどまった）。

〈読書が好きだ。〉という一文からはじまる本書『三四郎はそれから門を出た』は、いってみれば作家・三浦しをんさんの「好きな話」を収めた一冊だ。

　特別、表現力というものを求められているわけでもない、酔っ払いの話でも面白い（ことがある）のだから、「三浦しをん」の「好きな話」、いや「好きとか嫌いとかいう範囲を超え」た話、が面白くないわけがない。本や漫画へのほとばしる愛情、たぎる思い。既《すで》に本文を読まれた方は、その愛の深さを十分感じられたことでしょう。

ここで改めて記しておくと、本書は二〇〇六年七月に単行本として発売された後、二〇一〇年の文庫化を経て、このたび装いを新たにされたものである。発売から干支《えと》ひと回り以上の時間が経《た》っているけれど、紹介されている本のほとんどは、今でも入手可能だ。絶版になっているものも、図書館やフリマアプリで見つかる可能性は高い。それもあって、さほど「むかしのはなし」という印象はなく、すんなり楽しめるはず。

でも、ひとつだけ、無粋ながらも記しておきたいことがある。

今、この文章を読んでくれている方は、なんでもいいからブックガイド的なものを読みたかった、という人よりも、本書の著者が「あの」（直木賞作家で本屋大賞受賞者で、活字中毒者でオタ活に造詣《ぞうけい》が深いなどなど）三浦しをんだったから手に取ってみた、という人のほうがずっと多いに違いない。けれど、ここに収められている原稿は、概《おおむ》ね〇二年からいちばん新しくても〇六年前半までのもので、つまりいずれも『まほろ駅前多田便利軒』（文藝春秋→文春文庫）で第一三五回直木賞を受賞する前のものばかりなのだ。

もちろん『舟を編む』（光文社→光文社文庫）で本屋大賞に輝くよりもずっと前。執筆されたのは二十五歳から二十九歳のはじめごろで、〇五年くらいからは『私が語りはじめた彼は』（新潮社→新潮文庫）が本屋大賞にノミネートされたり、山本周五郎賞や直木賞の候補に挙げられるようにもなり注目されてもいたけれど、「三浦しをん」を知っている人は、今よりもずっとずっと少なかった。

ドラマや映画化された作品もまだなかった。当時の彼女は名のある新人賞を受賞してデビューしたわけでもなく無冠で、一般的にはほぼ無名。しかも、これらはＷｅｂではなく、日記でもなく、紙の媒体に掲載されることを前提に依頼された原稿である。好きなものを語るとなったらおのずと、できればその魅力を伝えたい、伝わるといいな、伝わってくれ！　と願いもするわけで、されど字数制限がある。思いのすべてをぶつけるわけにはいかない。冷静と情熱の間くらいのスタンスで挑まなければならなかったのだ。なんというつらみ（使ってみたかった）。書きたいこと、書けること、書くべきことの取捨選択は容易ではなかったはず。

なのに、だ。であるにもかかわらず、サブカル系雑誌「Gag　Bank」の創刊号からの連載で、いきなり短文で評するには難しい『海辺のカフカ』を取り上げ、十五歳の主人公が「すぐに勃起してしまう」ことに着目し、そこから話を広げていった。たまたま雑誌でこの原稿を読んだ（創刊号特集はリリー・フランキーだった）私は、そこ!? そこなの!? と大いに驚き、以来目にした幾多もの『海辺のカフカ』書評を読み込んだが、ほかの誰も、そのナニのアレについては触れていなかった。かと思えば、朝日新聞の「中高生のための」と題されたブックガイドで、アナイス・ニンの『小鳥たち』を、実用的で買いやすい「すぐれもののエロ本」と紹介した。もの凄《すご》い直球だ。ここでこんな球投げるー!? と呆然《ぼうぜん》としつつも、私はすぐにAmazonで購入した（聞くところによるとこの書評をきっかけに『小鳥たち』は重版したとか）。読み終えて、呟《つぶや》いた言葉をはっきり覚えている。「なるほど」。なるほど、確かに、三浦しをんの言うとおりだ、と。

　雑誌や新聞の読者だからといって、「小説」や「漫画」好きとは限らないし、自分の名前だけで関心を引くのも難しい。様々な制約があるなかで、どうすれば読者の目を止めて、興味を引き付けることができるのか。本書を読んでいると、着飾ったり取り繕ったりしている場合じゃない！　裸で魂《たましい》をぶつけあった俺の愛するものたちを、きさまもまた愛するがいい！　といった叫びが聞こえてくるようだ。熱い。そして根底にある、愛するものたちへの信頼の深さに胸をうたれる。つくづく「あの」と呼ばれるずっと前から、三浦しをんは三浦しをんだったことが、本書を読むとよくお分かり頂けるだろう。

と同時に、本書には今だからこその楽しみ方もある。

〈ここ一年ほど、二カ月に一回は大阪へ行く。大阪の日本橋《にっぽんばし》にある国立文楽劇場で文楽を鑑賞するためだ。〉とあれば、ほほう、ここから『仏果を得ず』（双葉社→双葉文庫）や『あやつられ文楽鑑賞』（ポプラ社→双葉文庫）へ繋《つな》がっていったのか、と頷《うなず》き、十四歳のころには〈昼間いやというほど学校でおしゃべりした友だちに、明朝手渡すための手紙を書いたりした〉とあれば、その経験が『ののはな通信』（ＫＡＤＯＫＡＷＡ）に生かされたのですね？　と思う（勝手に）。五分間ジョギングの経験から〈「走る」という行為の中には、才能と努力にまつわる根源的なドラマがひそんでいるに違いない〉と抱いた直感は『風が強く吹いている』（新潮社→新潮文庫）に昇華されていったのかもしれない。文庫版あとがきで〈二章の連載が終わったあと、べつの新聞で書評欄を担当させていただいたのだが、めざましい上達は見られなかった〉と記されている原稿は、読売新聞で「読書委員」を務めたときのもので『本屋さんで待ちあわせ』（大和書房→だいわ文庫）にて確認することができる。

ここで触れられている著者の興味や関心や反省といった「気づき」が、その後どのように繋がっていったのか。知っていて読めば味わい深く、未知であるならここから広がる楽しみが得られるだろう。

些細《ささい》なことをきっかけに、驚いて、感じて、考えて、知らなかった世界に触れて、面白い、もっと知りたいと思う。興味を持て、と強制されれば切り捨てたくなる物事も、好きだ！　と思えば自ら追いかけたくなる。

二十代の新進気鋭の作家・三浦しをんが綴《つづ》った本書をきっかけにするならば、歌舞伎《かぶき》や能の世界にも、江戸でも明治でも未来にでも飛べる。めくるめく性愛について見つめ直すのも悪くない。「将来の夢」を考え直したっていい。今いる場所から、知っているつもりの世界から、私たちはいつでも、どこへでも行けるのだ。

これぞ読書の幸福（そう、夢のような！）である。

（書評家）

本書は、二〇〇六年七月に小社より刊行され、二〇一〇年四月に文庫化された作品の新装版です。刊行にあたり、書誌情報を更新しました。

新装版　三四郎はそれから門を出た

三浦しをん

2019年4月5日　第1刷発行

発行者　千葉　均
発行所　株式会社ポプラ社
〒一〇二-八五一九　東京都千代田区麹町四-二-六
電　話　〇三-五八七七-八一〇九(営業)
　　　　〇三-五八七七-八一一二(編集)
ホームページ　www.poplar.co.jp
フォーマットデザイン　緒方修一
組版・校閲　株式会社鷗来堂
印刷・製本　凸版印刷株式会社

N.D.C.914/349p/15cm
ISBN978-4-591-16272-9
落丁・乱丁本はお取り替えいたします。
小社宛にご連絡ください。
電話番号　〇一二〇-六六六-五五三
受付時間は、月~金曜日、9時~17時です(祝日・休日は除く)。

P8101376

ポプラ文庫好評既刊

黄金の丘で君と転げまわりたいのだ 進め マイワイン道！

三浦しをん
岡元麻理恵

お酒は大好きだけど銘柄や産地なんて覚えられない！　そんな超初級者・三浦しをんがワインの専門家に入門。「ワインの味わいが3割増しになるグラスとは？」など、目からウロコのレッスンを通して自分好みのおいしいワインを見つけられるようになる、面白くて役に立つ一冊。

ポプラ文庫好評既刊

少年十字軍

皆川博子

13世紀フランス。〝天啓〟を受けた羊飼いの少年エティエンヌの下へ集った数多の少年少女。彼らの目的は聖地エルサレムの奪還。だが国家、宗教、大人たちの野心が行く手を次々と阻む――。直木賞作家・皆川博子が作家生活40年余りを経て、ついに辿りついた最高傑作。解説／三浦しをん